当代最具实力作家散文选 · 任林举 卷

他年之想

任林举 ◎ 著

中国言实出版社

图书在版编目（CIP）数据

他年之想 / 任林举著 . -- 北京：中国言实出版社，
2018.7
（雄风文丛 / 王巨才主编）
ISBN 978-7-5171-2820-5

Ⅰ. ①他… Ⅱ. ①任… Ⅲ. ①散文集－中国－当代
Ⅳ. ① I267

中国版本图书馆 CIP 数据核字（2018）第 137644 号

出版发行 中国言实出版社
　　　　　地　　址：北京市朝阳区北苑路 180 号加利大厦 5 号楼 105 室
　　　　　邮　　编：100101
　　　　　编辑部：北京市海淀区北太平庄路甲 1 号
　　　　　邮　　编：100088
　　　　　电　　话：64924853（总编室）　64924716（发行部）
　　　　　网　　址：www.zgyscbs.cn
　　　　　E-mail：zgyscbs@263.net
经　销 新华书店
印　刷 三河市祥达印刷包装有限公司
版　次 2018 年 8 月第 1 版　　2018 年 8 月第 1 次印刷
规　格 710 毫米 ×1000 毫米　1/16　14.75 印张
字　数 228 千字
定　价 42.00 元　　ISBN 978-7-5171-2820-5

何妨吟啸且徐行

王巨才

二十世纪最后几年，文学界一个引人注目的景观，就是散文热的再度兴起。进入新世纪以来，这种热度仍在持续升温。这其中，尤以反思历史与传统文化的"大散文""新散文"理念风靡盛行，出现一批思接千载、视通万里、谈古论今、学识渊博的作品，给散文园地增添了新的色彩和样态。与此同时，传统意义上靠阅览、回忆、清谈、抒怀等书写人生百态的散文作品，也有一定变革，多数作家不再拘于云淡风轻的个人世界，从远离红尘的小情小感中脱离出来，融入充满生机与活力的现实之中，写出大量贴近大众生活的优秀作品，受到广泛赞誉。大体来说，这二十多年来我国的散文领域一直保持着潜心耕耘，不惊不乍，静水深流，沉稳进取的良好态势，情形可喜。

这套"雄风文丛"的十位作家中，吕向阳和任林举是专以散文创作为职业和志向的散文家，曾先后获得鲁迅文学奖和冰心散文奖，是散文领域的佼佼者。石舒清、王昕朋、野莽、肖克凡、温亚军、吴克敬、李骏虎和秦岭八位则都是久负盛名的小说家，他们的小说作品曾分别获得过鲁迅文学奖等奖项。这些小说家绝不是"跨界融合"，他们的散文毫不逊色，从作品的质量和数量上看，他们从来没把散文当作小说之余的"边角料"，而是在娴熟驾驭小说题材、体裁的同时，也倾心散文这种直抒胸臆、可触可感的表达方式。从这些小说家的散文里，更能感受到他们隐藏在小说后面的真实的人生格局和丰赡的内心世界。

宁夏专业作家石舒清，小说《清水里的刀子》曾获第二届鲁迅文学奖，并被改编为同名电影在东京电影节获得大奖。这本《大木青黄》是他第一本综合性随笔集。书中的"读后感"类，是阅读过程中就一些作品所作的印象式点评，借以体现和整理自己的审美取向和文学观点；"写人记事"类，写到生活中一些印象深刻的人和事，字里行间充满深长的思绪与感怀；第三部分涉及个人的兴趣爱好，比如喜欢体育、喜欢淘书、喜欢书法、喜欢收藏等等，笔致生动活泼，读之饶有兴味；"作家印象记"，知人论事，是对自己"有斯人，有斯文"这一观点的考察和验证。其他如"文友访谈"及往来书信等也都是作家本人工作、生活、思想情感的多侧面展现和流露，从中可以感受到一位知名作家疏淡的性情、厚实的学养和开阔的思想境界。

王昕朋是位饶有建树的出版人，也是创作颇丰的小说家，出版有长篇小说《红月亮》《漂二代》《花开岁月》等多部作品。他的散文视野广阔，感觉敏锐，情思隽永，文笔清新，从中可以看出，他写东西并不求题材重大，也不迎合某些新潮的艺术习尚，而是铺开一张白纸，独自用心用意地去书写自己熟悉的动过感情的生活，从中发掘自然之美，心灵之美，感受生活的芬芳，人间的纯朴。一组美文，构思精巧，意蕴深长，绘山山有姿，画人人有神，充满浓郁的诗意和睿智的哲思。生活中，美的呈现是多样的，刚正不阿、至诚至勇是美，敦厚谦和、博大宽宏也是美。王昕朋发现了这些生活中的人性美，并且抓住极富典型意义的美的细节和刹那间美的情态，用点睛之笔，透视出人物性格的光彩和灵魂的美质，给人以强烈的感染。

天津作家肖克凡的小说获奖无数，让他久负盛名的是为张艺谋担任编剧的《山楂树之恋》。他的散文《人间素描》以老练精短的文字记录一个个普通人物，从离休老干部到"八零后"小青年，极力展现社会生活百态，从而构成生机盎然而又纷繁驳杂的"都市镜像"。在《汉字的望文生义》中，作者讲述中日韩三国文字含义的异同，如日文"手纸"、韩文"肉笔"等汉字闹出的误会，涉笔成趣，令人忍俊不禁。《自我盘点》是作者自我经历的写照，体现了"文学的生命是真诚"的写作观，不论是遥远的往事还是新近的遭逢，都留有成长和行进的清晰足迹。《作思考状》其实是对某些对社会现象的严肃思考，有批判也有自省。《怀旧之作》的一个个人、一件件事、一桩桩情感，虽没有惊天动地的事件与杰出人物，却是作者真情实感的记录。《我说孙犁先生》，文字朴实，情感真挚，表达了对前辈作家独特的认识与由衷的景仰，在伤逝感怀文章中别具一格。

与唯美派的散文形成对应，野莽的文字如删繁就简的三秋之树，力求凝练和精准。他在所谓的文化大散文和哲理小散文中独寻他路，主张并实践着散文的思想性和历史感。他往往在颜色泛黄的岁月里打捞记忆，以情绪沉淀后的淡淡幽默再现特殊年代的辛酸和苦涩，每每发出含泪的笑。书中写到的"右派"父亲喂猪的故事正是如此。在文体理论上，他对散文的诠释是自然形成于诗与小说之间的一片辽阔的芳草地，在这里，小说家可以摘下面具，以真身讲述真情和真事；飞天路上的诗人也可以暂回人间，轻松地打开自己的心灵。国外大学选译他的散文作为中国语教材，想来自有道理。

温亚军的短篇小说获得过第三届鲁迅文学奖。与小说的虚构不同，他的散文完全忠实于自己的人生经历，大多取材于早年的记忆。他的童年和少年都是在西北乡村度过，记忆中，乡村的生活虽然艰辛，但充满着温暖和亲情。童年的愿望简单而质朴，他写怀揣这个愿望及至实现愿望过程中的满足和愉悦，叙事平实，情感真纯，每每能唤起读者共鸣。记忆的深刻性与性格乃至人格紧密相关，他的记忆之所以筛选出的多是温情暖意，是因为艰苦的乡村生活和淳朴的生长环境塑造了他宽厚善良的品格，《时间的年龄》《低处的时光》等都是通过一段记忆，构成一种考问，一种自省和盘点、一种向往与追求。而像《一场寂寞凭谁诉》等篇什中那些从历史洪流中打捞的点点滴滴，那些被作者的目光深情注视、触摸过的寻常事物，经由他的思考、探索和朴素的表达，也总能引发人们内心的波澜和悸动。

陕西作家吕向阳曾获冰心散文奖。他扎根关中大地，吸吮地域沃土和民间风俗的营养，相继写出《神态度》《小人图》《陕西八大怪》等五十万字的系列长篇散文，这在城市化的车轮即将碾碎老关中背影之际，无疑有着继绝存亡、留住民间烟火的担当。三万字的《小人图》是作者从凤翔木版年画中觅得的一组"异类"和"怪胎"。民间艺人把"小人"的使坏伎俩镌刻成八幅版画，吕向阳的剖析则由此生发开来，重在考问国民的劣根性，着力于诫勉与警省。《神态度》系列是从留在乡民口头的"毛鬼神""日弄神""夜游神""扑神鬼""尻子客"等卑微细碎的神鬼言说中梳理盘辨出来的，这些言说最早在西周之前就出现了，如果忽略它们，将是关中文化的损失，也是中华传统文化的失血。这些追述关中民风村情的散文，需要智慧，需要眼界，更需要广博的知识与执着的耐力，吕向阳付出的心血令人尊敬。

吉林的任林举以报告文学《粮道》获得第六届鲁迅文学奖。他的散文在精神取向上，一向以大地意识和忧患意识见长。他的诸多散文，突出表现即为情感的浓烈和哲思的深刻。而从文章的风格和技巧上考量，他又是一位最擅长写景、状物的作家。凡人，凡事，凡物，一旦经过任林举的笔端，定然会获得不同寻常的光彩或光芒，有时，你甚至会怀疑那人那事那物是否是一般意义上的文学客体；显然，其间已蕴涵着作家独到的理解与点化之功。至于那些随意映入眼帘的景物，经过他的渲染，便有了"弦外之音"和"象外之象"，有了一番耐人寻味的意蕴、情绪或情怀。这一次，任林举以《他年之想》为题，一举推出近六十篇咏物性质的散文，读者或可借此窥得其人生境界或散文创作上的一二真谛秘笈。

吴克敬是第五届鲁迅文学奖获得者，他进入文坛，是一种典型，从乡间到了城市，以一支笔在城里居大，他曾任陕西一家大报的老总。他热爱散文，更热爱小说，笔力是宽博的，文字更有质感，在看似平常的叙述中，散发着一种令人心颤的东西，在当今文坛写得越来越花哨越来越轻佻的时风下，使我们看到一种别样生活，品味到一种别样滋味。从吴克敬的作品中，能看到文学依然神圣，他就是怀着这样的深情，半路杀进文学界的。他五十出头先写散文，接着又写小说，专注于文学创作的他，看似晚了点，但他底子厚、有想法，准备得扎实充分，出手自然不凡。社会生活的丰富多彩和纷扰烦乱，在他人，只是领略了些许表面的东西，吴克敬眼光独到，他能透过表面，发现潜藏在深处的意蕴。他写碑刻的散文，他写青铜器的散文，都使我们惊叹其对历史信息的捕捉与表达，更惊叹他对现实生活的挖掘和描述，散文《知性》一书，充分展现了他的文学才华。

作为鲁迅文学奖获得者，山西作家李骏虎以小说成名，但从他的创作轨迹不难发现，他的散文写作历史更长。他以散文写作开始文学生涯，兴趣兼及随笔和文学评论。在把小说作为主要的创作形式后，李骏虎从来没有放弃散文，他的笔触始终跟随脚步所到之地，无论出国访问还是国内采风，都"贼不走空"，写出一篇篇具有思想华彩的散文作品，体现出朝学者型作家迈进的趋势。《纸上阳光》是李骏虎近年读书阅史沉潜钻研的成果，从"纸上得来未觉浅"和"阳光亮过所有的灯"两组系列文章不难看出，一个具有小说家飞扬想象力和史学家严谨治学态度的人文学者是如何苦心孤诣辛勤笔耕的。

近些年来，实力作家秦岭在《人民日报》《光明日报》《中国作家》《散文》《文艺报》等报刊发表大量散文随笔，叙说自己在生活与文学之间行走的发现与思考。他善于在历史和时代的交叉点上思考人生与社会，注重视角的多重选择和主题的深度开掘，既有对乡情的深深眷恋和回味，也有对自然和生态的无尽忧虑和追问，更有从自身阅读和创作经验出发，对当下文化、文学现状的深刻反省和诘问，从而使叙事富含思辨色彩、反思力量和唤醒意识。构思新颖、意境高远、韵味悠长。其中《日子里的黄河》《渭河是一碗汤》《走近中国的"大墙文学"之父》《烟铺樱桃》《旗袍》等作品，多被北京、广东、天津等省市纳入高中语文联考、高中毕业语文模拟试卷"阅读分析"题，受到专家好评和读者的欢迎。

文章合为时而著，歌诗合为事而作。在众多文学样式中，散文是一种最讲情理、文采，最能充分表达作家对时代生活的真情实感，也最能发挥作家艺术修养和文字功力的文体。《文心雕龙》讲："情者文之经，辞者理之纬；经正而后纬成，理定而后辞扬，此立文之本源也。"情有健康晦暗之分，辞有文野高下之别。作家的使命，是以健康思想内容与完美艺术形式相结合的作品去感染人、影响人、塑造人，进而推动历史发展和社会文明进步。纵观"雄风文丛"的十位作家，他们经历各不相同，创作各有特色，共同的是，他们都把文学当作崇高的事业，始终以敬畏的心情对待每一次创作、每一篇作品；他们与人民群众保持着密切的联系，坚持从丰富多彩的现实生活中获取创作资源和灵感：他们有高尚的艺术追求和鲜明的精品意识，竭力以精美的精神食粮奉献广大读者。正因为如此，他们的作品总能较为准确地反映时代的本质、生活的主潮、人民的呼声和愿望，总能给人审美的愉悦、心智的启迪与精神的鼓舞与激励。或者换句话说，在我们看来，这套丛书里的作品，正是当下社会需要、人民期待的那种弘扬主旋律，传播正能量，有道德、有温度、有筋骨又有个性和神采的作品。中国言实出版社精心组织这样一套丛书，导向意图不言自明，其广受读者欢迎和业界重视的效应，自可期待。

（作者系中国散文学会会长、中国作家协会原党组副书记）

目录

卷三　花草树木篇

卷一

写人记事篇

三虎

二〇一五年九月，北方的树叶已经发黄，中国文学史上一个粉嘟嘟的"奇葩"，却从时间的枝丫间悄然展开她鲜嫩的花瓣儿。鲁迅文学院（以下简称"鲁院"）第二十八届中青年作家高级深造班开班了。

开班仪式上，一个清瘦而精干的年轻作家代表学员发言。一副娃娃脸，配上成熟的语调和声音，再配上沉稳庄严的辞藻和神情，就显得有几分奇怪和奇妙。这就是传说中的李骏虎。那天，他具体讲了一些什么，我已经记不清了，或者根本就没有留意，因为半生中这样的场合经历得太多了，深知讲什么都不重要。仪式嘛，只要知道谁在讲，也就完成仪式的使命。关键的问题是，为什么由他来讲？

怀疑，是作家们的一贯思维方式，我在这个行列里，也难免身染此病。

几日后，班级的"两委"成立，骏虎的名字列班委之首，成为鲁二十八的班长。会议刚散，就有同学小声议论："肯定是李骏虎，一想就这么一回事儿！"我当时并不知道同学们私下里的议论包含怎样的意义，也懒得猜。作家们飘忽不定的心思谁能捕捉得准呢？只是感觉对这个人了解太少，于是，回到房间立即"百度"了李骏虎的名字。这一搜，吃惊不小，才知道二十岁出道的李骏虎，"小小年纪"已经一路过关斩将，把各种重要的文学奖项什么山西新世纪文学奖、庄重文文学奖、赵树理文学奖、鲁迅文学奖等等得去不少，真可谓少年才俊；这一搜，也让自己感觉到有几分惭愧，几天内一直都在反思自己身上的流行症候——孤陋寡闻且自以为是，只知道关注、理解自己和自己的作品，而无视别人和别人的成就。

此后，每当"两委"碰头研究工作或单独沟通工作，我都要格外留意骏虎的言行和表现。渐渐发现，在这个年轻人的身上，闪着光亮的不仅仅是他的文学天赋与才华，更有他为人的真诚与热情，以及对同学们的珍惜和情感。在长达四个月的鲁院学习中，鲁二十八班唯一个没请过一次假的同学，可能就是骏虎。不仅如此，他还坚持不落下一节课，参加所有的学员沙龙、文体活动和社会实践。在整个学习过程中他把所有的公事、私事都推到了周末，利用双休日处理。因为每个双休日都回家，比其他同学偏得了一个外号"李周末"。对此，可能别人会理解为对学院纪律的遵守，而我却理解为这是一种自觉行为，他在有意识地对自己的意志和心性进行打磨。

后来，当我认真阅读他的鸿篇巨制《共赴国难》时，我对骏虎的某些理解和想法得到了一定程度的验证。一个出生于一九七五年的年轻作家，通过有限的历史资料和人物访谈能够再现发生于半个多世纪以前的历史画卷，能够把那么多身份、性情、品格和文化背景、人生理念各不相同的重要历史人物表现得栩栩如生，需要的不仅是过硬的文字功夫和超强的想象力，而且还要有更加广阔的视野，更加博大的胸襟，更加深邃的人生思考和更加丰厚的文化积淀。如果一个作家，还没有完成对"小情""小我""小观念"的超越，还没有完成对个人性情、生活经验和内心窠臼的超越，是万万做不到如此恢宏大气的。骏虎之所以没有同时代作家的那么多局限，正是因为他做到了对自身和时代的超越。

我在鲁院的生活是清静和寂寞的。每天除了听课、吃饭之外，就是躲在房间里写自己一部尚未完成的作品，深居简出，很少有外部交往。偶尔从正在行进的文字里抽出思绪，望一望已经暗下来的天空，已不知身在何时何地。那日饭后，突然想起要去附近商场买一点日用物品，不料，正遇到骏虎也在商场里拾掇自己的衣服。骏虎还没有吃晚饭，便邀我和他一起吃饭。虽然我已经吃过，但还是答应下来，这样我们可以有机会在一起聊聊天。吃饭期间，刚好我女儿发来的一条祝我生日快乐的短信，才想起那一天正好是我的生日。骏虎知道后，当即要了酒。于是，推杯换盏，话来话往，不知不觉之间，两个人的心就被一种无形的力量拉近了，热烈处，竟感觉相见恨晚，亲如兄弟。其实，以兄弟相称实在有一点勉强，因为骏虎和我同属也属虎，我正好大他一轮。可是，不称兄弟又称什么呢？在人际交往之中，我是一直崇尚和珍惜这种称谓的，有时甚至视为神圣。

也是那天，我们聊至兴头，骏虎抄起电话就要找我们同班的另一只80后的小"老虎"——杨则纬。他当时称则纬为"丫丫"，丫丫是则纬的小名，以后我们在一起，一直对则纬用这个称谓。事有奇巧，原来则纬还是我的第二任同桌。骏虎一提则纬，我的眼前就浮现出那个清清澄澄的小女生，黑衣黑裙，长发垂肩，一双乌溜溜的眼睛纯净而冷峻，仿佛从来也没有笑意和泪水长久驻留过。每天上课时，她就一边听课或看书，一边用手指绞着自己的一缕长发，绞啊绞，无言无语，亦无声息，却绞乱了我眼前的岁月。俄而，我仿佛又回到了很久以前的小学课堂，内心安然于同桌的女生并没有侵犯我的领地；俄而，我又忽然想起与则纬同龄也有几分相像的女儿，不知道她在遥远的异国他乡是否一切都好。有那么几次，真想和则纬开个玩笑，告诉她别再绞了，再绞，我的心就乱了。可是，我终于还是忍住没说，因为这个玩笑对于彼此并不了解的我们，也许太大、太突兀了，如果不花很长时间去解释，定然会引起误会。

遗憾的是，我生日那天则纬不在北京，有事去了别处。后来，我主持一次鲁院的散文研讨会，丫丫特意全程参与。之后，我们就当下散文存在的问题，散文的发展方向，散文的技巧和叙事方式等问题，以邮件、短信等方式开展了很长一段时间的讨论。就这样，不同年代的三只"老虎"成为一个特殊的组合。我们经常能找到理由相聚，有时是为了心中那个放不下的文学，有时纯然是为了打发那些闲暇时光。但三人相聚，却总是那么兴高采烈，心言无忌，酣畅过后，心中竟然悄然留下了一份透明而甘醇的情谊。只是称呼，实在有一点儿不好理顺。骏虎称我为兄；则纬称骏虎为哥，但则纬却不能称我为兄，称老兄都不行，差辈分，所以就只能称我为老师。可我这个人天生就不是那种好为人师的人，别人一叫我"老师"，我就紧张。没办法，我只能在心里把则纬当作我自己的"乖乖女"。实际上，则纬对我的态度也确实如同女儿对父亲，细致、温暖又体贴，尽管则纬在家也是娇生惯养的独生女，常常要父母照顾。

不管是外出坐车、喝水吃饭还是斟酒布菜，处处都能体会到则纬对我的关心和照顾。去海南"社会实践"，因为我总是因为行动迟缓坐不上好座位，她就总是把最好的座位让给我，而自己去坐那拥挤、颠簸的座位。倒火车或登飞机的时候，则纬拎一个硕大的手提箱，从来不让别人帮忙。我们一帮人坐扶梯，则纬却一个人拎着箱子走步梯。看着泽纬独自趔趄前行，不免心中一动，恻隐陡生："唉，这孩子！"

在我们三人之中，骏虎不仅在年龄或年代上处在正中的位置，他所发挥的作用也正是轴心。如果没有骏虎，至少我没有那么大的主动性放弃紧张的写作任务，去为自己争取一段愉快的时光；至少我也没有勇气去单独约则纬和她闲谈，打发掉一个阴郁的下午或一个清冷的晚上。纵然我们都心底无私，纵然则纬满不在乎，我还是要考虑会不会给则纬造成不良影响，六十年代的人就是这种"死要面子活受罪"的性格，胆子小，想得多，头皮薄。当然，我和骏虎之间就不存在这些问题，为什么我那么珍重兄弟二字？就是因为兄弟之间更可以无所顾忌，自由啊！自在啊！

骏虎外边的朋友多，所以他的房间经常处于"空巢"状态，但只要他被我抓到，或我被他想起，我们就会有一晚透彻的畅谈。一开始，两个人还要谈一些班级工作，或就某些事情或学员交换一下"两委"的看法。可是，谈着谈着，话题就展开了翅膀，前生今世，地北天南。从童年谈到青年，在从青年谈到中年；从农村谈到城市，从老家谈到小家，从友情谈到爱情，在从爱情谈到家庭……如果说男人和女人情投意合而生的爱情能给人以慰藉和甜蜜；那么男人和男人之间意气相投而生的友情却能让人心胸开阔和充满力量。

鲁院的时光，如大雪中的车轮，先是滞涩的、迟缓的，而后竟是飞旋的，飞旋如毫无阻力的空转。一晃，树叶落尽；一晃，大雪纷飞；一晃，时光的风就把一本日历从头翻到了尾。一晃，鲁院的日子结束了，分手的时刻来临。毕业典礼时，骏虎在台上发言说："人生就是这样，有第二次幸运的喜悦，就要承受第二次离别的悲伤。"我坐在下边，忍不住悄悄流下了泪水。

曲终人散，"三虎"组合的鲁院时段已经结束，而另一个时段却悄然开启。岁月，固然能磨灭很多事情，但却不能磨灭人与人之间的牵挂。而后，我们将以怀念的方式继续着那个奇妙的组合。

病妇

最近去看望了一个本企业的患病职工，一个精神分裂病史达四十三年之久，七十二岁的老妇人。

如果不开口说话，她那份举止上的安恬与目光里的温和，不论如何也不会让你看出她是一个精神分裂症患者。但当她一说话，你就会发现，讲话的那个人和眼前坐着的简直就不是一个人，她脑子里装的东西和我们脑子里面装的东西是完全不同的。大概这就是精神分裂症命名的最初原因吧，因为这类人的言行举止只要一转换，他的精神状态也就随之进行了转换，或判若两人或判若多人。

就好像一个身躯里暗藏着多个不同性格、不同状态的人，一会儿这个出来说两句话，一会儿那个出来做一个手势，一会儿另一个又出来做一个表情，每一个人彼此割裂，互不关照，互不协调，像一个凌乱的仪仗队，有人迈左脚有人迈右脚，有人扬左手，有人扬右手。

老妇人招呼来人的时候很特别，见到男性的就叫大爷，见到女性的就叫大婶或阿姨。这时她的情感与记忆仍停留在四十三年前，那时她刚好二十九岁，因为恋爱失败，就在那个时间点上迷了路，两个自我失散了。一个她渡过了时间之河继续前行，带着她沉重的肉身；另一个她坐在时间之河的那端一蹶不振，沉湎于失意与疼痛之中，偶尔抬起眼看一看过往行人，仿佛某年某月曾在某地见过的亲人。她温和的天性让她开口说话，但一开口就暴露出了自己的迷乱或丢失。

她的一部分精神就那么无可奈何或无限依恋地停留在二十九岁。

她喜欢听歌，听那首她二十九岁时天天挂在嘴边的《小二黑结婚》，当她狂躁时，身边的人一唱这首歌，她很快就会安静下来。也许那时她就立刻感觉到，人生刚刚开始，一切都来得及，一切都可能过去，一切都可能重新开始。

其实，我也爱听歌，很多人和我一样，也爱听歌。

当老妇人眼中充满憧憬地听那老歌时，我想起了自己。当我平时沉湎于那些老歌，回想着逝去的青春岁月，我的表情是否与此时的老妇人有着某种不折不扣的酷似。三十年前唱那首《康定情歌》，心里就暗暗思忖，那张家大哥、李家大姐是不是只比我们略大一点点，再大也不过二十岁的光景吧。现在某一些时候再唱那首歌儿时，仍然会觉得张家大哥与李家大姐比自己略大一点点，仍然觉得他们也就二十岁上下的光景。

看看吧，这样的投入与忘情又何尝不也是一种精神分裂呢。不同的只是夜晚的聚会一散我们又回到了现实，我们身体内那两个自我经过短暂的分裂之后又合二为一；而那个老妇人却再也没有把那个走失的自己招回，以至于永远不能将分裂的自我弥合。

告别老妇人之后，我有过很长一段时间的恍惚，心里一直在想着一个问题：谁能够确切地知道另一个人的内部到底会发生什么呢？那么，一个人内部发生了问题又有谁真正能够了解、理解或有效地解决呢？于是便暗暗地叮嘱自己，不管何时何地遇到了什么人什么事，一定记着，把坐在地上不肯离去的那个自己随手拉起，否则以后的日子定会遇到很多麻烦。

大姑父

　　辛辣的蛤蟆烟在大姑父面前缭绕，于是他那烟雾般烟蓝色的瞳仁便渐渐地虚出了现实。

　　我们总是不由自主地随着他的话语进入一种悠远如童话的境界之中——

　　"南山有个鹿，北山有个狼……"

　　小时候，我们对大姑父的这种说法深信不疑。

　　有一天，鹿和狼在山林里走到了一起，狼看鹿长得美，鹿看狼机灵健壮，他们就做起了朋友，拜了"把子"。从此鹿和狼结伴而游，行走山林。这一天走着走着，狼就遇了难，一脚踩空，掉到了狍子坑里。鹿想这是朋友啊，怎么说也得把它搭救上来。于是鹿一口口衔草添坑，全不顾满口的疼痛和流血，坑里的柴草一点点加高，终于可以让狼顺利逃出。

　　两朋友从此更加亲密。又有一天，鹿也遭了难，也一脚掉进了狍子坑里，鹿想狼不论如何也会拔刀相助，于是便求狼为自己想个办法。可是，狼说，我也不会叼草啊，我去给你另想个办法吧。但狼也不知道要想一个什么法子，便自己往前走，走着走着，隐约有狗吠声传来，便突然意识到可能危险将至，如果这时猎人去了那个狍子坑，谁能抵得了那一杆惊鬼泣神的猎枪啊。于是狼就顺着路跑得无影无踪。

　　鹿在坑里左等也不见狼来，右等也不见狼来。突然听到有人狗混杂的喧哗之声，知道是猎人来"遛"狍子了。鹿便急中生智倒下来装死。来的人七手八脚就把鹿从坑里弄了上来，他们正在琢磨，这鹿掉在坑里怎么会自己死呢？突然，鹿就跳起来逃跑了。

鹿一边跑，一边伤心落泪。鹿没有朋友了，就独自在林中吟唱：

狼有难时鹿相救

鹿有难时狼自走

交友别交无良友

狼心狗肺不到头

年轻时，大姑父是十里八屯中出了名的"好交"之人，仗义疏财，广交朋友，因为朋友众多，使得他走到哪里都"吃"得开。但不知道为什么他要经常对我们这帮半明半昧的少年们讲起这个"无良友"的寓言故事，或许在广交朋友的人生经历中，他曾很深地遭受过朋友的伤害或很深地惧怕朋友的伤害吧。

然而，这些年，从大姑父的嘴里，我们从来没有听到过他对朋友有什么埋怨，也没有听他说自己有交过无良友的经历。当然，更没有直接的交友失败的感慨。用大姑的话说：你大姑父一辈就没办过错事儿。当然，这话里隐隐透出一些反讽意味。

年轻时，大姑父把一门心思都用在朋友身上，基本不太在乎姑姑和那个家，这是人所共知的事实。关于大姑父舍妻保友的义气，我曾经是直接的见证人。有一次，因为大姑劝他不要和某个人来往，并说了那人的种种不是。这下子惹恼了大姑父，他就认为大姑是在说他朋友的坏话，在离间他和朋友的关系，大吵了一通，说到愤怒处，一脚把大姑踹倒在地上，转身离去。

大姑父不能不对他的朋友倍加珍视，因为朋友是他人生中最初的温暖和依托。

大姑父一岁时随母亲嫁到继父家里，用他自己的话说是"带犊子"，上边有继父原来妻子所生的子女，后来，下边又有了继父与自己母亲所生子女，一家子兄弟姊妹里，只他一个人是外姓人，出来进去的都是要看着继父的脸色行事，凡事都不能与别人攀比，基本上没得到过什么家庭的温暖。

从七岁开始负责每天为继父喂马、遛马，一直到正式下地做农活，他从没有得到过别人的尊重、珍视、信赖和真心的呵护。

从少年起，大姑父就习惯把一些在家庭里没有实现的寄托放在朋友的身上，虽然旁人并看不出他那些朋友到底能给他带来什么值得讲评的益处。

等到和刘永清做朋友时，大姑父已经娶妻生子了。在人民公社时期，刘永清不种地，不扶犁，每天围着母马或母驴的屁股转，村里人给他编了一条歇后语："马站技术员——臭手"，而大姑父却不嫌弃，与刘永清相交得如糖如蜜。刘永清的职业就是配马，为合适的母马或母驴实行人工授精。我们能够记得的刘永清，每天穿着一双长筒的橡胶靴子，在村里走来走去，或再戴上一双橡胶手套站在一个被死死固定的母马屁股后面，把手插到母马的肛门里面，一把一把往出掏马粪。因为那个时期，中国的广大农村都相当贫穷，就是每个人脚上穿的那双鞋也都要算做比较重要的财产，不是要动用很多的钱，就是得花上很多的时间才能搞定。所以尽管刘永清那掏马粪的营生没有人看好，但他那双常年都可以穿在脚上的橡胶靴子，却让村里人好一番羡慕，因为那是公家给配的，穿坏了可以再换新的，最重要的是永远不用花自己家的钱。

刘永清工作的配马站坐落在两个村子中间的荒地上，孤零零的，远看像一个秘密机构一样，不知道当初的设计者是出于一种什么样的考虑。离村子远，大概去观看、打扰的人就少吧，怎么说那也是一种与性有关的神秘事业。果然，除了掏马粪那个细节之外，再往后，其余的技术环节我们就无法了解了，因为每到这时，围观的孩子们就被刘永清或他的徒弟驱散。但是我们却知道有一种工业酒精是马站里必不可少的消毒物资，用量大的时候，要成箱子往回运。直到前年回老家，和在姑父提起这件事的时候，谜底才被揭开，原来，刘永清、大姑父还有大队书记一伙人天天要拿那些工业酒精兑水当酒喝，怪不得当时的用量会用那么多。后来，大姑夫的眼睛儿乎快失明了，就是因为那些从公而来的工业酒精。在那么困难的年代里，借朋友的光儿混些工业酒精喝，就算大姑父在刘永清身上受益最大的事情了。

不知道那些年刘永清配过多少马，喝过多少工业酒精，也不知道他又因为什么得罪恶了一匹奇怪的马。据说有一天，那匹经过刘永清"配"过的马，被解开之后，突然对刘永清发难，腾起两个前蹄就把刘永清踩到了脚下，践踏了一阵离去后，仍觉意犹未尽，过些时候又返回身用脚踢了一阵才算罢休。过后有人说刘永清在马身上做损做得太多了，大姑父便出来替刘永清说话，说是那哑巴畜生不懂事，并把准备给儿子娶媳妇盖新房的钱借给刘永清看病，听说后来刘永清一借多年也没有提及还钱的事情，大姑父曾很含蓄地问过，但并无结果。随着刘永清的病情日重直至去世，这笔账算是自动核销。再说起往事，大姑父无言，只是一笑而过。

大姑父另一个"挚交"，如今早已经不知去向。那是个知青，他有着一个非常革命非常忠诚的名字，叫张捍东。有一阵子，像大姑父的家人一样，天天长在大姑父的家里，好得无边无际。特别是探讨起农村的公平、正义等问题，更是义愤填膺。后来终于和大姑父合伙干了一件大事，就是直接写信给县委组织部，反映问题，信由他们合写，大姑父属名，由张捍东直接带给他在县委大院工作的爸爸。但是过了一些天，大队召开了紧急会议，书记在会上大发雷霆，说要好好收拾那个要整他的人。很显然，他们的策划不但没有成功，反而招来了麻烦。会后，张捍东到大姑父家主动承认错误，那封信被他爸爸截留，根本没有送到组织部，而是直接以个人的名义转给了大队书记。那天晚上我刚好在现场，张捍东就说了声对不起大哥，然后就哭了，痛哭流涕很难过的样子，并一遍遍地说他也不想出卖朋友请大姑父原谅，其情之真，感动得连我们几个小孩儿都哭了，后来虽然我们被撵出了里间，但到了外间一样听得十分清楚。后来大姑父也哭了。大姑父说："算了，捍东还是个孩子，都怪我不好，把你扯进来。"

我始终没有搞清楚，那天大姑父的泪是为什么而流，但过后大姑父仍然和张捍东很好，好得跟一家人似的。又过了一些时候，那个张捍东就返城了，从此再无音信。

每一次大姑父讲那个无良友的寓言故事时，我都情不自禁要想起多年前的那段往事。我想那也算了无良友了吧，但当我重新对大姑父提起那个人时，大姑父仍很坚决地说，那事也不能怪那孩子。现在算起来，"那孩子"差不多有五十多数的年纪了。

一晃，大姑父已经七十多岁了。前年得了一场大病，差一点就没有到阎王爷那里去报到，后来，他住的那家医院已经放弃了救治，下了病危通知，大表哥就只好把他抬回家中，说来也是个奇迹，回到家里后他居然靠一点简单的药品挺了过来。如今大姑父坐在土炕上，看起来仍然硬朗，并如从前一样威武、高大。仅仅从他刚毅的神情和开朗、乐观的谈吐，我们完全看不出他刚刚从死神的手边逃脱出来。虽然他多皱的脸上已经堆积了一生的疲惫与沧桑，但他烟蓝色的瞳仁里仍时时透出一丝胜利者的微笑。

"这场病差点没要了我的老命"，大姑父说。我无法分辨得出，到底有多少庆幸，又有多少得意在他的微笑里面。这一生里，大姑父差不多什么也没有积攒下来，直到现在仍然过着十分简陋、十分清贫的生活，没有一件像样的家具，没有应急的余粮和余钱，但除了九个儿女和这个从年轻到老迈一直没有多少破损的快乐表情。也可能，还有他心里的那些朋友和保存完好的丰富的回忆。

兴致稍高，他还是喜欢谈论他的朋友。他最后也最神奇的朋友是北村的老刁头儿，都八十多岁的人了，突然会认字写字了，那次回老家，大姑父特意带我去看了一次老刁头，并让那老者拿出自己的字给我看。我看了，虽然字写得并不圆润，但绝不是一个孩子能写出来的，一看，那字里面就有经历、有沧桑。更为神奇的是，那老头儿着急时还能跳墙头。那天，他突然想念起了大姑父，就从北屯走来看他，正好大姑父在午睡，唤了几声唤不醒，那老头儿就从铁大门上翻身而过，径直走到屋子里来。

说到这一节时，大姑父开心大笑，脸上一派的天真快乐，宛若儿童。

更夫

那时，人们仍然沉浸于甜美的梦中。有人在与辨不清姓名的心上人谈情说爱，刚刚执手，耳红心跳，真不知道怎样说出心中那无限的缠绵；有人则埋头从地上一张接一张地拾起不知道是谁散落的钱币，兴奋不已，意犹未尽；而我则刚刚捉到了一只美丽的小鸟儿，五彩缤纷的羽毛闪射出天堂般神秘的光泽……突然，有一声比梦更加神秘、奇异的叫喊从身后不可知的地方响起："干——活噢——"就在梦中人惊愕回头之际，一切尽皆散去，眼前一片黑暗。

在遥远的人民公社时期，村庄里的人们过着高度一致的集体生活，每天要集体起床，集体上工，集体劳动。为了解决生产力低下、劳动效率不高的问题，社里就打破中国农民几千年沿袭下来的生产、生活习惯，变"日出而作，日落而息"为"起早贪黑，披星戴月"。那时，商品极其匮乏，没有闹钟，更没有手机，偶尔有稍微富裕一点儿的家庭置办了一台挂钟，那相对"渺小"的报时声也不足以把疲乏、深睡的"社员"们叫醒。于是，有一些村、社就设一个专职的更夫，当时的人们叫他为"更官儿"。因为那个更字被人们发成了"精"的音，所以很长一段时间，我一直认为天天把人们叫醒的是"精官儿"，大有一点儿混在人类中某种精怪的意味。

据史料记载，最早的打更活动起源于原始的巫术，主要用于驱鬼，只有那些受人尊敬的巫师才有资格在夜深人静时敲敲打打。后来，可能人们认识到，就算不是什么资深巫师，有一个人在漆黑的夜里搞出一点动静，也能够证明，那夜晚仍然由人类占领和把守着，多少能对胆小或胆虚的人们起一些打气、壮胆的作用。

传统的更夫，往往是手执一锣或梆子，每夜有规律地在街上巡行，或报时或报平安，一边用梆子敲出更点，一边仄着嗓子喊，"关好门窗，小心火烛！"或"平安无事喽！"那行为，果然就有一点神秘、怪异。

然而，村里的"老更官儿"却与传统更夫还有着很大的差别。他们的主要职责一是看守生产队的物品、牲畜不被偷盗；二是在指定的时间里把社员叫醒，上工。

一般情况，"更官儿"往往由村里年老的鳏夫担任。对于一个没有妻儿牵挂的人，反正也是无家可归，那就以"社"为家吧，这在形式上和情感上，都接近于两相交托。于是，"更官儿"就像经营自己的家一样经营起每一个人民公社的夜晚。有狼进犯羊圈时他会警觉地叫来住在附近的人及时驱赶；有贼人拿了生产队的东西他会立即报告；如果夜间有饥饿的孩子到生产队里去找他，他便会自行做主，把队里存放的可食之物拿一点儿来给孩子充饥；如果村民有什么特殊的事情需要在夜间某一个时刻醒来，他便去把那人及时叫醒。

一切都自然而正常，并没什么异样。只是每天凌晨那次叫醒，村里的张"更官"总是采取一种很特别的方式，他会走到每一户人家的窗子下大喊一声："干——活噢——"，然后走开，等声音再次传来时，已经比先前小了很多，大约他已经站到了另一户人家的窗前。最不可思议的是他那一声叫喊，在夜里，听起来总是显得十分突兀、怪异，仿佛一缕凌厉的风，自黑暗与光明之间或世界与幽冥之间，逶迤而来，拖一条无形而悠长的尾巴梭巡于村庄狭窄的街巷，从东到西，从南到北。最后，又总如一只收拢了翅膀的大鸟，无声地盘踞于村中某棵大树的梢头，等待着下一个凌晨的下一次飞翔。

谁能够相信那声音就是发自张"更官"那个平时低声细气的喉咙呢？好多人想亲眼看个究竟，但张更官儿不是躺在生产队的炕上睡觉一声不响，就是和往常一样低声细语地与村里的人说话，人们到底还是无法把白天的张"更官"与凌晨那一声叫喊联系到一起。久而久之，张更官儿在村民的眼里渐渐变得飘渺和陌生起来，似乎他和村民们已经分属于不同境界，村民们属于白天，而张更官只属于夜晚。

秋冬之夜的凌晨三四点钟，正是阴阳交错、明暗相接的时辰，据村民讲，那时人与鬼魂们会走在同一条路上，而张更官儿每天正是在那个时辰里行走，难道他就不怕受到魅惑吗？或他身上具有让那些影子退避三舍的超能吗？当人们对张更官儿提起这些时，他泰然自若，笑而不答，仿佛一切都不在话下。后来，人们发现，那么多年，张更官儿不但每天按时把人们叫醒，而且连一次都没有因事或因病而缺勤，几乎是风雨无阻，雷打不动。突然，他在人们的眼里变得雄壮、有力和令人敬畏起来，仿佛他往村头一站，村庄的夜晚就多了一颗不发光的太阳。那时，我们年纪还小，夜里常常因为想起一些鬼怪故事而难以入眠，于是便只能怀着深深的惊惧一分一秒艰难地挨过长夜，并焦急地期盼着打更人的声音快快在黑暗中响起。

往往，那一声"干——活噢——"的吆喝过后不久，报晓的公鸡就开始了第二遍鸣叫。村子里到处响起了细微的声音——窸窣的穿衣声、柴草的摩擦声和门的开合声。新婚的小夫妻往往睡得深沉，被重重的搅扰推到了醒的边缘，吃力地翻一下身，紧接着又一次沉入梦乡。许久，隔着灶屋的老人听听仍没有动静，开始大声呼唤起那个后生的大名儿或小名儿。

"什么时辰了？"

"更官儿早就叫过了。"

半梦半醒的迷茫之中，人们是说不清楚到底是什么时辰的，但只要"更官儿"一叫，不管什么时辰，就是不可置疑的起床时辰。紧接着，很多人家的灯会在半透明的窗纸后亮起来，但其飘渺、微弱的光亮却远远穿不透夜色的幽深。

有一些小孩子也跟着大人醒来，但很快又会睡去。有时，我的意识会在极度的困倦里维持短暂的清醒，于是便能够听到父母亲小声说话，以及父亲吞咽食物时的咕噜声。父亲那时年轻，威武健壮，干农活儿一个人能顶得住一个半劳力，躺在床上听他走路，感觉整座房子都跟着颤动。父亲去世后，他那个时期的形象便成为我比较固定的怀念。他们说话的声音恰到好处，刚好没有把我们彻底吵醒，也刚好让我无法听清说话的内容。那情景，仿佛来自一个遥远的梦境，或干脆就是一个梦的有机组成部分。

村庄终于再一次平静下来。当曙光把窗间的油纸映成微红，第二批起床的人们开始揉着惺忪的睡眼，真正开始了一天的活动：生火做饭，喂猪喂鸡，打发孩子到五里地以外的小学去上学……

童年时，感觉最漫长的两件事物都与上学有关，一个是上学的路，一个是学校里的课，都有着一个共同特点，那就是盼也盼不到头，每一样都需要我拿出巨大的意志力去奋力对付。尤其是上课，有时正上着课，突然就眼前模糊起来，意识渐失，再睁开眼的时候，与目光直接相撞的，就是老师那张充满了嗔怒的脸或鄙视的目光。不期而至的惊醒和悠然而逝的梦境，便同时破碎，如纷纷扬扬的粉笔灰无声飘落，在穿过斜射进教室的光束时，泛起一片耀眼的光亮。

突然，令人沮丧的静默里，骤起一声奇异的呼喊："干——活噢——"，几乎无法判断，那一声呼喊是来自于往昔的记忆，还是来自于未来的期待，它就如一缕不易察觉的风，带着异香，从我童年的鼻翼及额际间，轻轻掠过——

穆西德拉

穆西德拉，据说是一个不死女神的名字。

但每当我看到了这几个字的时候，就一下子想起了那个美丽的捷克少女，想起了她的妖娆、她的冷漠、她的柔情、她的死亡。于是，心中便生出一丝隐隐的痛。我知道这是一个男人理智之外那部分多余的脆弱。但这不能怪我，按西方人的观点，当初上帝造人，如果不从男人身上取下那条肋骨造出一个女人，我想以后的人类尽管会孤单，会无助，但总不至于落下无以悔改的原罪，更不至于落下一份无由的牵挂和无端的痴念。

不知道她为什么叫了这样的一个名字，难道她真的是一个流落红尘的天使吗？

当我看到她面无表情端坐台上，任一柄锋利的长剑在她身体的任何一个部位进进出出终不能对她构成任何伤害时，我真的有一点相信了她就是那个不死的女神。

少女就那么静静地坐在台上，不哭，不笑，也不透露一点点内心的快乐和忧伤，所以她看起来始终如一个冷峻的天使，不动声色地保持着她的神圣和魔力。就算有时要陪那些心怀贪念的猥亵男人们出去过夜，她无法损伤的美丽与圣洁，仍会让人想起淤泥里那茎挺拔的莲。是的，对于一个天使或女神来说，世间的一切没有什么能对她构成伤害，别说是一柄长剑，就算世间所有锋利和不够锋利的剑加在一起，又能对她如何？

但是后来，我们所看到的情节却发生了出人意料的变化。

有一天，一个叫作杰姆斯的小子出现了。他坐在台下的暗影里，像许多观众一样对少女充满了幻想和神往。但他与众不同的是不仅仅满足于和其他人一样在台下仰望，他渴望着对那样的少女进行平视或俯视。于是他给了经理人一笔钱，把少女的表演场移到自己的房间。其实那少女本来就是不拒绝性的，她无所谓，一个男人的阳具总不比一把长剑更加可怕。

然而，谁也不会相信，真正可怕的事物并不是做爱，而是爱。当爱发生时，就如雨水降落于春天的大地，冰封了一个冬天的大地开始融化，从坚硬变得柔软，从封闭变得开放。当爱发生时，就如种子在泥土里悄悄萌芽，在它还没有露出地面的时候，你什么也看不到，一旦它破土而出，你就会发现它的力量巨大得完全可以摧毁厚厚的冻土甚至坚固的石板。

随着时间的推移，爱，如钻入泥土的蛇，潜入了少女的胸怀。从此，她原本浑圆完整的生命便现出了缝隙。除了性，她又生出了依恋和思念。她感知到了自己的身体在一种液体的作用下正一点点融化，一点点瓦解，一点点变得柔软脆弱起来。

突然有一天，少女在与杰姆斯做过爱之后流出了眼泪，随之而来的，在少女躺过的床上，第一次出现了一摊血迹。或许，只有从这一天起，她才真正地受过人类的伤，才算真正地破了处女之身。于是，当她重返刺剑表演的舞台，当长剑再一次刺入她的身体，她感到了从未有过的疼痛，血从她的腹部倾泻而出，伤口不再愈合，她当场倒在了台上。直到这时，人们才醒悟，原来早在她心中有爱的那一瞬，魔法已经被悄然解除了。从此，她不再是穆西德拉，而是一个死了的捷克少女。

流血或流泪，是凡人的事情，天使的身上并没有那些象征着脆弱和悲伤的液体。

最初，人类是不知道自己孤单的，只因为在亚当之后又有了夏娃，人类便有了不醒的迷梦和不解的误会，总以为人类之爱可以把人类从内心的孤独和惶恐中解救出来，于是便不遗余力地加以追逐，并在爱情里把同类视若神明，但却从来也没有想到，从远古开始，人类之爱就已经受到了诅咒。

从古至今，爱的属性一直是双重的，它既是奖赏又是罪罚，既是愉悦又是悲愁，既是幸福又是祸患，人们总是会因爱情而脆弱，而受伤，而感到疼痛，而有一天交付自己的生命。

　　那个捷克少女的死，让我的内心里充满了悲伤，很久很久，不敢再想起那个"爱"字，因为那个字本身就是一道咒语，它一旦击中了哪一个人，哪一个人的生命里就多了一个致命的缺口，现出连神性都无法弥补的黑洞。

刘把头

　　江，在到达哈拉屯之前，是经过了一番犹豫的，到底要不要在此地来一个九十度转向，由西而南，之后再由南而东，与另一些江河保持方向上的一致？看来，这确实是一个值得认真思索的问题。

　　江水在红岸一带留下的零乱轨迹，正是它步履徘徊与反复的印证。但江毕竟是江，它不会像某些人类一样，因为打几个盘旋或走一段弯路，就误了前行的时机而消极停滞。经过短暂的淤塞和迂回，再出发，江依旧壮阔、开敞如初，仿佛一首歌，慢板低吟过后重新进入高亢、嘹亮的境界，但从此江的履历中就格外地多了一段曲折与丰富。

　　"刘把头"最初来到这个江段的时候，刚刚十二三岁的光景。那时，他父亲领着一伙打鱼人在江湾里纵船放网，他便也学着大人的样子，驾船、抛网、放钩，经常行走于江水和波涛之间。有时，单独一人驾一艘小船为父亲的捕鱼队去送饭、送水、取鱼、赶网，恰与江上活动的其他渔船错舷而过，也如行道里的人一样，高喊两声："快当，快当！"那时，他的嗓音虽然还不够粗豪洪亮，但那态度和气蕴也与那段苍茫、豪迈的流水有着某种天然的契合了，江上的人无不深以为奇，内心里便不再把他当作只知道跑腿学舌的娃娃。有人顺手从自己的船舱里捡一条大鱼丢过来，也回了一句："快当，快当。"算是对这个懂得道上规矩后生的认可、赞许和鼓励。

　　江上的打鱼人最在乎的就是鱼，因为这些以打鱼为生的人，鱼就是生活和尊严，没有了鱼就没有了生计，没有了鱼也就没有了证明自己本领的证据。运气不佳时，甚至连一条手指大小的鱼儿都是金贵难得的。而这些人，最不在乎的却也是鱼，只要有一条船、一张网，凭着经验和感觉，随便在江上转一圈儿都有可能"转悠"个满盆满仓，有吃有用。大江如何慷慨地赠予他们，他们也不吝惜以同样的方式赠予别人，特别是对那些懂江、懂鱼又懂道上规矩的人。虽然宽阔的大江有着无尽的储藏，和无限的悲悯，但谁又能保证一生永远没有个"闪失"？日后，真的哪一天时乖命舛，落得个片鳞无获，遇上像这样懂事的后生，说不准也会得到同样既有尊严，又有温馨的一鱼之赠呢。

船拢岸后，少年人总是要用一个"快当钩"将那受赠之鱼挑起，高高地扛在肩上，像扛着一面荣耀的旗帜，在人们羡慕的目光里走向父亲的"窝棚"。不管自己家的网打了多少鱼，最近的一餐总是要把这条具有深意的"赠鱼"当作头鱼摆放在餐桌的重要位置，待桌上最有地位的人"开彩"之后方可分享。

江边打鱼人的生活，总是简朴而丰富。一条船、几张网、十来个壮如犍牛的汉子，不分四季地追着鱼汛走。"七上、八下、九还家"，鱼走到哪里就在哪里埋锅造饭。一把铁锹在沙滩上挖一个临时的锅灶，将大铁锅往上一放，拎一桶江里的水，捡一筐新网上来的鱼，投一把清盐、几条辣椒，在江边上拾一捆被波浪推到岸上的枯枝、败草，划一根火柴一燎，灶烟一起，就有了家的气息。一顿饭或一种生活就这样开始并延续下来，一切都来自于江，都是大江的恩赐。

有时，为了让餐桌变得丰富一些，人们也会在不同的季节里增加一两个菜肴的品种。春天里，可以到河滩的沙子里收集"甲鱼籽儿"。一个有经验的老手，拎一只桶出去，不到两袋烟的工夫，就捡回一桶甲鱼卵，采一把柳条，把桶里的甲鱼卵刺破搅开，澄清片刻，加盐往大锅里一倒，翻炒几下，一个像模像样的"煎蛋"就成了。夏天，也可以趁夜色去江边的苇塘或"条通"里捉青蛙，经常是以一面袋青蛙做成一道油炸青蛙腿。说起来，也残忍也奢侈，但在从前那个资源丰富的年代里，人们并不用顾及过多，对于大江的恩赐，只要坦然接受和安心享用便可，只要人守天道，上天的赐予就会没有穷尽，一切自不必过虑。这些世代守着大江过活的人，并不需要言说，也不需要心怀愧疚，就像赤子不需要向母亲道谢或怀有什么负罪感一样，只要渔人对江有一份赤诚的敬爱和不弃不离的依恋就够了，什么样的情感也许都已经蕴含其中。

日子周而复始，一天天、一年年，被一代代江边的人"接手"并不断复制。不一样的时间，不一样的面孔，却隐隐约约展现出一样的情形。忙完了早晨这一网之后，日影便近了中天，"网上"的人早已经筋疲力尽、饥肠辘辘，便纷纷回到网房子休息并享用刚刚获得的成果。刚刚端起饭碗，就有一个陌生的脸孔出现在门口。

"快当，快当。"众人一齐转过头，看出那是一个"赶网"的人。

对于"赶网"人，最直接的表述，就是走赶在开饭的时间到"网房子"去"蹭"饭的人。他可能是家住附近饥饿的村民，也可以是素不相识的过路人，在江边，不管是谁，吃饭、活命的权利都会受到尊重。只要那人进门时不用脚踩踏门槛，不用身体靠着门框说话，大大方方径直走进来，就像走到朋友中间，大家就会很客气地串出一个位置给他。

饭食，天赋的职责就是安慰那些饥饿的人。就如江可以无条件接纳任何一个来其上讨生活的渔人或船只，江边的人也随时会把江的恩赐慷慨地转赠给需要的人。但在江边，一切事情似乎都有一个简单的原则以供遵循，那叫规矩或规则，虽然不多也并不复杂，却常常决定着事情的成败。人不懂水的规则会一无所获，甚至遭遇凶险；人不懂渔民的规则，也将在渔民中寸步难行。

按江边的规矩，灶上的"大师傅"首先要给这个"赶网"的陌生人盛上一碗鱼头。如果这人面有不悦，就会有人劝告他去别处另讨方便，因为江边上不欢迎不懂感恩的人。如果他老老实实地一直吃着那碗鱼头，证明他很喜欢鱼头或不懂江边的规矩，让他吃去好了，因为这江也从来没有许诺过，只要是一个人驾船到江上撒网就一定有所收获。对于行道里懂规矩的人，面对那碗鱼头会面带微笑谈笑风生，将鱼头以唇相触，然后放下或干脆从碗中一一捡出，便会有人来取过已经"吃"空了的碗，再给他盛上鲜美的鱼肉。这也算"苦尽甘来"吧，当鱼头被捡光或吃尽的时候，剩下的自然就只有鱼肉了。

这是日后被称作"刘把头"的少年人在"网房子"里所上的人生重要一课。那时，在他单纯的思想里，还没有形成对人要施以宽厚和善待这样固定的观念或理念，但他已经知道很多的事情应该如何去做了。

当大人们饱食之后再一次投入紧张的捕鱼活动，他便以主人的身份把那赶网的人送走。往往，他会与别人做的稍有不同。他会像送一个依依惜别的亲戚一样，把那人送出去很远，并反复叮嘱，如果遇到什么困难或再次路过时一定来自己的网房子里落脚。这行为，不但感动了别人，也常常感动了自己。不仅仅很多人交口称赞他是个善良、仁义的好孩子，望着"赶网"人孤单远去的单薄身影，从他自己的心里，也生出很多温柔的情感和想法。

想起秋夜里缓缓行进的拉鱼车，想起车后边那几条眼泛绿光的狼，他便不再如先前那样感到毛骨悚然了。那些原本象征着贪婪、凶恶、残忍的目光，在他的眼里开始变得微弱、温柔起来。他突然领悟，狼们那一路的苦苦追随，不过是为了车上滑落的一条或两条鱼，原来它们也是冒着生命危险来"赶网"的，这时的狼是向人类乞食的弱者，这些可怜的动物，只要有一条鱼填饱肚子，它们就不会暴露出它们凶残的一面，饱食后也将如狗一样乖顺地走开。

后来，他就不再害怕半夜色里那些闪闪烁烁的"萤火"了，因为他知道那些"萤火"后面的含义，知道那些"火"将为何燃起，又因何熄灭。

然而，这个最有当渔把头潜质的人，并没有上船接过父亲的舵把子，在这段江面上纵横驰骋，而是在十七八岁的年龄考到省城里的一所技术学校。多年后，他居然在江岸上一座发电厂当了厂长，用摆船、撒网的路数操持起一个现代化工厂，并一路顺水而行，乘风破浪。这大约也应了那句老话，物同一理吧。于他来说，一座工厂不过就是一艘不下水的船吧。

但是，"刘把头"这个名号，却不是来自于他的企业，而是来自江上。他当厂长之前的那些年，因为生活拮据，涨工资时名额有限，应该轮到自己却涨给了别人，心灰意冷之下便再一次投身于包容、收留过他的大江。白天在电厂上班，每天的一早一晚和周末休息他都会驾着自己的小船，在江湾里追鱼抛网。那时"刘把头"年轻体壮，身材魁伟，一张丈二网苗的大旋网，在大江上威风地抛来舞去，不仅收获了无数的巨鳞、小鲜，卖了钱弥补家用的亏欠；同时也收获了江湾里无数艳羡的目光和不绝于耳的赞叹。"刘把头"，人们一开始这样叫时，自然有一点奉承的成分，到后来真就叫得心悦诚服了。因为"刘把头"虽然身有公务，但始终也没有断掉渔把头的气脉，自小在江边养成的性格、习惯和秉性不变，往人群里一站仍然那样高声说话，爽朗大笑，水里岸上，撒网摆事儿，都能够掐着个"理儿"走，尽管他的"理儿"有时与别人并不太一样。

终于有那么一天，他靠自己爽朗豪放的笑声和坚忍不拔的意志征服了那艘不下水的"大船"，从船尾走向船头，大手一挥，当起了真正的"把头"。但当了"工把头"后的他，骨子仍然是一个"水把头"。

他当"把头"的企业是家国企，国企进人就得国家分配，这他说了不算。所以就有劳教人员被安排到了他手下。那人是个孤儿，从小在街头混生活，忍得了穷困屈辱，却受不了累。他可能深信那条"横的怕硬的，硬的怕不要命的"法则，便一招招儿在"刘把头"身上试身手，先软，后横，再生硬，要求刘把头给他一条好"生路"。最后升级到"不要命"的阶段，深夜揣着砍刀闯入"刘把头"家去逼宫。"刘把头"坐在那里一动未动，当那人把刀亮出时，"刘把头"敞开衣襟大骂："你个狼崽子，有胆量你就往这儿刺！"吓得那个人落荒而逃。从此，"刘把头"的名号变成了"刘土匪"；厂里的人都以那人为害群之马，建议"刘把头"把那人踢出工厂，但他却执意不肯，他说狼崽子如果有一个温暖的窝，也许就不再是狼，没准会变成忠诚的狗。那人很幸运，因为他遇到的是从来不打绝命浪的"刘把头"，才免于被一个浪头拍入水底。宽容了他，让他留下来，在最危急的关头换了一口气，他才没有真正地丢了"生路"。果然，那人从此变得服帖温驯起来，开始老老实实地工作，对"刘把头"言听计从。说来，那也是江上的规矩："愿赌服输"。堂堂正正地赢，堂堂正正地输；堂堂正正守着"放"与"收"以及宽容和感恩的规则。

那人结婚时，仍然家徒四壁，"刘把头"却想方设法为他借了房子，置办了家具和一应生活用品。这让旁观的人很是不解。一个没人待见的"破落户"，凭什么让叱咤风云的"刘把头"如此善待呢？对此，一些管不住自己嘴巴的人自然要说三道四，"刘把头"也不多解释，两眼一瞪，大声骂道："妈的，人活一世都不容易，我们谁不是赶网的人？"他说这话时，很多人并不懂其中的含义，因为后来的工厂里已经很少有人知道江上的事情了。

很多年之后，当"刘把头"离开厂长的职位，也离开了半生盘桓的江湾，重回旧地，在江岸漫步时，仍然有自己不认识的年轻渔人，远远地就认出了他，特意从江心把船开过来，将自己当天捕获最大的鱼送给他，以示崇敬。他最后的尊严和荣耀，到底还是来自于他生于斯长于斯的大江。

一转眼，几十年的光阴逝去，江湾依旧，似乎丝毫也没有改变，但"刘把头"原来笔直的腰却已经驼了下来，弯弯的江道上再也看不到那个挺拔魁梧的身影。那张所向披靡的大旋网彻底闲置后，"刘把头"就再也没有吃过自己亲手捕到的鱼。如今，曾经的大江一定已成他一段难以割舍的记忆或旧梦。在小区的那帮老人里，"刘把头"讲起那些江边故事的频率越来越高了，高到熟悉他的人没有一个不知道他所经历的那个江湾和那些事儿。

除了不失时机地宣讲他那些江上的故事，"刘把头"还开始执着地往回活，把街坊当作早年的江边，广泛联系，四处帮忙，不管小区里谁有了生活困难或遇到了一点儿难题，他都会闻风而动，主动去帮忙，像拿了人家的酬劳一样，细致耐心、热情周到。习惯于自闭自足的邻里竟受不了这意外的"好"，脸上便露出了尴尬的神色。"刘把头"就反过来安慰那人说："我年轻时在江边打鱼，看到谁的船过不了滩都会顺手帮一把，不用道什么谢的，你这点事儿，也就是顺手帮一把。"

虽然在外边把人缘赚足，但这些却不能让"刘把头"得到本质的慰藉，他的心，另有安放之处。每周至少有两个中午，他要如期到女儿家去赶饭口，与小外孙子一起吃顿饭，一以贯之，坚持不断，并不管别人怎么想或怎么说。人老去，万念平复，诸欲成灰，不再有什么念想，唯一的念想就是寄放于隔代人身上的那份莫名的期盼吧？一日，家中炖鱼，小外孙突然想起了外公曾经讲述的江边故事，便向"刘把头"发问："姥爷，你说你到我家赶饭吃算不算赶网呵？"起初，"刘把头"一愣，似心有所动，随即哈哈大笑："呵呵，自家人赶饭口，不能算赶网。"

老了的"刘把头"大笑时仍然洋溢出波涛汹涌的放达。

通灵者

　　周荣走在路上的时候，身体起伏的幅度很大，远瞧，就像一跳一跳似的。如果不看他腰腿部位的配合，而光看他的上身和头，则更像在空气里游泳，总的感觉是一窜一窜地向前行进。

　　周荣走在乡下，走在农民之中，但他从骨子里并不是一个乡下人，更不是一个农民，甚至怎么看怎么都不像一个人间的人。佛教里曾有"三界"的说法，是指天上、人间和地府，而周荣这样的人，你把他放在哪一个"界"里似乎都不太合适，如果要准确归类的话，他就只能被划在"三界"之外的另册。

　　周荣会"过阴"，就是能"通灵"。大概像周荣这样的通灵者，总会有一些那样的时候，"界"虽然换了，但表情还来不及更换吧。看他的表情，似乎永远都在神与鬼、贼人与伟人之间摇来晃去，你稍一迟疑，他就从一个状态转入到另外一个状态，我敢断言，没有哪一部照相机能够成功捕捉到仅属于周荣的那些恒定的瞬间。

　　在某些宁静的夜晚，刚好又是喝了一点酒之后，周荣就会游走于那些尚没有熄灭灯火的家庭。在这些一般人认为比较尴尬的情况下，他似乎从来也没有遭遇过双方无话的尴尬，因为他会在很短的时间里把所有人的目光吸引到自己脸上。他会很突然地给你传达一个意想不到的消息，一开口就会神秘兮兮地问："你们知道吗，这几天咱们这里可能要闹不太平了？"当然没有人知道。

于是他就开讲，并成为大家关注的中心：昨天傍晚，徐家二姐一个人去仓房找塑料布，正在找，就听到里边也有一个人在翻东西，徐二姐用眼睛的余光看到一个人，很像她男人的侧影，就以为是自己的丈夫，顺便问了一句他在找什么？里面的人也不回答，又过了一会儿，徐二姐找到东西再对里边的人说："我找到了，先出去了。"那人只是哼了一声，但声音却有一些怪异。二姐突然觉得有一点不对，浑身发怵，便拔腿出了仓房。一抬头，正看见丈夫从房子那边夹着一颗香烟慢悠悠地走过来……说到这里时，周荣环顾四周，脸上露出了诡异的微笑。

　　周荣对人讲话时，特别是讲故事时，总是微笑着，眯起眼，目光里闪闪烁烁地放着光彩，似有很深的意味在里面。特别是讲起《三国演义》诸葛亮巧借东风，死后多年又以有毒的兵书毒死敌手司马懿以及袁天罡、刘伯温等历史上知名术士的时候，他那苍白得没有一点血色，也没有一星半点皱纹的脸上，便微微地泛起光亮，而光滑、润泽且有一点暗紫的唇，仿佛也现出了些许红润。对于一个没有历史常识的人来说，总会误以为那些高深的心机与天机原本就存在于他的头脑之中，而不是从别人那里转移或复制过来。

　　在村人里，似乎并没有谁对天空和星际感兴趣，他们只是关心自己家的房前屋后、家人以及自己的白天和夜晚，这多少让周荣有些失望。所以，人们总是能看到周荣一个人走在路上，不知道他从哪里来，这会儿又要去哪里，就那么一窜一窜的，显得郁郁寡欢，有点上气不接下气，仿佛能够吸一口比身高更高地方的空气会让他好受一些似的。

　　这时，他整个人就显得更加怪异起来。他脑子里到底都装着一些什么呢？思想？信念？主意？但想来想去却只有故事和那些故事背后深不可测的暗影。他的故事，确切地说是讲述，很多，而且又贴近现实，不由得你不信。因为他讲的就是你身边的人，下一分钟你就可以亲自找那人问个明白，并且很多事情确实得到了当事人的证实。

　　直到现在，村里人还能够回忆起发生在张合子和王四身上的那件事情。虽然当时故事是由周荣讲述出来，但过后确实得到过张合子的证实。

　　周荣讲这个故事时，就盘腿坐在我家的火炕上，背微躬着，虚靠着火墙："有一天，两个人喝完酒一起推着自行车回家，突然，路边就出来了一个人，拉住张合子说，我爸请你去，有一点急事，快跟我走。张合子扔下自行车就跟着他走，边走边纳闷儿，这人是谁家的呢，可不管是谁家的，有了急事按理说也是应该帮忙的。于是，他没好意思细问，就随那人一直走了下去。走着走着，就到了一处村落，感觉似曾相识，却又无法确认到底是哪个村庄。正犹豫间，前边的人突然不见了。许许多多的灯光，看似如在眼前，却无法走近，再往前走，灯光突然又不见了，一回头，那灯火已经在身后，感觉自己就在一个院子外反复在转着圈子，但找不到门在哪里……再说王四，与张合子一前一后地走，刚刚还能感觉张合子就在身后紧随，可走着走着一回头，发现张合子已经不见了，明明还没有走到家呀，怎么突然之间人就没有了呢！于是便四处呼喊，喊也没人应，就到了张合子家里，家里也没见回来，王四便说了经过，于是家里人又叫了几个人四处去寻找，发现了自行车躺在路边，便顺着脚印往下走，幸好出事那天，正下着清雪，家人的跟踪寻找便有了依据。就这样，一直追到洪字井的乱葬岗才把张合子找到。"

周荣曾以十分权威的口吻说，如果不及时找到的话，会出事的。

村里人深信周荣天生有着上天入地的本领，多半是因为他长着一个奇异的脑袋，而他那个画棺材的职业为他的神秘感增加了一点砝码。他的脑袋，不论春夏秋冬，总会一丝不苟地保持着光滑闪亮，圆圆的外部轮廓，绝没有一点的沟壑与棱角，跟机床旋出来的一样。记得当时有一部挺流行的电影，里面有一个水鬼，就是穿着潜水衣的特务，那个圆圆的橡胶头从水里露出来时，一下就把我们推到了一种恐怖的气氛里。虽然那个橡胶头是黑的而周荣的头是白的，但我看周荣的光头时总是能够在第一时间联想起那个橡皮质地的头。

那些年的冬天，天气总会冷得如冻硬了的玻璃纸一样嘎嘎脆响，孩子们因为无法抵御那种寒冷，基本上停止了户外活动。礼拜天休课，我们几个同学便聚到王五家玩耍，我们在火炕上用纸和秫秸做风火轮，周荣穿着肥厚的青棉袄、缅裆裤坐在地中间，为王五的爷爷画棺材。画棺材，是周荣的职业，相当于给死人装修房屋。当时年少的我们，怎么也捉摸不透，为什么那些与死呵鬼呀的事情都与周荣有着紧密的关联。我们一边玩耍一边用眼瞟着周荣那奇怪的手艺。俄尔，他在正画着的棺材前回头一笑，惨白而光洁的脸看起来刚好像开在那些红红紫紫假花里的一朵纸莲花，那是一种令人毛骨悚然的和谐，仿佛那些他亲手画出来的花就是专门为他自己而开，或换一种说法，他生来就应该待在那种背景之下。那个令人不寒而栗的瞬间，莫名的恐惧一下子抓住了我的心。

从那时起，每次见到周荣我都感到浑身发冷，特别是在周荣露出微笑时，更是让人的心沉不到底。在我们村里，几乎没有人能够说得准，周荣那高深莫测的笑意里，蕴藏着多少种内容、多少种暗示。村人们猜测不准，就不再猜测，只是根据自己的需要和心情行事，有事想问周荣时张口就问，有事想找周荣时抬腿就去找，特别是那些阳世以外的事情。好在对村里人的求助周荣从来没有拒绝过。这就无形中让周荣的身上具备了一种很高的威望和令人信赖的力量。周荣全面负责村民们阴间的事务，虽然件件难办，却是有求必应，尽心尽力。

平日里，周荣不在路上就坐在自家炕上紧靠窗口的位置，微闭着眼，保持一种半睡半醒的姿态。一睁眼、一抬头，目光就落入明亮的阳光之中；一转头或一闭眼又融入了屋宇深处的黑暗，在明暗交替处，把望着两个世界的消息。村里的人，不敢轻易靠近他，但却不得不在一些时候向他飞奔而去。

表姐曾对我证实过周荣的神道。

表姐回忆，有一天中午她突然感觉困倦得很，便倒头睡下，刚有一点迷糊过去，就听大街上有人高声叫骂，声音大得出奇，好像有人在吵架，起身仔细听时，那声音又消失了。再次睡下，从前的声音便再一次响起，并吵得人心慌意乱，表姐起身出屋，见公公坐在门前的树下乘凉，便问公公是谁在骂人。公公说没人，一个中午一直很安静，没什么大的响动。于是表姐感觉不对，赶紧跑去问周荣，到底怎么回事。周荣双眼微闭，过一会儿说，可能是有人到那边去了。那边，就是指传说中的阴间。过不久，果然传来消息，说一个亲属家的孩子，掉到引松工程遗下的水沟里淹死了。

对于这些，我的大姑父却从来不信。大姑父身材魁梧，人高马大，浑身上下充满了力量，往周荣面前一站，周荣立即就失去了一向的从容。每一次大姑父看到周荣在讲这些时，他就横眉冷对，直接警告周荣少扯那些不正经的："这些年，我怎么从来就没有遇上过，如果哪里有'仙儿'有

'鬼儿'你告诉我，我去把他逮住，回来给你煮熟下酒。"这是事实，这些年，在村子里什么样稀奇古怪的事情都发生过，但大姑父却从来也没有过和别人一样的可怕经历。人们说，火力旺的人，什么"没脸的"都遇不上，一生太平。而每当遇到大姑父的逼问时，周荣都会诺诺而走，边走边嘟囔："不可不信，不可不信。"

面对村里人的真实经验和内心恐惧，有时，我们不得不在自然的神秘与人类意识两者间做一个选择，到底哪些是真实的，哪些是虚幻的，哪些更加可信？但我们却很难找到正确的方向，大姑父在这个过程中的出现，仿佛混乱中的一声断喝，让我们想到了力量，有关存在的和精神的力量。或许，只有我们内心的力量才能够指引我们走出那些虚幻的或真实的迷津。

后来，周荣一点点老了。老得如一个不中用的巫师，竟然中了自己亲自下的咒，摆弄了一辈的鬼事，末了却让"鬼"给捉弄了一把。

周荣的故事出自他自己的口，但我能够感觉出他在讲自己的故事时，已经没有了往日那种神乎其神的表情："一天夜里，我喝了点酒从外面回来，见大门边有一个人迎着我，说自己是西屯的，已经在这里等好久了，家里的二姑娘得了病急请我去给瞧一瞧。"

周荣说："我已经喝多了，天气又不好，还是明天再说吧，那人却执意要去，说人已经很危险，救命要紧。我就跟那人走了，出门转过房山，一直往前走，很久，到了一个去处，印象中没有来过这个屯子，可又感觉有一点似曾相识。最后，到了一座很大的筒子房，东西很长，门在一边开的那种。有一女子闭目躺在床上，其父让我先号脉。我手一反搭，倒吸一口凉气，那女子竟一丝脉气也没有，明明是死了的人还看什么病啊。可是那父亲说，你不是会画符吗，就是请你来给画一道符的，人肯定是没死，是中了邪了。于是我便半信半疑地画了一张符，贴到那女子的额头上。这时，其父似乎面露悦色，说我真是救命恩人啊，天这么晚了就在家里住下吧。反正我也是一个老光棍子，住就住呗，瞎子掉井哪儿还不背风。其父又说，二姑娘在这个屋里住，你就到外间吧，住在一屋多有不便。我就去了外间睡下。睡着睡着便感觉周身很冷，抬眼，见屋顶有很多星星，以手抚摸，周边都是乱草，感觉像一个土坑，想起身，可周身却僵硬无力，像被绳索捆住了一样。直到天亮，才看清原来自己正躺在一个迁过了坟的坟坑里。"

刚好，周荣的一个表侄割草路过，发现了呆若木鸡的周荣。见到了活人之后，周荣才觉得身上有了一点力气，在表侄的搀扶下，回到了家里。

从此，周荣的"过阴"生涯仿佛就受到了毁灭性的打击。后来，周荣就很少再给人算命、画符、驱鬼了，也很少再给人家画棺材，更很少出门。偶尔有人相求，他就推辞说，不行了，人家已经不让我再做。那个"人家"，到底是谁呢？

土地上的事情说也奇妙，说不上什么时候就突然而起，又在什么时候骤然寂灭。记得有一年，东甸子突然就出了蘑菇，据内行的人说，正是那种珍稀的草原白蘑。于是全村的男女老少都去捡蘑菇，肩扛手抬地捡了一夏一秋，好像地底下有一个生蘑菇的魔术口袋一样，那蘑菇怎么捡也捡不净，只要隔上一天或一夜，再去东甸子差不多同一个区域，仍会有很多蘑菇可采，但是转过年，以至以后，那里就再也没有出现过任何蘑菇的踪影。自从周荣在村子里消停之后，村里"闹没脸"的事情也随之销声匿迹，如那些神秘失踪的草原白蘑一样。

再后来，周荣就像一枚深秋里的灯笼果，一点点风干，一点点萎缩，直至最终，在某一个人们并不留意的时辰，悄悄脱落了。

周荣临终时，据说，有一个短短的回光返照。在短短的一分钟里，人们又瞥见了周荣失去很久的往日风采，他双目炯炯，说出最后的遗言：这辈子最错误的一件事就是没有专心研究星象，那天空……

是啊，那天空，恢宏无垠，深远莫测，容得下世间任何一种形式的遨游，但星空里却不需要通灵者，因为站在星空向下看，连人都是虚无飘渺的，更哪堪那些魂、鬼、狐、黄。

二柱子

纷纷扬扬的雪，如圣洁而肃穆的钟声，层层播撒到大地之上——

不知道，第一朵雪花是什么时候开始，从天空中飘下的。

这很像某种情感。

这种无声无息的酝酿，总是发生在人们无法注意、无法察觉的暗处。直到它突然显现，我们才会发现，很长时间以前它就已经存在，并悄悄地生长着；而当它一旦发生，便不可阻遏。

于是，便有更多形容冷艳的花瓣，从看不见的高处纷纷落下，无边无际……如久违的爱情，如动人的乐符，如绵绵的祝福。

因为这美好的祝福，大地便多一件洁白的衣裳，便多一袭神秘的面纱……

这就是多年以前，我所看到的雪。故乡的大雪。

记忆中，似乎每一条通往春天的路，都是由洁白的雪铺垫而成。整整一个冬天，大地都会被白雪严严实实地覆盖着，不裸露出一丝丑陋的泥土和杂乱的枯草。

那时，我们比鲁迅先生的运气还好。

先生在《从百草园到三味书屋》中提到，大雪过后他能够用竹筛子捉到一些麻雀和"张飞鸟"什么的。这个细节，我在小学第一次读到时，就很不以为然了。因为先生生活在城镇，所以他除了自家后园中的几只散兵游勇，是很难见识到真正的鸟群的。

在平原，在大雪覆盖的田地里，我们经常遇到那些饥饿的鸟群，而每一个鸟群都是由成千上万只毛色各异的"铁雀儿"组成的。为什么叫"铁雀儿"呢？是因为它们都拥有着抵御高寒和饥饿的"铁"打的意志和生命吗？鸟群从头顶飞过时，是那种遮天蔽日的感觉，光是众多翅膀扑打时发出的声音就已经让人感到震惊了，更何况那些鸟儿边飞还边发出尖锐的鸣叫。

每一次鸟群从头顶飞过之后，都感觉自己遭遇了一种非常神圣的事物，所以每一次有鸟群从头顶飞过时，我都会站在原地发呆好长一段时间。想象着那些鸟要么是寂寞冬天里满天飞舞的美妙音符，要么就是上天用以思考冬天的一些主意或念头。

但我们却因为神往和迷恋而发了疯似的去追捕那些会飞的精灵。

我们用一种铁制的夹子捕捉那些贪吃的鸟儿。在覆有一尺深厚雪的田地里，依次用脚把雪踢开，露出黑黑的地垄，然后把谷物固定在铁夹的机关上，在地上放好，等鸟儿来觅食时一叨就会"啪"的一声被夹住脖子。比起鲁迅先生一天捕捉三四只的成绩，我们的成绩大约能达到他的十多倍。

那么多美丽、柔软而又温暖的羽毛！当我们用手轻轻抚摸时，心里便生出一种既兴奋又惋惜的复杂情感。如果用现在的"文词儿"说，大概属于一种罪恶的快感。

那个年代，那些情景，已经太遥远了，因为许多年不再重现，再回首，已经恍如梦境。

但有一些平淡而又普通的游戏和情节，却十分奇怪地没有随着岁月的流逝而消失。比如说打雪仗。小时候一直认为那是连傻瓜都能玩的游戏，所以基本上没有什么大的热情去玩。当然，偶尔也会被拉进那些战斗的队伍里去，待所有参战者都打到头发和棉袄里到处是融化的雪水时，便一个个冒着热气筋疲力尽地回到家中，等待和承受着大人的痛骂。正负相抵，得到的快乐终归是微弱而肤浅的。

新雪后晴天的明亮，似乎一下子把人的五脏六腑都照得透明了，是不是天空里一下子换上了瓦数大出五倍的崭新太阳？这样的天光，没有哪个人能够稳稳地坐在家中，就连年老体弱的老头和老太太都走出阴郁的土平房，依在哪一处避风的地方，一边晒太阳一边观看小孩子们玩耍。这时候，曾一度宁静的村庄便一下子生动起来。有的孩子在冰面抽起了冰猴儿；有的放起了用湿牛粪冻制的冰车；有的坐起了自制的雪爬犁。三三两两的女孩子结伴走在闪亮的雪路上，绿袄红头巾的，抬眼一望，就会觉得日子已经变得分外妖娆和鲜艳了。

这些时候，我多数是不大出去的，我喜欢站在窗前久久地向外观望。人家说，我这一点有些像爷爷，实际上，我自己知道，我和爷爷是大不相同的。

爷爷年轻时就是个独行侠，凡事喜欢一个人单独做。奶奶过世之后，他就更加孤独了，除了偶尔给一些孙子辈的年轻人讲一讲往昔的故事，他基本是不太说话的。但是冬天到来时，特别是有雪的日子里，他也活跃和快乐起来了。他有着丰富的捕猎经验，能够从雪地上辨认出各种动物的足印，并从足印的形态确定动物的行踪。比如说，一只山鸡从现场走过去多长时间，一只野兔夜里的活动路线，一只黄鼠狼的洞穴在哪个方向等等。有时他就带着我去雪地里下套子或下夹子。

一般情况下，当他把一切都安置妥当，天已经黑了，于是我们就在皎洁的月光下或者漆黑的夜晚，踩着积雪深一脚浅一脚地往回走，雪在脚下闪着微弱的荧光，平坦而又颠簸，沙沙的声音像一种神秘的交谈。两个人都不说话，一前一后，如行走在一个陌生的星球上。如果有月亮，我就能看得见自己的影子和爷爷的脚印，我就会踩着爷爷的脚窝向前走，那样会省下不少跋涉的力气。

但走着走着，我还是落在了后边。心里发"毛"，总是感觉后面有人跟着自己，于是便一步一回头地看。这时爷爷便停下来，拍拍我的头，笑着逗我："怎么了，是不是过年时吃猪尾巴了？"在我们乡里有一种说法，大年三十那天吃了猪尾巴的孩子，走起夜路来犯"后惊"，总会感觉后边有人跟着。说着，爷爷便会用一只手搂住我的肩头，半是扶着半是拽地慢慢走去。一边走，一边给我讲起那些打猎的经历和比较显赫的成绩。这时的爷爷是平和的，亲切的，像一个大伙伴一样。再看前方，雾霭沉沉的村庄，就有了一份格外温暖的期盼。

然而堆雪人，却有一些时候需要大家一起来做。因为每一个人都想炫耀一下自己的技艺，所以在每一场雪还没有停稳时，就有人来到场院，按着自己的想象和意愿开始笨拙而又匠心独运的创作。有人喜欢堆人物，有人喜欢堆动物，而胜利和大喜子却专门喜欢堆女人。

这时二柱子就来了，口里淌着涎水笑嘻嘻地直盯着胜利的作品。大家都知道二柱子是花痴，就逗他："你想找啥样的对象啊？"二柱子就收住了笑很庄重地说："我要找孙丽菊。"孙丽菊是"集体户"里的下乡"知青"，瘦削但却并不美丽的一个小姑娘。在当时的环境里，除了二柱子还没有听说过任何人对孙丽菊产生过爱慕之情。不知道那个瘦瘦弱弱的孙丽菊碰到二柱子的哪根筋上了。从见到孙丽菊的那天起，他就天天想着孙丽菊，叨咕着孙丽菊，只要看到孙丽菊的影儿，就会追着看起来没完，直到孙丽菊发出求救信号，唤来村人或男知青把他赶走。

"你知道这是谁吗？这是孙丽菊。"胜利对二柱子说："如果你想和孙丽菊结婚就老老实实地站在这里吧。"于是二柱子就和胜利堆的雪人并肩地站到了一起；于是，胜利就在那个雪人身上写了孙丽菊的名字。

雪又开始断断续续地下起来了，人们笑够了那个花痴二柱子后，便陆续地散去了。有的回头望一眼自己的作品，也望一望雪人一般的二柱子，龇牙笑了一下，便回家去讲这个令人捧腹的笑话儿。

到了第二天早晨，人们开始窃窃私语，互相传着一个消息："听说没有，二柱子死了，是在场院那边冻死的。"于是胜利就害怕了，趁大家还没搞清真正的原因之前，便匆匆忙忙逃到了外地亲戚家。但是后来，二柱子家里人又讲，天黑前，家里的人已经把二柱子打回去了，没想到大家都睡了之后二柱子又去场院和孙丽菊"结婚"去了。据说，傻子是不知道冷暖的，所以天亮时二柱子的家人再找到他时，他已经把自己给冻死了。

从那以后，有好多年，村里人再也不让孩子们去堆雪人，因为二柱子的那一幕多少还是给人们心中留下了阴影。

不知道死了的二柱子那晚是不是曾在模糊的精神世界里与孙丽菊结了一个甜蜜的婚。但是二柱子死后，据说孙丽菊还真的大哭了一场。之后不久，那个集体户里就见不到孙丽菊的身影了。

凌厉的时光流过大地，流过我们的生命，一段段削掉我们的年华，却留下了一层层柔软的记忆。在以后的岁月里，故乡的那个场院上又降下了无数次雪，雪中又发生过无数个故事，但每一个故事最终都随着雪的融化而渗入到大地深处，成为某种激情的灰烬，成为逝去的青春的废墟。

太奶

　　我现在真的已经无法记起一九六三年那一场大火，到底是怎样的一种情景了，但这些年来，母亲差不多每年都会提起那天的事情。她不断地重复着一个事实，就是如果那时没有太奶在世，我在世上的百日生命恐怕早已经被那场大火席卷而去了。

　　"你的命，是你太奶给的。"母亲总会以这句话开始，并怀着一种感恩且甜蜜的神情回忆起那段往事。这让我多年来不断地凝望着一张老照片想象当年的情景，在空无一物的记忆盲区搜寻着有关那段往事的蛛丝马迹，搜寻着曾和自己息息相关的那位老祖母的渺茫信息。

　　看来，那个富态清爽、慈眉善目的老太太就是我的太奶，而那个一脸胖肉、肥嘟嘟的婴儿就是小时候的我了。

　　从那张老照片上，我无论如何也想象不出，在我们祖孙两人的背后，就是一九六三年早春的饥荒，就是母亲所描述的让人无法直腰的低矮阴暗的土平房。感念间，常常把情感中最美丽的色彩加给那个岁月深处的特殊时刻，让富足安康取代照片后面的困苦时光，让营养充足的红光洒上太奶的脸庞。尽管我常常被照片上人物的幸福表情及和谐吉祥所感染，但还是觉得心中有一种难以言说的遗憾。

　　太奶那一代人，似乎穷其一生都没有自己的享乐，她（他）们一分一秒地挨过困苦时光，就是为了冥冥中的那份责任和使命。到了我出生的时候，太奶已经瘫痪了很多年。

奶奶过世后，爷爷再没有续弦，太奶就以女主人的身份，以她的一双可以自由活动的手以及行走自如、坚强柔韧的精神支撑着那个残破的家。母亲"过门"那一年，太奶已经八十三岁高龄，爷爷也已经是六十岁的老人。那之前，太奶还要为这个没有女人的家，为儿孙们做着力所能及的家务。

更远的生活场景，早已在岁月的流逝中一点点淡出记忆的焦距，许多事件、人物的轮廓都已经变得模糊不清，但是色彩、基调和一些浓郁的情绪却被年轻一些的见证者转述、传递下来。于是我在不同年龄的追忆者眼中，看到了他（她）们对太奶的敬佩、依恋与怀念。这也是我想起太奶时心中感到充实与空虚、自豪与缺憾、幸福与悲伤的原因和理由。

在父亲和母亲结婚时，太奶就说："这个家终于有人可以接管了，我要撒手了，我累了，但我得看到我的重孙子再死。"

于是，她就拖着瘫痪的身子焦灼而耐心地活着。这是一场生命的接力。表面的过程异常平静，却掩不住透明的日子背后，时间的暗流下面，那种激烈而庄严的奔跑。然而，意志的、情感的燃烧，反使得这个奇特的约会显得平淡而又冷清。多年之后，当人们纷纷远离了现场，才有人终于看清它的真相。

于是，她就等到了我。我的出生，对于这个苦命的老人到底意味着什么呢？她幽暗生命里的一盏灯，还是来自宇宙深处隐约的钟声。

据母亲回忆，在我出生后的五个月里，太奶几乎每时每刻都要把我抱在怀里，托在掌上，印在眼中，有时连母亲想碰一下都不允许。她经常会对母亲说："我一个快要死的人了，你还跟我争什么？"每当这时，母亲总会心怀感动地微笑着转身。

母亲曾不止一次对我说，我后脑勺的形状就是太奶掌心的形状。因此，很多时候，当我的手有意无意碰到自己的后脑时，都会想起业已在遥远的岁月里消失了的那双手，揣度着它们到底是以怎样的温暖和怎样的慈爱在另一个生命里留下不可磨灭的印记的。

当我静静地坐在案前，让自己的思绪排除一切干扰，在时空中坚定地向前延伸，穿过风烟滚滚的岁月，再一次抵达一九六三年那个宁静的黄昏时，我又看到了那场熊熊燃烧的大火。

那场火是母亲刚离开灶台不久就窜到了房顶的，等母亲在三百米开外的仓房再回头时，已经能够看到低矮的房檐上滚滚的浓烟和隐约的火苗。

大火很快就升腾起来。强烈的火光和炽热的高温，照亮了坐在暗处的那个无法行走的老祖母，以及她用自己的身躯全力掩盖着一个幼小婴儿的姿态。

每当想到这场景，我的心就会不由自主地抽搐一下。这让我清晰而深刻地感知道，世上曾经有一个人，她与我的生命虽然曾经那么紧密地贴在一起，却永远不能够在我的记忆里重现了。

那是场凶恶而又奇异的大火。尽管村民们以最快的速度聚集而来，并全力进行了扑救，还是差一点就让太奶和我一老一小两条生命葬身火海。当人们刚刚把太奶和我一起从烈火中抬出房门时，那所房子就在大火中轰然倒塌了，许多村民都不约而同地倒吸了一口凉气。据说，就在这时，当时还没有多少意识的我，通红着脸，开始对着火光咯咯大笑起来，与此同时，不知是喜是悲的泪水也从太奶眼中一滴滴滴到我的脸上。

那次大火之后，太奶把我更紧地揽在怀里，好像一松手我就会被别人抢走或丢失一样。每一次母亲讲到这里，我都能感到，她的声音明显的低了下来。突然有一天，太奶很郑重地对母亲说，孙媳妇快把家里的被子重新拆洗一遍吧，我要死了。虽然母亲对这句话充满惊惧，但却依然故我，误以为老太太怕别人与她争抱孩子而故意渲染气氛。

几天后，奇怪的事情发生了。已经习惯于在太奶怀中翻来覆去的我，突然哭闹起来，并且只要一离开她，就恢复平静，反复几次，太奶的脸上突然露出了凄凉之色，顺手把我交给了母亲，并随口说了一句："好好跟着你妈吧。"这时，街上传来了叫卖鲜鱼的声音。太奶又对母亲说："孙媳妇去给我买几条大一点的鱼吧，我真的要死了。"

果然，那顿鱼还没有吃完，太奶就仙逝了。听母亲说，太奶刚强了一辈子，直到最后一刻，还是那么硬气。那天，正在吃饭的太奶突然就垂下了头，但她并没有马上倒下，她仍一只手挂着筷子，试图以它为支撑，再一次把头抬起。可是一个八十五岁的生命太困倦、太沉重了，她的努力终于还是没有成功。那个姿势，母亲说，让她永生难忘。

就这样，在差不多五个月的日夜相守中，年迈的太奶把她生命里全部的佑护和祝福都倾注给了她最后的亲人，然后一声长叹，平静地离去。

这个人，曾是我很亲的亲人啊，我的血液里一直流淌着她的基因和热度，却从此，一去渺茫，再无声息。

狐仙

就这样时光如水，一去多年。

那个新雨初晴的夏日午后，却仍如一颗闪光的珠子牢牢地镶嵌在我记忆的蚌壳之上。那天，我不用去上课间操，也没有被拉去做游戏。小学的操场上汪了一大片水，于是我蹲在水边看倒影。

我看见远处那面暗淡的校园泥墙，墙上长满了青草，翠绿翠绿的，很鲜活、很生动的样子。这些平日里垂头丧气、落满灰尘的家伙们，如今都变得精神抖擞，亭亭玉立。然后是蓝得透明的天空和天空里不断膨胀的白云，隐约的虹，如一道彩色的拱门，一下子把我和它们隔开，这边和那边仿佛本来就是不同的两个世界。我看见自己的脸在水中，闪闪烁烁，怎么看都如一个尴尬的窥视者，心神恍惚，彷徨在拱门之外。好在这时一只过路的燕子不小心把一粒衔泥失落在水中，一阵凌乱的波纹便打破了我内心的僵局。

就在这时，有一张美丽的脸，出现在水中，一个微笑的少女，白皙又文静，脸上没有一点阳光流过的痕迹，迥异于每日步行三五里路到学校来上学的那些乡村女孩儿。她从背后叫着我的名字，声音温柔而又清晰，像某种尖锐的利器轻易地击穿我单薄的身体。并不是快乐，也不是惊惶失措，而是两者的叠加，让我感到自己的颤抖。我久久待在那里，不知该说什么或该做什么。再回头时，只有一个背影，在我视野里远去，如一个飘忽的白日梦。

但我还是深深地记住了那张神秘的脸，并在以后的学生生涯里，不停地在所有进入视野的女生中搜寻，但终无所获，我再没有见到过她，或者说她永远失踪了。后来，受了《聊斋》以及乡间那些狐鬼故事的启发，便在内心里思忖，大概我是遇到那类由狐狸变成的人，就是传说中所谓的狐仙了。

后来石头对我说，我遇到的有可能是黄仙，就是那类由黄鼠狼变成的人，因为在我们家乡，很少有狐狸出没。石头对我说话时，正在吃一只火烤的蚂蚱，长了一层绒毛的嘴，一揪一揪的，让我深深地怀疑，他可能就是一只成了精的黄鼠狼。

石头说的话似乎也有一点道理。在乡间，人们相传，狐、黄原是一家，有时，两列仙阵是可以混在一起来排行的，比如这边叫胡二娘，而那边却可以对应着一个黄三娘的。我亲眼所见，有一类供奉者家里供龛的牌位就写着"狐黄二仙之位"，稍识点墨的人还写了对联"入深山修真养性，出古洞四海扬名"，至于黄仙的广大神通，更是广为传颂。

一九六一年，一场大饥荒席卷各地，留下了一片悲惨的景象。所以那一年，在活下来的人们心里显得异常难忘，但更加难忘的却是后屯孙家的那对寡母和孤儿。那么凄惨的年代，据说孙家那神秘的女人，不但没有被饿得面如槁草或半路改嫁，反而比往常增添了几分光鲜。人们百思不得其解。后来，就有"知情"人，说那女人每日紧锁仓门，从来不在白天去仓房取米，只在夜间，别人不知晓的时候，秘密潜入，原来这里面另有隐情。相传，她家的米囤从不塌坑，每天下降多少，一准在第二天里又神秘地补满填平。究其原因，相传就是因为在那个年代里，她敢偷偷地供奉黄仙，于是便得到了它们的暗中佑护或帮助。

据村里人说，曾有人在一个除夕晚上看见一伙儿共三十多只黄鼠狼排着队从她家的仓房里走向村外。没有人知道它们去干什么，没有人敢动它们一根毫毛，也没有人敢到孙寡妇家寻衅滋事。人们只是缄了口，马上回到自己家中，严加防范起来。因为大家知道，黄仙也并不会无中生有，一般地来说，有一家的粮食多了，那么一定就有另外一家的粮食失踪，黄仙们使用的是搬运术。村干部们说，寡妇门前是非多，还是不惹为好，谅她也不会兴多大的风作多大的浪。

爷爷在世时，经常讲这类有关狐鬼的故事，但对于黄鼠狼，他似乎总有那么几丝轻蔑和不屑。他讲得最多的，还是黄鼠狼游窜乡里，偷鸡、运米、迷人的一些事情。

在乡村，像长顺媳妇一样孱弱的女人，到处都是，她们每一天都生活在病与不病之间，面着土色、神情恍惚，来自不明部位的隐痛如从不停息的日月之轮，以二十四小时为周期一遍遍碾过她们的身体，人们称她们"病秧子"，但往往并没有人确切地知道她们到底得了什么病。因为闭塞、因为贫穷，实际上几乎没有人把她们当作病人来对待，在乡下人眼里，她们是正常人中的一种。

三伏里的正"晌午"，天热得蝈蝈们吱哇闹个不停。长顺媳妇却突然叫起冷来，浑身颤抖，脸色发青，两眼直直地盯住一个方向，豆大的泪珠子从两颊急急滚下来。正当家人手足无措时，她突然开口说话了，但妖气横生，声音细细尖尖，一反平日的阴郁情态。先是痛斥长顺家里人的心狠手黑，害死了她的亲生女儿，又封死了她家的门，后又大哭大闹，说自己的女儿死得冤枉，扬言与长顺家势不两立，要如何如何复仇等等。长顺家人如堕五里雾中，不知道自家的媳妇得了什么病，也不知道她说的一些事情从何而起。

据有经验的老人说，这媳妇可能是闹了"没脸的"，也就是通常所称的癔症。在大家的提醒下，长顺终于想起，去冬用捕鼠夹子打到了一只黄鼠狼，之后又把黄鼠狼的洞口用冰泥封死，这才恍然大悟，"知道"是得罪了得道的黄大仙。于是，便请来了村里的有"道"之人来问询、安抚。当那先生问她是谁时，她答是黄三姑，原来家有四女一男，现如今只剩有一女活在身边，其余孩子和自己丈夫都已经惨遭不测，有入巨兽之口，有命丧铁夹之下，真可谓家破人亡。说至此处，她又开始双肩耸动，不停地哭泣，其凄然之情让在场的人无不动容。

当问到她家住哪里时，她随口说："我家住在悠荡山啊"。这时围观的人群里有一个国二爷，一生不娶，火力极旺，腰别一尺长的旱烟袋子，烟斗一刻也不离口。他悄然抽身，来到屋外，围着屋子转了一圈儿，最后突然跃上窗台，在檐下悬挂的鸽子窝里逮到一物，迅即塞入烟口袋里，别回腰间。

这时屋里的长顺媳妇接二连三地打起了喷嚏。国二爷笑呵呵地回到屋里，对着长顺媳妇说，这回应该走了吧，再不走我给你扎鬼门十三针。长顺媳妇诺诺连声，突然一头栽倒不省人事，半晌回转过来，对眼前事一无所知，只记得自己突然浑身乏力，一阵眩晕之后就什么也不知道了。

原来，当黄鼠狼附体迷人时，会找一个安全处，一般不会离开被迷者百步开外，它要四脚朝天不停地蹬，才能保持住对被迷之人的精神控制。这时，它毫无防范和抵抗能力，有经验的人悄悄离开被迷者，一会儿就可把同样是"灵魂出窍"的它逮到。

后来有一年，我一个本家姑姑从农安来"界外"走亲，刚到我家的那个晚上，她也像长顺媳妇一样闹到半夜，爷爷便带着我们房前屋后地四处寻找，但那天我们什么也没有发现。

再后来，又听了很多关于黄鼠狼黄大仙的故事，但却从未听说过它们是可以幻化出人形来的。毕竟那是一种乡里常见的等闲之物，行的也是一些鸡鸣狗盗、赌气复仇的琐事、俗事，能耐归能耐，神通归神通，但总疑惑那东西凡俗之念太重，终不会有太大的修为和太高的道行。

我曾经冒昧地问爷爷，我们家为什么不供黄仙。爷爷只哼了一声，说人穷不能志短。

那时，我并没有准确地理解爷爷的本意，只是凭着自己的兴致在狐、黄之间做了一厢情愿的比较。想一想，传说中那神态优雅风情万种的白狐，以及那些由她们做下的入典入籍、可歌可泣的故事，再想一想贼眉鼠眼、四处流窜的黄鼠狼，以及它们那些与人类胶着互伤或相互利用的故事，简直就可以视为不堪，怎么能够在心里给予它们足够的敬仰呢！更不可能相信它们会在一个雨后的下午在小学操场上幻化成美丽动人的少女，进而又大大方方去挑起一个少年的思慕啦！也就是说，我人生清晨的那场迷梦，是不可能由一只黄鼠狼来成就的。从这一点上讲，我就坚决反对石头的推测和说法。

那一年江东的五伯，穿过茫茫草原和重叠的水沼，来到我列宙老家。他是一个闯荡四方见多识广的人。他的到来，不仅让我知道了人不应该只在一个地方牢守田园，应该为自己的梦想努力打拼，同时，也为我带来了很多鲜为人知的外部信息，其中也包括我最向往的狐仙的传说。关于狐仙是否存在，各种说法纷纭不一，但五伯坚信，狐仙是存在的。他说，就在我们那一带，每逢十五的月圆之夜，狐仙们就会带着所有家眷聚到草原深处，举行一次盛大的夜宴，但凡人不能见，见到的人九死一生，多数被狐仙们拘去魂魄。

从那之后，每逢月圆之夜，我差不多都会在睡眠与失眠、梦境与现实中死去活来，辗转反侧。不断地梦到那张白皙得怪异而媚惑的脸，也不断地看到黑暗中有神秘的白影一闪而过。恐惧与期盼是两碗只为我准备的止渴之水，一碗冰冷，一碗滚烫，尽管哪一碗都不好消受，但我必须交替饮下，才能够短暂平复心头的波澜。其间的秘密与规则，我不能说破，也不想抱怨。因为没有人能够分担，也没有人能够分享，这只是我自己的事情，这是我一个人的苦难与快乐，我不想打碎这个怪异而又美妙的梦境。

后来，当有私密一点的朋友问及我的初恋，我说没有，我没有过初恋。因为我不能告诉他们，我的初恋是一个小狐仙，我不能告诉他们我曾经在少年时代，为一个个虚幻的梦境而感动而流泪，为一个并不存在的恋人，在黑暗里咬紧牙关忍受思念。

我终于梦到了那一场非同人间的盛大晚宴。

皎洁的月亮挂在天上。丝丝袅袅的云，如一层薄纱，在天幕上飘成风的形状。所有的鸟儿都停止了飞翔，甚至蝙蝠，甚至夜莺。一切归于宁静。只有钢蓝色的光，从大地上升起，穿越缭绕的雾气，与月光在空中顺序交叉，共同组成一层晶莹的帷幕。没有沸腾的人嚷马嘶，也没有喧哗的斛光交错，一种尖利而怪异的音乐，断断续续地飘荡于人狐交织的广大区域，使已有的宁静更加宁静。在这样的音乐里行走，人就不自觉地飘了起来，每迈出一步，都能感到脚下的轻盈与难以调控。走着走着，就走到了空中，但眼前的一切似乎又只能在保持平视甚至仰视的角度时，才能看得更加清楚。

在那个巨大的群体里，有的人俊美流盼、风流倜傥；有的半人半狐拖着尾巴；有的则完全还是狐狸的形状，但却保持着直立行走。每一个人都默不作声，安静有如一出哑剧，全神专注于一种一顿一停的怪异舞步。一对身材高大白衣白裙的尊者在人群的最中间慢慢地变幻着形体的姿态。他们一会儿把头齐齐地转过来，一会儿又把头齐齐地转过去，像是在寻找，又像是在防范，但却并不惊惶忙乱。其实，那并不是一场晚宴，而是场盛大的仪式。

我所熟悉并日夜期盼的那张美丽的脸，就在其间，我看见并铭记住，她对我的微笑和意味深长的凝视，我把那当作一种明确的暗示和激励。

我决定去赴那个吉凶未卜的月圆之约。

我们像传说中的英雄一样，自信而坚定地走在通往草原深处的小路上。那天的月亮又大又亮，虽然月亮下面正衬托着一片漆黑的乌云，但那丝毫也不影响月亮的光彩。我与石头手拉手走在高低不平的小路上，内心充满了喜悦与期待。我们使劲儿地、不停地说着不知道是什么内容的废话，声音大而响亮，把夜晚震得和白天一样。

当月亮被乌云遮住的时候，我们打亮手电，继续前行，但手电里的光，却越来越暗，最后就几乎发不出光来。石头说："手电要没电了。"这时，我能够感觉到他的手在一点点变冷。我说："我们得继续走，石头，一会月亮就会再出来的。"石头说："我怕。"我能感觉到石头的腿在抖，但我已经没有了鼓励他的情绪，只是狠狠地说："狐仙们最讨厌你这样懦弱的人。"

如果是在白天，相信谁都会看见我对石头那鄙视的目光。一直以来，我都视他为我可以信赖的同盟，却从没想到，在关键时刻，他竟是如此的不中用。于是，我撇开石头独自前行。

这时，天空里突然响起了炸雷，雨水开始倾泻。在闪电的照耀下，我看到石头的脸鬼魅一样铁青，在风雨声与雷声的间隙，我听到了石头微弱的带着哭腔的声音。

石头含糊不清地说，狐狸的聚会散了。

我的心骤然一颤。是啊，这个雷雨交加的夜晚，已经不再是月圆之夜。

一种深深的失望和疲惫向我袭来，我已经隐约感觉到，以后也不会再有月圆之夜了。

于是，我怀着十分懊丧的心情再一次与石头并肩而行，无声地踏上了回家的路，离家越来越近的时候，我感到自己的心越来越酸、越来越痛。

借着闪电和雨水的微光，我看见了自己和石头并肩前行的身影。两个迷了路的农家子弟，在广阔无垠的夜色里，显得格外地粗糙、笨拙而又渺小。不知道泪水什么时候开始和着雨水一起从我的脸流了下来。

那一夜，真正的迷梦醒来。我们在黑暗里摸索着，一步步走出梦幻。

蒜市口

雪一落下来，时间的秩序就乱了。

清晨推开鲁迅文学院的窗，竟记不清正在到来的是哪年哪月的哪一天。前一天走过的路和今天想走的路，都被干净、洁白的雪遮盖得严严实实，没留下一丝缝隙。心亦迷茫，很多问题、很多事情也突然不知应该从何处着手或"下脚"了。

走在覆雪的路上，每迈出一步都能感觉到自己的莽撞。现实中的一切，一经白雪的覆盖，似乎都幻化为深不可测的岁月，而岁月里的收藏，又一向难以言说。于是，每走一步，内心都会生出些许的不安和疑虑。

就在一只脚刚刚落地的瞬间，已经有隐约的呻吟从暗处传来……

踏雪寻梅。只可惜，我的东北老家不生梅花。虽然生命里不可回避的雪总是会年年纷飞年年落，却怎奈无梅可寻。那么，这很有些浪漫气息的想法或念头，究竟是从哪一年发端的呢？是陈晓旭领衔主演《红楼梦》的一九八七年？是读理工科学校时几个男女同学相约踏雪的清晨？是很早以前那些伴着煤油灯偷看《红楼梦》的深夜？是更早以前那个蒙昧混沌的生命起点？也可能，就是曹雪芹告别江宁，初居蒜市口的雍正六年吧！

那好。就让我们结伴同行，趁白雪暂时弥合了时光的缝隙，穿过北京城，去昔日的蒜市口追忆那个著梦、咏梅的人。

我们出发，从芍药居的鲁迅文学院到薛家湾附近的蒜市口，需要在时间维度里斜插大约二百八十年，否则就只能到达瓷器口而永远到不了蒜市口。举目远望，头上是灰暗的天空，脚下是茫茫的白雪，车在新北京横平竖直的马路上行进，宛如穿行在某个隧道之中。如果将时间的指针倒拨二百八十年，我们的脚下肯定无路可走，那将是大片空旷的荒野，沟壑或阡陌纵横，又有厚厚的积雪覆盖其上。管你乘坐着什么车呢，都只能止步兴叹：世路难行啊！即便到达那个被称作"十七间半房"的去处，因为费了太多坎坎坷坷的周折，穿过了太多宽宽窄窄的胡同，心情也不会好到哪里。

那样的一个冬天，刚刚被贬"归旗"的曹家人会是一种怎样的心情呢？彤云低垂，哈气成霜，雪后的柴扉前留不下一串探访的足印。守着那么一座如《聊斋志异》小说布景般的院落，又能做些什么呢？一个天性敏感，生来多情的十四岁少年，恐怕只能手抚残卷，一遍遍追忆起江南的小桥流水、日暖风和、莺歌燕舞和深院朱门背后的繁花似锦！

人在现实中找不到出路的时候，总会想办法在脑后开启一道精神之门。平常一点的如蒲松龄，以一个落魄书生的身份邂逅几个温暖销魂的花妖狐鬼，以缱绻、以沉迷，打发掉一段人生的艰辛苦涩；隆重一点的便如曹雪芹，一边叹息一边低泣，一边以血、以泪建构起一座亦真亦幻的文学大厦，把自己的人生，把别人的人生，把世间的荣华富贵和徒劳虚妄再从头至尾地演绎一遍。

人生如梦。不好，也好。不好，是因为太过短暂，人生的很多的况味，还没来得及细细品味就匆匆而过了；人生的很多经验，还没来得及系统总结就到了"交卷时间"。不一定是贪生怕死，只想一想如此仓促的人生，总会有些意犹未尽的感觉。好，是因为种种的悲苦和艰难终于可以一挥手抛到身后，愿意谁捡谁就捡吧，反正已经不属于自己。后来的人，如果也聪明地发现了拾来之物的晦气，也可以尽早觉悟，一"梦"而弃嘛！一时不能出手，也可以学阮籍，学曹公，醉而忘却。

一部《红楼梦》读来读去，还是有关结局的那句话易记、易懂、令人难忘："白茫茫大地真干净！"人生啊，文学呀，历史呀，人与人之间的那些纷争和际遇呀，藏于每一个人心中的那些爱恨情仇呀……到头来，不过是干干净净、平平整整、无声无息的一场雪嘛！

我们到达瓷器口地铁站时，雪，仍然在下。当下的瓷器口，和两百多年前的蒜市口，终于在同一个地点合而为一了，但熙熙攘攘的人流、驳驳杂杂的脚印却粗暴地踏破了雪的平整，一种秩序已被另一种秩序摧残得体无完肤、纷乱如麻。据说，雍正六年正月，曹雪芹的堂叔——时任江南织造的曹頫获罪，京城以及江宁的家产俱被抄没。是夏，曹頫的家属回京，隋赫德奉旨"少留房屋以资养赡"，拨给"崇文门外蒜市口地方房屋十七间半，家仆三对。"至此，这里的"十七间半房"就成为曹雪芹随其祖母和母亲马氏"归旗"度命的第一处居所。

至于后来，这样一个应该被后世牢记的地址是如何被一个国家、一个城市以及期间的几十代民众一点点忘记，直至最终丢失的，已经无法考证。遗忘，如深深的时光之水，掩埋了关于那段历史的全部记忆。让后世研究者们的目光如徒劳的风，一次次从空荡荡的湖面上扫过，却总是无法确定这片水域是否曾有一块石头落下，落到了何处，有没有留下声音和水花儿。

本世纪初，中国历史档案馆的一位馆员发现了一份清朝刑部的档案。档案清楚地记录了曹氏家族"归旗"后的确切地址，经过勘查，初步确定了具体位置。二〇〇三年，有关部门开始提出遗址复建的动议，但项目迟迟没得到落实。时间延宕至二〇〇六年，地铁五号线建设规划获批，地铁中心线正好从遗址的中心线穿过。有关部门认为"遗址"上现存的房屋是十八间而不是十七间半，不是真正的遗址，且房屋已经在民国时期被复建过，就算是原遗址，也不再有什么意义。于是，地铁工程如期开挖。结果，拆去十八间房后，十七间半的地基露出来。原来，后世有人在十七间的基础上又加盖了半间，"故居"的身份得到进一步确认。事已至此，最后还是"故居"让位于地铁。二〇〇八年，部分文化人"贼心"不死，"故居"复建计划重提，但"故居"那十七间半房上边已经建成了地铁站的通风口，要建也只能移至他处。移向哪里呢？向北，有四十米的空间，但也已经有了地铁的附属设施；向东一百米，可以考虑，但没等方案落实，打算建"故居"的地方，一个小区的民居已经捷足先登，拔地而起……

曹雪芹生于乙未，康熙五十四年，肖羊。终其一生贫困潦倒，著书劝世，也劝慰自己。乾隆二十八年，癸未年，又是一个羊年，他自己也可能感觉活得了无意趣，早早地结束了悲苦的一生。宿命论者一向认为，肖羊的人多运势不济，"十羊九不全"，命苦啊！其实，这种来自民间的说法大多没有什么参考价值，只是"应"到曹雪芹身上时，准确得出奇。说命苦，他又岂止今生命苦？人已离世几百年，那不尽的苦不是仍在延续吗？生前的居住之所，荒凉边远一点儿也就罢了；可在他死后为何偏偏又摇身一变为寸土寸金之地？以至于后人们争来争去，始终也不肯把一个"没价值"的纪念馆在"黄金地段"建起。

后来，又听说有"好事者"花了很大的心思在地铁站的地下二层过道上画了一组《红楼梦》主题壁画，我们专门买了票，下去看一趟。壁画的位置刚好就在那十七间半房子的正下方，二十米或三十米的样子。看罢，一干人从长长的地下通道往上走，鱼贯而出，我突然想起了去某个古墓看壁画的情形。当然，两种情况是大不相同的。这是人的通道，人的活动场所，深埋的只是文化。

出来后，感觉天色明亮许多。那个立在曹雪芹故居遗址之上的地铁站通风口，显得格外突兀。我站在二十一世纪的雪里，沉思良久。我并不想抱怨这个通风口，虽然就是因为它，文化才左腾右挪怎么也找不到一个通风喘气的地方。我只是心中有一点儿凄凉，因为文学，因为那个曾经替人类流了很多眼泪的人。

老屋

当清晨的第一缕阳光平射向老屋的时候，我们发现，老屋已经在一夜之间老成龙钟之态。

老屋的房顶，荒草已经盈尺，如一蓬乱发在秋风里茫然抖动，阳光如明亮的手指，徒劳地在其间一遍遍穿行，却总是理不开那郁结着的凌乱与凄凉。墙体上，已被岁月弥合的道道皱痕，在那些锐利光线的穿凿下，重新显现出雨水或风爬过的印迹，明暗相间，凸凹不平。半张半合的门，如半张半合的嘴，差不多已经失去了呼吸与发出任何声音的能力，更失去了表达某种经历和情感的能力。它已经是一座空房子。

没有了人，一座房子就没有了灵魂，没有了思想和记忆。关于曾在这里居住过的人和这里发生过的一切，它什么也不会告诉你，它只是一个凝固的表情、一种回想的姿态，甚至连回想的姿态也谈不上，因为失去了主人之后，房子就再也无法确定自己的使命和存在的意义，它不再清楚自己是为了过去还是为了未来，是为了回忆还是为了等待而存在。

然而，这一切我都能够告诉你，因为我就是那老屋的情感、老屋的记忆、老屋的思想、老屋的灵魂。我甚至能够准确地告诉你，老屋曾是怎样如庄稼一样一尺一寸地在土地上生长起来的。这一切，除了我，还有檐前的燕子，也能够说得清楚。有时，这些精巧的生灵看起来更像上天的使者或吉祥的巫师。老屋建起的当年，它们就在这里安了家，此后，每年都如期飞回这里，谈情说爱，生儿育女，并用一种没有人能够听懂的语言，不休地评说着老屋里的人和事。

老屋开始破土动工的时候，我刚刚能够左一下右一下吃力地完成直立行走，但那时的我，记忆还不够完整。据说，我当时是伏在母亲怀里到老屋的施工现场进行观摩的。我想，那时对于大人们的怪异行为我一定会大惑不解：他们玩的到底是一种什么游戏呢？四根圆木八条细绳不断地上下交错，两只木槌头不停地乒乒乓乓，夯实着圆木中间的土，那是一种很好玩的事情吗？他们为什么要着了迷一样把平整的土地挖出一个大坑，又让坑里的泥土在一个新的位置变成一面又窄又高的土墙？那时的我一定是目光清澈、心智浑浊。

后来，在父母和爷爷的断续回忆中，我一点点把那时的事情记起、理清，我们最初的房屋，其实就是那种最原始的"干打垒"。

这种房子的最大特点是不用一砖一石，墙壁、灶台、烟囱、火炕等一应事物全部就地取材，来自泥土。除了门窗、房盖要用少许木料外，一切都以土或土坯垒砌，甚至连房顶都是用不渗水的碱土抹成。所以，直到现在，那些上了年岁的老人仍然很固执地认为干打垒土房有它不可取代的优点：一是省钱，二是养人。

关于省钱这一点应该是很好理解的。一座干打垒土房建成，基本上不与任何一个商业环节搭边，完全可以不花一分钱。墙壁或者说"房框儿"的用料就是泥土，随用随取，只需找几个有力气的亲友，不出十天，便大功告成。房顶、门窗，也就是十几棵杨树的勾当，一条檩、八条檩、若干高粱秸，都生自自家田地，顶多再找一个乡村木匠过几个工，打两扇窗一条门、几只板凳，一个像模像样的家也就有了。然而，当人们一旦摆脱了贫穷之后，就不再把省钱当作生活的追求，而是想方设法用金钱抹去往昔生活的暗影。

关于养人这一说法儿，大概总是有很强烈的情感因素在里面，不管干打垒土房在传说中有多么地墙体结实、密不透风、冬暖夏凉，但毕竟是旧时代、落后生产力和原始生活方式的一种象征。虽然它同时也代表了人们对古老农业文明的诗意向往，但并没有人愿意为了这种怀旧的情感而牺牲自己现实的生活。在北方乡村，"干打垒"土房的数量，正在随着经济生活的逐步改善而呈几何速率递减。我敢说，不出十年，"干打垒"土房或许会成为农业文明史上一个彻底灭绝的品种。

就这样，我们的老屋和老屋具有同等辈分的"干打垒"们，便悠然地退到了人们的生活、记忆、情感和视野之外，如岁月之河中的一艘沉船，一任真实的和虚拟的水流日复一日、年复一年地穿心而过，它们依然以不变的姿态，定格于主人离开的那个瞬间，成为乡村记忆中一个无法磨灭的错愕神情。

老屋建成后，父亲又在周围筑起了长长的围墙，方圆二亩的草场，成了我家的园田。爷爷就在其间种菜、种花、种一些贴补家用的粮食。那就是我们最初的家园了。冬天来临，野地里的兔子无处觅食，就三三两两从园墙的缺口来到园中寻找果腹之物，爷爷瞄准机会，下两盘套子或几盘夹子，每天就总会有一两只兔子成为贫乏餐桌上的美味。每当我想起那时的事情，那些绝望中的希望、困苦中的乐趣以及穷途末路中的点点生机，就再一次感受到大地对于人的呵护与恩典。

我们搬家后不久，老屋的房檐下就不再有燕子回来了。不知道是因为它们从来不喜欢住没有人的房屋，还是因为那屋里没有了相熟的旧邻居，它们才考虑离开的。怕睹物伤情吗？最近一次去那空了的老屋，当我又看见那个残破废弃的燕巢时，心头悠然一动，想到了人与燕的诸多相同、相通之处，头脑中同时冒出一个伤感的意象：人走燕飞。

其实，早在十三岁时某个春天的早晨，我就很认真地思考过人与燕子的关系。为什么本非同类却在世代相处中，互不伤害？曾有作家在文章中写，燕子是一种最精明的动物，因为它成功地把握和控制了与人类之间的距离，才使得它们能够世代寄居在人类的屋檐下，而不受人类的驱逐。这话是否确有道理，我不想去与人理论，但我一直坚信，燕子与人类同住一个屋檐下并不是对人类的依赖更不是人类的施舍，实在是人类的某种精神需求或上天的美意。

想一想人类的垒土造屋与燕子的衔泥筑巢，人类的倾诉和燕子的呢喃，不论从精神层面看，还是从物质层面看，都有着惊人的共同点。人类一锹锹把土叠起、夯实，一次次把土墙推高，而燕子却不辞辛苦从远处衔泥而归，用自己的唾液把一粒粒春泥粘接成壁。一样的千辛万苦，一样的呕心沥血，一样的以土为生，一样的命运多舛，还有什么理由不去惺惺相惜，同命相怜，相互慰藉呢？

　　每一次回想起那座已经无人居住的老屋，我的内心都会充满怀旧的酸楚和时光易老、世事沧桑的感慨。在诸多感慨之中，突然就有一丝疼痛凌厉而出，击中我的情感，就好像一段音乐里突然挑起的一缕颤音，久久地回荡于心扉之间。在一片模糊苍茫的背景里，又一次出现了父亲的形象，汗水晶莹的额头、愁苦而坚毅的面容……想当初，他为建造这座土屋到底花了多少心血和汗水，在那么一个艰难的岁月里，营造一个家又需要付出多少生命的代价呢？

　　当我们坐在现代都市的某一花园小区的套房里，说起那些穷乡僻壤的遥远往事时，仿佛一切都只在谈笑之间，其中有多少血汗、辛劳、酸楚、无奈，都已经在信息传递或记忆储存的过程中，被岁月的悠长和时间的遥远腐蚀得没有了硌人的棱角；就像夜空中我们所看到的星星，虽然几百亿光年以前它们就在炽热而痛苦地燃烧或者轰然爆炸，但当那些信息经过漫长的跋涉再传入我们的眼睛里时，早已变得清冷苍白，失去了应有的温度。我、我们，也许正在对乡村记忆的淡忘和疏离中，一点点地变得冷漠、麻木和无动于衷。

　　离开老屋之后，我曾多次在梦里见到过它。梦里，它总像一个被抛弃了的老人一样，神思苍茫、孤苦伶仃地站在每一个黎明或黄昏，黯然地遥望着远方。它在我的意识里反复出现，让我一次次把目光凝聚于它的存在，我仿佛看到时光和风，正在一刻不停地对它进行着冲刷和搜刮，细细的尘埃从它土质的身体和生命里纷纷剥落。终于会有那么一天，从泥土而出的老屋将还原为大地上的泥土。

卷二

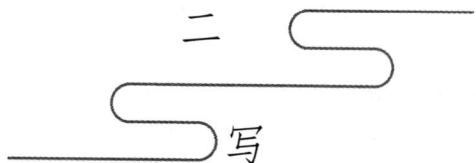

写景篇

"西旗"的云

我们行走，在西旗干旱的草原上——

如果是从前，那些没有公路和汽车的年代，数骑并驾齐驱，在这样的地上或"路上"，一定会趟起一路滚滚的烟尘。

还好，从呼伦湖西岸到宝格德乌拉，一路陪伴我们的，除了地上不时走过的羊群，还有天空里那些美丽的云，那些美丽得如传说一样的云。

如果说，天空是蓝色的草场，那些云就是肥硕而又洁白的羊群。或者说就是一群结队飞翔的百灵鸟，快乐得喊哑了歌喉，如今只是止住了歌唱，却止不住到处飞翔，自由自在的飞翔。如果天空是一个干净的街市，那些云就是结伴而行的白衣少女。风吹起了她们衣服领口上的流苏，吹变了她们裙裾的形状，一会儿鼓鼓的如一个装满了粮食的口袋，一会儿如迎风飘展的旗帜，但不论如何，风也吹不散她们快乐的情绪和四处游荡的兴致……在阿拉坦额莫勒镇附近，一哨白云逆光飘起，一朵接一朵排成一个长阵，既彼此独立又相互照应。每一朵都纯净美丽得如刚刚出浴的仙子，闪亮的光晕勾勒出它们明亮的轮廓，在水蓝的天空映衬下，洋溢出一派吉祥的氛围。凭直觉，还以为天上正在举行一场神圣的婚礼，只是在那一群仙子中，我们并辨识不出哪个是新人，哪些是伴娘。

西旗的云，很容易让人联想到天堂，却联想不到雨水。这样美丽的云彩，怎么可以想象要想让她们下一场雨？那不是和见到美丽的少女就想让她生一个漂亮的娃娃一样，荒唐可笑或失于功利吗？偶尔也就那么怯怯地想一想，内心里便会泛起丝丝袅袅的"耻"感或"罪"感，但脚下的这片草原真的是太需要一场透彻的雨水啦！

草原上民谚有"大旱不过五月十三"的说法，如今都已经进入旧历的六月了，整个蒙古高原上还没有下过一场可以叫作雨的雨。旱情最严重的蒙古国东方省已经湖泊干涸，不少野生黄羊渴死在无水的湖底。有朋友发来微信，图片上横七竖八的黄羊尸体，看过后，直让人内心充满悲伤。与蒙古国毗邻的呼伦贝尔草原右翼广大区域，两万多平方公里的草场，也因为持续干旱而停留在"草色遥看近却无"的"初春"状态。满目焦黄，满目土色。两百多万头牛羊纷纷埋下头，在裸露的泥土上，寻找和追逐着草的踪迹——饥饿和焦渴，以及不再从容的脚步，使它们看起来很像一片片从土地上隆起并向前滚动的泥团。而在它们身后缓缓升起的尘埃，则是它们直抵云霄的苦情。

小时候，我一直天真地认为，天上的云就是地上的尘埃或水汽所化，原本也属于草原。它们就像从地上起飞的鸟儿，尽管可以在天空里飞来飞去，由于心仍被大地牵着，终究还是会降落到地上的。但现在，我不太敢那样想了，尤其在这旱情弥漫的草原。地上的一切，似乎和天上的云没有任何关联。在碧蓝如洗的天空上，云，依旧是那样的洁白，洁白得一尘不染；依旧那样的闲适，闲适得无动于衷。她们时而翻卷，时而变幻，时而与那些我们看不见的风互动一下，向前或向后移动一段距离，似乎，就是对地上的一切视而不见。

如果，它们真的有"眼"，只要没有闭着，就一定能清清楚楚地看到草原上那令人心焦的旱像啊——

没精打采的乌尔逊河和克鲁伦河已经瘦得细若游丝；呼伦湖和贝尔湖从原来的岸边在一步步向后退却；草地上很多中、小型泡沼已然干涸，露出了白白亮亮或幽幽暗暗的湖底。阳光照上去，像一个个空空的、敞向天空的碗。那些盖不住地皮的小草，纤细、短小得如一颗颗气色不佳的松针，如果从高处看下来，任凭多好的视力也看不到地面上还有"物"的存在。以至于那些紧贴地面埋头吃"草"的牛羊们，看起来很像在啃食着泥土或不间歇地与大地亲吻。与其说那已是它们无法选择的生存姿态，还不如说那是一种表达内心愿望的仪式，比如说，祷告。

虽然，云是天上的事物，也还是有应尽的职责和义务吧？难道说，云的职责不就是为干旱的土地"施"雨的嘛？入春以来，哪怕是只下一场雨，也算是天上的云尽了它们的本分。可为什么事已至此，它们仍然像往返与草原上的那些过客一样，保持着身心轻盈，悠哉游哉，对地上的一切既不走心也不关情？难道它们真的听不到地上传来的那些声音或信息吗？那么多焦渴的生灵在期盼着久违的雨水的啊！纵然看不清小草们的枯萎和憔悴，也无法了解它们渴望的心情，还看不到牛羊们焦灼的眼神和空空的咀嚼中所夹杂的绝望吗？纵然这些都不能入眼、入耳、入心，还看不到牧人们策马奔突的身影吗？听不到他们一声接一声无奈的叹息吗？听不到从他们鞭稍上发出的一声声诘问和长调里传达出的低沉而又悠长的倾诉吗？茫茫无垠的大草原啊，无草的时候，比有草的时候显得更加空旷、广大、无垠，更加需要有苍天一样宽广的胸怀将其包容、抚慰或滋润。

然而，云并不是苍天。

或许，云只是苍天与大地之间的一种特殊语言或表象，在天与地之间传递和表达着"情""意"和能量。当天地和谐时，云行雨施，阴阳调和；当天地失和时，纵使云卷云飞，也尽皆徒劳，不是大旱就是洪涝；纵使云聚云散，也于事无补，不是形同虚设，就是劳而无功。如此说，草原上这一春连半夏的持续干旱，定然是天地之间因一气不合而展开的一场旷日持久的较量，或"冷战"。这对于拥有着无限时空的天和地来说，这自然是一段小之又小的风波或插曲，但对于靠雨水活命的草来说，却是难以应付的大事。雨水是植物生长的指令，没有雨水，植物就不敢贸然"挺进"，特别是草原上的花草，在没有雨水的年份里，只能凭借生命经验和本能，默默忍受着干旱，将根系扎向泥土的更深处，而露在地面上的部分，仅仅可以证明自己还活着。如果运气好，就等待着下一次雨水到来时集中精力生长；如果运气不好，就只能等待下一年自天而降的生机。也就是说，野草们虽然迫于无奈，但毕竟还有一些资本和能力"搅"在这场风波里，它们可以因为"天气"或"地气"不顺而停止生长，等躲过风头之后，再做"重生"的计议。但属血气的人和牲畜是耗不起的，如果没有食物和水的支撑，很快就会如耗尽能源的钟表一样，让生命的指针永远停止在某日某时的某一刻。

或许，云只是司雨之龙麾下听令的小卒，在没有得到行雨命令之前，它们只是一些散兵游勇，或躺或坐或悠然独处或聚而嬉戏，懒懒散散地分散在天空各处，形成不了任何"行动"的力量。只有得到明确的行雨指令，它们才能凝聚成一个有战斗力的"军团"，向大地施雨。这几年，"厄尔尼诺"现象尤其严重，南方的雨下了又下，已至成灾，北方却没有一场透雨，甚至滴雨未见。想来，一定是那司雨之龙"懒政"，就地就近，不离南方，就把降雨的指标用完，然后回天庭草草交差。也可能因为那龙的正义感极强，因为人们破坏了自然生态，败坏了它按律行政的好心情和必要的环境，一怒之下，就降灾于这片草原，让所有在草原上和来草原的人们，好好地想一想，问题出在哪里，怎样做才能更好地调和"地气"和天意。天心自然，有时也过于苛责。

　　毕竟，我不是天上那不染红尘的云，且我自己也属于那些从血气而生的污浊之物，所以就算凑巧猜中并理解了天意，也还是要对那些在焦渴中忍耐和挣扎的脆弱的生灵怀有深深的同情。于是，便一边在那旱得冒烟的路上行走，一边仰望着天上的云痴痴地想，天上那么多的云朵，怎么都像大街上内心麻木、没有表情的路人？就不会有哪一朵云能发一发恻隐之心，自作主张能给草原一个承诺？公然或悄悄地下一点雨，哪怕只够润湿草们干渴的唇，也好让它们获得一些在焦渴中坚持下去的信心和勇气。

　　住宿在阿拉坦额莫勒镇的那个傍晚，天空里的云突然聚到了一处，色彩也由原来的洁白变成了灰黑色，幽暗地遮挡住了曾经透彻的天空。我突然有所感悟，原来白色是云嬉戏、游玩时的着装，黑色的"衣服"才是它们工作时的着装。看来，久久期盼的雨终于是要来了。我心里暗暗地兴奋，希望雨尽快下来，越大越好，哪怕大得阻碍了我们的行程。我要和草原上的牧民们共同关注、经历和庆祝这非同寻常的时刻。夜里，我几次处于半醒的状态，似乎还隐约听到了窗外的雨声。待到天色微明，我迫不及待地打开窗帘儿，想看一看昨夜的雨到底下成了什么样子。可令人沮丧的是，地上并没有一滴雨，我听到的不过是一夜风摇树叶的悉索碎响。

　　又是一个响晴的天。仍然有云挂在天空，如今它们只是一些空空的佩饰，没有雨，没有重量，也没有情义。

　　我们到草原深处米吉格牧场去体验生活。当人们拎着一只装有奶水混合物的壶，喂那头走起路来摇摇晃晃的小牛时，我看见有一头瘦骨嶙峋的花母牛一直神色焦躁地在附近徘徊，欲进又止，不离左右。据主人介绍，那是小牛的母亲，由于草原干旱缺水，和许多产犊的母牛一样，母牛已经瘦弱没有一点儿奶水，牧场的主人就只能到超市买来奶粉喂养它们的小牛。我们猜不出那头母牛当时的心情，是担忧，是愤怒，还是喜悦。但有那么一瞬间，我突然发现，它的两只突出的大眼睛里，似乎装着满满的忧伤。于是，我又想起了那个横着很多黄羊尸体的干涸的湖底。

　　我的心，突然一阵紧缩。此后，我不敢再看脚下干裂的大地，地上的苦情太重了，我只能仰起头看云，看天地相合的远方。但不知那些漂亮的云，什么时候才能脱去它们身上的美丽婚纱，进入幽深潮湿的夜晚；也不知那些曾经看到过草原丰饶美丽面貌的人们，会不会特意来探望一下焦渴中的草原。这草原，已经有难啦！

花山

鸟儿的鸣啭如光，轻轻丽丽，潺潺，以渗透的方式，以浸淫的方式，一尺一寸地把清晨照亮——

一种久违的柔软与感动，就那么汹涌且温婉地越过窗口，弥漫了原本静默的房间和原本静默的心。鸟儿们说的是古语。古音，古韵，古意。虽然内容总是不太好懂，语调却蕴藉悦耳、似曾相识，如娓娓的吴侬软语，从皓齿红唇的江南女子口中脱颖而出。亦悲亦喜，千回百转。似有关爱情，似有关桑麻，又似有关生命的种种传奇或艰辛。

从前听起来是这样，现在听起来仍然这样；在北方听到时是这样，在南方听到时，也是这样。所以，鸟儿们一叫，时间的坐标就消失了；一叫，空间的方位就倒错了；一叫，人的方寸也就乱了。恍然间，竟不辨身在何处何时，也不知是在梦里、梦外。

若在北方，百鸟啼鸣，一定就是春天来了。整整一个漫长的冬季，除了雪花飘落的声音，除了冰河迸裂的声音，苍茫的天地之间，一切都是沉寂的。漫无边际的、单调的、白色的沉寂。只有春天来临，声音和颜色才如蛰伏的虫儿一样，不知从什么地方都钻了出来。春天里，人心会如泛青的原野，荡漾出风云，萌生出各种"花花草草"的念想。近于哀愁的喜悦，风一样扫过心头，本来纯净的心灵便被吹得纷乱如麻，青春啊，爱情啊，人生呀，未来呀……如一幅找不到重心的图画，被一支画笔随意涂抹，无序横陈——含苞待放的花朵、倒垂的柳丝、双飞的燕子、如绿如蓝的春水、和暖而明媚的阳光……

然而，当我起身打开窗户，映入眼帘的却是一幕缠绵的江南烟雨。哦，这已是江南的苏州，是苏州城外的天池花山，是花山脚下的客舍。粉墙黛瓦的房屋、小巧精致的苏式院落，碧绿的荷池、长长的回廊……一应景物恰好被迎面的一树桃花掩映，更显其错落有致、隽永、幽深。

鸟儿依然在不知疲倦、不明缘由地叫着。尽管目光在树丛中搜寻很久，终究没有找到那些声音的出处。但我知道其中有一种鸟儿应该叫作杜鹃，古代的南方文人称其为杜宇。相传，这鸟儿是古蜀国隐居"西山"的"望帝"所化。每逢春天，终日哀鸣不止，直至啼血成花。因其声凄厉动人，常常激发起人们丰富的遐想：一说是因为其心系子民，提醒人们惜春、惜时，莫误布谷；二说是因为其心有冤屈，难免要终日诉说自己内心的哀怨；三是说其生性多情，执意为自己心爱的女人，苦苦地相思，不停呼唤。唐代诗人李白曾在《宣城见杜鹃花》诗中赞叹："蜀国曾闻子规鸟，宣城还见杜鹃花。一叫一回肠一断，三春三月忆三巴。"但不论如何，每每想起这种鸟儿，心中总是难免会生出几分恻隐之情，毕竟，此鸟并非无情之物。

虽然苏州并不是蜀国，"花山"也不是传说中的"西山"，但凭"花山"的清幽静雅，确实堪称难得的消闲、隐居之所。山中子规不通文字，看不懂人类的文字记载，去留与否，也许只凭着生命与自然之间的那种奇妙的感应或对某个特定环境的记忆。子规天天执着地叫，人类也并不是谁都不解其意，于是就有"心有灵犀"之人在这个子规不愿离去的地方做起了隐居的文章和事业，不仅建起了别致的客舍，还立了一块别致的牌子："花山隐居"。

有关花山，清代诗人王珏有一首七言绝句是这样说的："姑苏名山无多少，唯有天池形势好。四面山光施彩色，松柏常被白云绕。"诗未见得有多好，稍强于"打油"而已，但对山色风景的描摹却颇为传神。诗咏的是"天池山"，是一座山的一个侧面。只因半山有一潭碧水故而名曰"天池山"。实际上，这座承天目山余脉而独立的小山，还有另一个名字叫"花山"，因山顶有峰，状若莲花，故而得名。直到最近几年，它才有了一个全面而稍显啰唆的名字——"天池花山"。

未识此山之前，一直望文生义地认为，这是一座径满花香的名山，待身临其境之时，却发觉花并不是山中最有代表性的风物。比起花草树木，山中的石板小径、奇峰秀岩、曲水流泉以及侧目即见的碑、亭、石刻似乎更具特色。沿着"花山鸟道"深入其间，人与环境的互动即已开始。渐行渐远，不消半日，深藏于此山此水中的"隐"意，即已显现出来。不知不觉间，一颗曾归属于"浮生"且被紧紧缠绕的心，就远离了红尘。行至力疲、气躁之时，刚好遇有小恬之处。一张四方"八仙"木桌，可二人对坐，可四人合围。讨一杯以"寒枯泉"水所泡的碧螺春，轻摇慢饮，人生的种种况味，甘甜也好，苦涩也罢，便随茶汁由唇而舌，由舌而喉，潺潺而下，最终在心胸中化为一缕舒和之气，随如雾如岚的水汽消散于空。

再起身时，是不是还要拾阶而上，一直攀到顶峰，已经无关紧要。人生的至境也并非是目摄八极把万事万物尽收眼底。那么多的过眼云烟，那么可望而不可即的事物，说到底又与自己何干？看或不看，让远处的风光在眼中停留片刻，或没有停留，终究又有多少差别？索性，就折返回来，在林间寻一块干净、平整的石头重新坐下。刻着字的也好，不刻字的也好；刻着"仙人座"的也好，刻着"水石佳处"的也好，随意选一处坐下，就让自己坐成静物之上的另一种静物。任由潺潺的水声从身左而来，经过身体，再由身右而出；任由清风扑面，经过身体，又由身后而走。生命，就在反复的洗涤之中，一点点通透、轻盈起来。

由花山西行十公里，即到达了号称"八百里太湖"的大水之滨。古时，这片大水被称作震泽、笠泽或五湖。本来"太"在古汉语里就是"大"的通假，所以，称太湖为大湖也未尝不可。天气晴好之时，放眼太湖，亦是浩浩荡荡，无边无际，更何况时值雾水迷蒙的四月！一艘小船刚刚还在不远处左摇右荡，不多时，已经在烟波里消隐得无影无踪，一切可以追溯的踪迹尽被波涛抚平。

古有圣者云："仁者乐山，智者乐水。"想古今主动避世而消隐的人，都应该是大智之人。那么，像太湖这样神秘的大水，不也是"隐"去的理想之地吗？传说，古越国的一代名相范蠡，帮助越王完成了"平吴霸越"的大业之后，就从这湖中隐去。

史料记载，春秋末年，吴王夫差打败了越王勾践，将越王俘至姑苏，事奉夫差。后来，范蠡献计，把美女西施献给了吴王，使他朝歌夜舞，沉溺于酒色，丧失了斗志和警惕，终于败在越王手下。大功告成之日，范蠡便决然向勾践请辞："请大王允许我辞去，从此不再脚踏越国之土。"范蠡的借口很充分："我听说，做人臣的，君忧臣劳，君辱臣死。从前君王受辱于会稽，而我之所以不死，就是为了辅佐君王成就霸业，现在君王的事业已成，而我该接受在会稽使君受辱之罚了。"话是这么说，实际上他是深晓"鸟尽弓藏，兔死狗烹"的道理，主动让自己从君王眼里，从这一国知情民众的视野中，从人性的黑暗之中消失，以免罹患杀身之祸。于是，范蠡悄然离开了勾践，离开了越国。据说，曾有人看见，范蠡携带着西施，驾一叶扁舟，出三江，泛"五湖"而去，杳然不知所向。

五湖即太湖。果然，古往今来的许多事物，都借助这一片广大的水域悄然隐去了。岸边的柳毅井和柳毅亭还在，但通往"龙宫"的大门却紧闭着；美丽的爱情故事仍被世人传说，故事里的柳毅和小龙女却再也没来湖边的草地上执手漫步或偶入亭中相对欢饮。一艘很现代的机帆船从码头启航，像犁，迅即在水面上划开一道Ｖ形波纹。远去，再远去，遂如射向烟波深处的箭矢……最后，小如一枚树叶，小如一粒尘沙，直至在视野中完全消失。

世界上最为彻底的隐，莫过于让渺小的事物融合、溶解在伟大的事物之中。转眼间，曾在湖上穿梭往来的樯帆与画舫以及画舫中的峨冠博带、丝竹管弦、欢声笑语，已然销声匿迹。没有人能说得清楚它们消逝的真正原因，是主动的隐藏还是被动的融化。三三两两的苍鹭，从灰蒙蒙的天水间翔过，似来自悠遥的时间，又似来自渺远的空间，行迹十分可疑。先是慢慢向东，然后又突然想起了什么，折身向北，越过高高大大的桂花树，越过成片成片的丁香丛，最后在几树盛开的梨花背后突然遁去。

此时，花山脚下的春意已浓。海棠水粉，碧桃艳红，如发丝般倒垂的柳丝，在微风里轻轻摇曳，不停地撩拨着流水的心。是去是留，是停是走，突然成为一个十分难以回答的问题。流连、品味、忘情于这清幽、神秘的山水之间，有那么一刻竟然突发奇想，能否也效仿古人，择一良辰吉日，毅然从红尘里抽身，驾一叶扁舟或披一身蓑衣，倏然消隐，如向晚树影后精灵般突然遁形的灰蝉？但实际上，由于我们双脚粘着太多、太沉重的泥土，终究还是无法轻盈，无法空灵。

临行的那个早晨，心中突然升起莫名的怅惘。一个人无语，枯坐于床边，满眼的书籍、杂物，一样也不忍拾掇，怕容纳过我的房间因为这一物不留的粗暴离去而变得空空荡荡，又因为没着没落的"空"而充满感伤。莫名，就是不知为什么，但最终我还是想明白了。那与我气息相和、心意互通的小小空间，竟是烟雨江南、温馨花山许予我的一片心呢！

过客

起先，车是在平展的大草原上奔驰。过海拉尔继续向西，向北，很快便接近额尔古纳河流域。从区划上分，这已是额尔古纳市领地。

大地突然就起了波澜。草原依然是原来的草原，却一改以往的平静、宁和之态，仿佛应和着某种呼吸的节奏，起伏、波动起来，而那些从来不让人产生什么错觉的羊群，也在地势汹涌的摇荡之中化作连片的飞沫或一颗颗保持着微小间距的雪珠。尽管海拉尔已过去很远，并且这个地名在语义上只是一片开着白花的"野韭菜"，但此时，它仍然让我情不自禁地联想到海。如此，公路两侧连绵起伏的山峦就是海上无息无止的波涛，起自遥远，接至无垠。

路上颠簸行进的车辆与草地上零星闪现的"木克楞"民房遥相呼应，轻而易举地将大兴安岭下这一片辽阔与苍茫诠释成了烟波浩渺，让活动其间的一切生命都感到了孤单和渺小。仿佛广阔的空间在延伸中撞开了时间之门，让我们在走走停停之间，不知不觉陷入时间的重围。

到处都是时间。起伏的时间，荡漾的时间，颠簸的时间，平坦的时间，滞涩的时间，顺畅的时间，分别向前流动和向后流动的时间，交错、纠缠着的时间……我们自以为从昨天走到今天，又从今天走向明天，可实际上却正在一步步从现在走向从前。

从前，我还没有在这个世界出现的时候，室韦这地方就已经人丁兴旺、牛羊漫山，发生过无数故事，结下过无数恩怨，演绎过无数的悲欢离合。

后来，一切又都过去了，消失了。历史过去了，只留下空空的岁月；生命过去了，只留下大地、山川和废弃的遗迹；往事过去了，只留下模糊而淡薄的回忆……家过去了，只留下破败的房子；丈夫过去了，只留下寡居的妻子……

在室韦的镇子上，两个失去丈夫的俄罗斯族老妇人为我们讲述了家族的历史和自己的身世。讲兴盛过后的凄清，讲热闹过后的平静，也讲在时间和社会变迁中人的无能为力和手足无措。据有关资料记载，额尔古纳市最多时曾拥有俄侨一千三百三十八户，七千四百六十七人，后来因为政策的变化，大部分迁往俄罗斯或澳大利亚，只有一百多户不足千人在额尔古纳定居下来。只可惜岁月不念及人愿、人意。如今，那些不走的人也有很大一部分被时光卷走，留存下来的只不过是他们的后代，他们生命的复制品。当我问及老人们为什么没有随大批俄侨归国时，其中一老人沉思片刻，只简单地回了一句"回不去了"。我不知道老人说的"回不去"是否另有深意，我倒是觉得，在岁月中前行，人是一步步被"挤兑"到前面去的，没有人身后留有余地，没有人能够真正回得去。

两个年届八旬的老妇人一个叫安娜，一个叫莉达，历尽人世沧桑之后，仍然保持着浪漫、乐观的天性，在人生最后的日子里要把生命里所有的宽容、热情和爱都留给这个世界。看起来，她们对生活给予她们的困苦、艰辛、消磨甚至剥夺不但没有半点儿怨恨，而且还怀有浓重的依恋和温情。因为气氛融洽、愉快，她们爽快地答应了我们的唐突之请，唱几首俄罗斯民歌。一共三首，其中有两首是没有名字的爱情歌曲。她们介绍，这两首歌曲也是两个故事。故事的开头，都是卿卿我我，山盟海誓，如胶似漆，男欢女爱，结局又都是其中一人爱过之后转身离去，再也没回来，给另一个人留下没有尽头的思念和等待。

我没学过俄语，不能把歌词大意同旋律契合起来理解，所以，就无法准确把握住歌曲所传达出的情绪。我认为那歌曲不论如何都应该是忧伤的，但两位老妇人传递出的情绪却出乎我的意料，竟是欢快的、幸福的。百思不得其解之后，我还是有了那么一点体会，也许，人活到了那样的年纪，应该进入另外一种境界了，她们看事物的方式，和我们比较，一定是发生了质的飞跃。想来，任何事物，只要将其放在时间之轴上丈量，都可以短暂到同一个量级。一去不返也好，留下来长相厮守也好，毕竟都是暂时的，终有一天要面对一场生离死别。早知道最后的结局都是一样，为什么要徒生幽怨，为本已匆匆的人生多添一笔烦恼？

我们原本都是过客，不管是想走的还是想留的，最后都将离去。几个小时之后我们离开室韦，离开两个慈祥的老人，也许，从此永不再见。数年后，至多数十年后，两个老人也将离开室韦，一去不回，而室韦的山仍是原来的山，水仍是原来的水，室韦仍将是原来的室韦，不会因为谁在或不在有所改变。往事如风，过往的信息亦如风，谁敢说自己曾经亲历，谁敢说曾将其握在手里？

离开室韦之后，我们又去了自兴林场和安格林林场。在一座空房子里，我们看到了很久以前伐木者留下的遗物，衣服、帽子、斧头、绞盘、油锯、架子车，以及不知是谁脱下就再也没有穿过的牛皮乌拉，还有不知道在那里默默流淌了多久的小河水，但那些曾经在夏日里满头大汗，在寒冬里呼出长长哈气的人们却早已音信杳然。

我们又去了俄罗斯酒吧，去了博物馆……找到了很多能够证明某段历史曾经存在的确凿证据，却无法再与那段历史重逢。当我从林中走过，看到了大片大片的弘吉剌树丛，但最近的一次花开已过，她们没有一朵能够等到我们的到来。金色的油菜花倒是开得灿烂，可花下那片沉默的土地却告诉我，同样的花朵已经以同样的方式向大地告别过千回。

莫尔道嘎。这个蒙古民族的出发之地，每天都在演绎着出发，每天也都在演绎着到达。当我们到达时，蒙古的先人们已经在几千年以前就从那里出发了。我站在森林公园的大门口，略去密如蚂蚁的到达者，望着远处的树梢和蓝天白云，遥想当年的"出发"。那是何等威武庄严的一幅画卷！旌旗猎猎、战马萧萧，一眼望不到边际的队列卷起蔽日的烟尘，向西，征服西辽，攻克西夏，消灭畏兀；自西向远，又一鼓作气扫平西亚和欧洲诸国；向南向东，入主中原，屡伐豺狼虎豹的倭国……如今，那支轰轰烈烈的人马，却如一去不返的单程列车或不可回收的太空火箭，消隐于岁月深处。只有匆匆到达，又匆匆出发的游人、过客，走了又来，来了又走。

莫尔道嘎。它是一个地点，却记得出发而不记得到达。它是一道指令，却只有生效而不会过期，如贴在人类额头上一个揭不掉的咒符，驱动着一次次义无反顾的出发。出发，出发，每一次到达都预示着新的出发。我们就那么莫名其妙地一路飞奔下去，迷人的风光、诱人的美食、美好的人和事物……什么都阻挡不了我们一次又一次的出发。我们在连绵不断的出发中成为命里注定的过客，时间的过客、空间的过客、存在的过客。

其实，就我个人的情感，我是热爱草原的，我那些自认为美好、美妙的童年和少年时光都已经挥霍在了草原，而我一直孜孜以求，却始终没有变成现实的梦想，似乎也隐藏于茫茫草原。每次去草原之前，我都在心里暗暗地想，一定要找个时间在草原上住下来，慢慢地行走，细细地品味，把我要感受的一切都品足、悟透，可是每次都如中了魔咒一样，浅尝辄止，来去匆匆，似乎只有不断向前才能安抚这颗不得安宁的灵魂。

额尔古纳之行，本是一次酝酿已久的期盼，并且我也深知这个地域的资源丰富和色彩斑斓，不仅有草原，还有森林、河流以及山地与草原衔接地带复杂、美丽的风光。所以，我事先就盘算好了，这次一定要"潜伏"下来，好好住几天，去"木克楞"与老奶奶攀谈，体会她大半生的艰辛与沧桑；去草原，跟老阿爸或习惯将汉语主谓倒置的蒙古兄弟学习放牧；在蒙古包里听老额吉讲蒙古秘史，唱蒙古长调；去草原上的农场，向农民讨教如何种植油菜和麦子……可是，飞机落地，"到达"两个字一出现，就把事先计划好的一切全部忘得所剩无几，从此就开始不断地"到达"，从一个地点赶往另一个地点，以为"到达"就是抵达，到达了就没有必要担心离开。直到再一次赶到海拉尔机场，一抬头看到了"出发"二字，才恍悟，一个行程或者一个过程已经糊里糊涂地结束了。

莫尔道嘎。我又想起了那个蒙古单词，为什么哪里都会成为我们的出发之地？

鸭绿江河谷

　　这个清晨，有雾来自遥远的长白之巅或老龄山脉的丛林之间，像一只巨大的鸟儿，降落在鸭绿江河谷。一时间，河谷两岸的树木和房屋都埋藏在她柔软的"羽毛"之下。

　　我早早从鸭江谷酒庄的客舍起身，想下到江岸去，看看河谷里的葡萄园和对岸朝鲜民主主义人民共和国的风光。没想到，当我拉开窗帘，窗外又有另一重帘幕挡住了视野。

　　这样的天气，不论如何，路是看不远了。但只要往前走，就会有相同长度的路面"躲闪"出来，像是有一双看不见的手，在人的前面，边走边为你撩开一段帘幕。

　　雾中的感觉很奇怪。虽然视线走不远，但声音却似乎不受任何阻碍。它们就像生在海水里的那些飞鱼，往复穿梭，欢畅自如，想去哪里就能到哪里。

　　一路上，来自路旁葡萄园中的各种鸟鸣，不断从辨不清方位的浓雾之中传至耳边。久违啦，这些清丽、美妙的音符！如今听起来，多么陌生，又多么亲切。在雾里倾听这些鸣啭，好像它们既不是飞来的，也不是撞来的，而是在空中旋转着"滚"来的，宛若一粒粒结着水雾浑圆而润泽的葡萄嫩果，在耳边荡来荡去，直把人撩拨得心痒痒的，好像人生又回到了从前。从前，那些心猿意马的清晨；从前，那些每天都有很多想往，每天都有很多期盼的少年时光……

视线之内，总还是能看到一些低矮的葡萄架，规则、整齐地排列在道路两侧，这和以往的印象极不相同。记得小时候，家里也种了两颗葡萄，巨大的葡萄架从院中一直要搭到房檐。夏季来临，浓荫蔽日，可以搬个小凳在葡萄架下边读书，也可以把饭桌放在葡萄架下吃一顿清凉的晚餐。葡萄熟了的时候，每天都要在那架子上摘葡萄，如果集中采摘，一棵葡萄所结的果子大约总有两大箩筐。

这里的葡萄并不是传统的鲜食品种，虽然有能力结很多，但为了保证口味和品质，特意要采取措施，不让它结出很多的果子。术语里说，这叫限产，每颗葡萄仅仅让它结果四斤。真是天壤之别。看那葡萄的架式，也断然不再是传统的架式——低矮、规则、漂亮，就算是葡萄们长到了全盛时期，总体高度不会超过人的身高。也许，这样更便于管理和采摘吧？在这个规模化的时代，毕竟，一切理念和方式都不同从前了。据说，这还是国际上最先进的结架方式。

葡萄架的下边，像草坪一样一棵挨着一棵地生满了蒲公英。蒲公英正值开花时节，绿的叶子，黄的花朵，间或还有一些已经结了籽的银色的"毛毛球"，一颗颗小伞等待着有风吹来，借风而奋发，把生命的基因传向远方。如果天气晴好，有阳光照耀，从远处山岗上看过来，这里一定像一张美丽的绣花地毯或一片金色的花海。

前夜，听葡萄园的主人老孔介绍，五年前，这里是一片荒山，灌木丛生，杂草恣肆，根本就看不到几朵有颜色的花儿。老孔的弟弟，在辽宁做企业，也许离家太久了，想慰藉一下自己的思乡情节；也许是奔波得倦了，想找个安静之处颐养天年，就一心想在这山水之间寻一块净土，建一个自己的葡萄园。于是，不惜血本扔了几千万在这片闭塞的荒山，建起了葡萄园和自己的酒庄。没想到，葡萄园建起后，一年接一年、一茬连一茬地人工除草，把别的杂草都砍得筋疲力尽，倦于萌发，却让着蒲公英找到了理想的繁衍之所。铲去一棵，生出两颗；铲去两棵，生出四棵……不到三年的时间就密密麻麻地铺了一地。也好，有它们在，葡萄园里的葡萄们就多了一批保持水土和抑制杂草的卫兵；有它们在，老孔这个圆梦的葡萄园，看起来也更像一个美丽的梦了。

我来老孔的葡萄园，这是第二次。第一次来，是去年冬天的通化山葡萄酒高峰论坛。那时，正好赶上鸭绿江河谷中的大雪。漫天洁白的雪，将整个山谷涂抹成同一种颜色。道路、河面、山间空地、对面的水库……举目一片纯净的银白。只有远处的房屋，露出明黄色的墙壁和红色彩瓦的边缘；只有葡萄园中的葡萄像躲在白色帷幕后一双双好奇的眼睛，乌溜溜地打望着来往的行人和这个不可思议的世界。那么多的车辆，那么多的行人，似乎都不能有效地打破那里的安宁。比起色彩斑斓的现在，那时的葡萄园可能更像一个梦境，虚无、飘渺而又玄妙。记得在品尝葡萄酒时，一个女孩端了一杯鲜榨的冰葡萄汁在雪地上摆姿势，拍照，随着"呀"的一声尖叫，一杯鲜红的葡萄汁倾洒于地……我记得，那是那天唯一的一个声音和唯一的一种色彩。

快走到江边的时候，雾已经散了很多，但还没有散尽。从云峰水库的湖面上望去，还看不到对岸的景色，但近处的山光水色，却已清晰可见。一条宏阔的大江行至此处，突然就在山间旋住，就如人从窄路走到了一个宽阔的广场，不由自主地放慢了脚步。人总是被一些事情追着，认为自己必须在某时某刻赶往某地，而江却从来不像人类那样自以为是，它不着急，它知道水走到哪里都是水，存在的意义并不是急匆匆地赶路，而是存在本身。

清晨的江水，大约也是闲来无事，便一下下轻轻拍打着石头堤岸。浪涌上来又退下去，发出了低沉而又渺远的声音，有如呢侬，又如叹息。

我抬头眺望迷蒙的远方，虽然眼前有雾气遮掩，我却能够感知到这条大江的古老，感知到它的来之悠悠，去之遥遥。几千、几万年的时光逝去，它依然在以它不变的节奏从容漫步，也依然在从容、自在间保持着对岁月的傲视。它怎么会发出只有人类才有的忧愁和叹息？如果有，也一定是为匆匆而来，又匆匆而去，总是在劳碌奔忙，却总是劳而无功的人类所叹。

关于这江，史上有明确的记载。《新唐书·东夷·高丽》曾记："有马訾水出靺鞨之白山，色若鸭头，号鸭渌水。"也有传，因这河流中生长着的一种名为"雅罗"的鱼，被满语读为"鸭绿"，于是江水因鱼而名。"鸭绿"一词在古阿尔泰语中是"匆忙的、快速的"意思，形容水流湍急。韩国史料《三国史记》也另有记载：公元二十八年以前，在乌苏里江、土门江一带，生活着一支叫"雅鲁氏"的先民，由于高句丽国同沃沮国的战争，他们被迫迁徙"马訾水"流域，他们就把湍急的江水称为"雅鲁江"，音、意合一，同时，也把游动迅速的鱼称之为"雅鲁鱼"或"雅罗鱼"。这些称谓上的变迁大约都发生在唐朝以前，到了唐朝以后，就一直被称为鸭绿江了。

我怀着好奇之心，仔细地观察了江水。确实，那江水清洌、澄澈，色泽绿中有蓝，看起来十分奇特。

雾终于变得稀薄，对岸的山峦和建筑渐渐显出轮廓，我的边际意识也才清晰起来。所谓的鸭绿江河谷，无非是半个河谷、一道江岸。一直以来，这条江都是中朝两国的界河。本来，自然有自然的法则和体系。江的两岸都属于这条江，包括植被、气候、生态等都具有不可分割的完整性，但因为两岸的土地归属于两个不同的国家，似乎一切都已迥然不同。最早的时候，人类的生活习惯、生活理念，人们的语言、性情等都依据水系划分，差不多一个流域对应着一种文明。"我住长江头，君住长江尾，日日思君不见君，共饮一江水。"那时的水系和族群的血脉一样，能带给人以亲情甚至爱情的联想。但后来，人与人之间的隔阂、壁垒深重起来，自然的法则就被打破，颠覆，人们不管面对怎样的山水，都保持有足够的理性并恪守人类社会的规则和理念。人类，其实从来没有真正懂得过一条江的心思，更没有像一条江一样去思考，去行事。

此时，对岸无人，即便有人，我们也无法得知，他或他们对这条江如何理解，又有什么看法。

太阳，好像突然之间从雾霭中跳出。就在我们转身之际，天空已云开雾散。早晨的阳光像一把金色的扫帚，只挥舞了那么几下，就把天空打扫得干干净净。不仅天空，仿佛山中的一切都已被拂拭得焕然一新。

葡萄园中早已经有十几个工人拉成横排在薅草了，现在，他们已经沿着成排的葡萄架深入到园子的中部。看样子，在我们去江边之前，他们就已经开始了一天的劳作。远远的我就看到，身材高大的老孔也在那些劳动者中间。我在向他那边张望时，他也在向我这边张望。彼此挥挥手，心有会意，我们又在清晨里续上了昨天没有聊完的话题。

当我问老孔，葡萄园里的活计这样的干法，要多付出多少成本时，老孔淡然一笑说："老板不怕多付成本，只要活儿干得好就行，只要不影响葡萄的品质和酒的品质就行。"

虽然老孔是"老板"的亲哥哥，葡萄园里的事务都由他主持，也算是葡萄园的主人，但他却不以主人自居，仍然称自己的弟弟为"老板"。老板是个什么样的人，我没有见过，但让农民出身的老孔认同并佩服，大约还是有一些过人之处吧！

老孔说，自从"老板"投资这个葡萄园以来，就没计较过成本，几千万都搭进去了，还会算计这事关品质的一点儿小钱？既然"老板"坚持，宁肯把一辈子赚的钱都搭上，也要做出世界一流的好园子，做成世界一流的好酒，他也只有按照"老板"的心意，帮他把事情办好。

于是，别人家种葡萄能用机械就尽量用机械，老孔家却能用人工就尽量用人工；别人家买什么都找便宜的，老孔家却专门找贵的，只要不影响葡萄和酒的品质。一样的要花一天的工钱雇工人，别人家冬季采摘葡萄要到九点钟，老孔家到七点半就收工，因为再干下去，葡萄就会开始融化，影响葡萄的出汁质量。别人家买一个泵花五六千元即可，老孔家就花五万元，因为价钱贵的泵才不伤酒体……

老孔断断续续地说，我就在一旁断断续续地想，他的"老板"一定是一个理想主义者，一个为了梦想不要命的人。在内心里，我倒是很佩服这种人，因为我也一直认为，人活着不能没有理想，为了理想也不能不全力以赴。但同时我也为老孔的"老板"担心，因为在我们的市场环境和商业生态还没有彻底走出冬天，埋头做品质而不研究消费者心理的完美主义者，很可能会被踩踏得遍体鳞伤，甚至死无葬身之地。对着他的亲人或员工，我能说什么呢？我只能在心里祝他有个好运气。

老孔虽然表面看是个粗人，实际上很可能内心细致敏感。大概看出了我心不在焉，所以就马上把话头打住。建议我自己到处走走，或到酒庄的楼顶平台去看看葡萄园的全貌。

登上鸭江谷酒庄的楼顶平台时，已然旭日高悬，本已澄澈的四野，变得更加通透、明亮起来。目光在这样的山水间游弋，便如将羁鸟放归于无际的蓝天，一时竟忘记世间曾有"收束"二字。如果，不是有对面的山峰阻挡，我自信，举目一望，必致千里。

放开远眺的目光如迅飞的鸽子，沿葡萄园的上空一直飞抵对面的云峰湖上，便发现整个葡萄园竟是一个钢琴形的半岛，或者按直感描述，就是一架放在水上的三角钢琴。

阳光在整齐、规则的葡萄藤和那些绿色的枝叶间闪烁、跳跃，仿佛正是从那架钢琴飞出的明亮的音符。一首无声的天籁之音，正在鸭绿江河谷的上空响起……

我突然想起了《海上钢琴师》那部电影和电影里那个无处可去的钢琴师。

等到有一天，我已身心疲惫或无处可去，我就会再来半岛，请可能理解我的"老板"借我一隅。为此，哪怕要投掷毕生的积蓄，我也要在这里盘桓下去，听听自然的声音，听听自己心跳的声音。

云河

"云河呀，云河，云河里有一个我……"

邓丽君的歌，不论从词从曲，多数要算在萎靡缠绵之列，而这首《云河》，却是很少见的意外，听起来又多一层苍凉在其中，所以多年来一直记忆深刻。但仔细推敲这词，在逻辑上却有一点怪异。一般说云，都说云朵、云雾、云霞，充其量一脚踏上高空向下一望，看到了一片云海，说云河总觉有一点不确切。也许这正应和了艺术的某一方面属性，虚亦空灵。

直到有一次乘飞机过云贵高原，算是真正目睹了一回云河的壮丽景象。

从比高原更高的高处向下看，高原便是平原了。在那片沟壑纵横的平原上，云沉沉地匍匐下去，弥合了宽窄远近形态各异的所有缝隙。行在上面的人，如果不动用逻辑思维，而只动用直觉去看那里的云，那质感就像极了水或者是冰，轻盈处如水流淌，凝重处则如千年不化的坚冰。

透过舷窗极目远眺，一条汹涌、宽广的大河正无始无终，亦无声息地向无限的远方伸展，气势如虹，穿越了空间的界限，同时也击穿了时间。没有人能够想象得出，这是一条即将冰封的，还是即将解冻的河，浪花是凝固的，涛声是凝固的，亿万顷水泽如海一般苍茫，如历史一般岑寂，一切似乎已在某个瞬间抵达了永恒。

此时，如果能够向下，穿过大河，我们就回到了我们的来处，那是人类的故乡。但谁能够想到大河的下面会深埋着偌大的一个世界呢？

曾经听到过一种说法，人类是鱼变的，人死后灵魂还要变成一条鱼。

我想最早下这个结论的应该是上苍，因为只有站在上苍的高度，才能发现人类原来生存在一条河的下面，而那时人类还没有能力站到云端之上，也只有站在云河边的上苍看人类，才会如人类站在江河岸边看水里的鱼一样。没准儿，哪一天上苍突然心情郁闷，坐在云河边上垂钓，钓到的也许正是人的灵魂，这边上苍手腕一抖，那边人间就有一个人"升天"。

亿万斯年，我们就生活在云的下面。在我们心中，云之下就是世界的全部，就像鱼会认为水是世界的全部一样。我们从来无法看清自己，是因为我们看我们自己太大了；上帝也无法看清我们，因为站在云河之上的上帝看我们太小了。

闲来无事偶尔也会把目光从自身移开，让思想越过云层向宇宙深处伸展。然而，每一次都因为一种近于窒息的压迫感而被逼得退了回来。宇宙太大了，大得我们无法想象，所以每想起宇宙就感觉生命渺小得连一粒沙子都不如，不仅肉体的存在，就算我们一向引以为自豪的思想，实际上亦无法承受一个宇宙的重量。

或许一种存在和一种生存环境总是一一对应的，超越境界，总要付出太大的代价，不论对存在本身还是由存在派生出的思想，那都是一种难以承受的痛苦感和阻力。所以鱼不想人的事，人不想上苍的事；人不下到水里去生活，上苍也不下到云层之下来生活。

黄果树瀑布

关于黄果树瀑布，我们到底能知道多少？

高七十四米，宽八十一米，中国第一，亚洲第一？出产于贵州，安顺？

在我眼里，它就是一幅画，它就是某一片挂在悬崖边静止的流水。

是的，叫瀑布就一定会是流动的，但我却并没有亲眼看过。许多年以来，它就静静地挂在那里，从教科书，到明信片，到会议室、宾馆、礼堂、住家的墙壁，像一个老牌的电影明星一样，呆板、凝固、了无生气、了无新意，被牢牢地固定在一张或新或旧的纸上。

但当我们真正来到它面前的时候，才会被它从天而降的飞流、有如叹息有如呐喊的巨响，深深地震撼。才知道黄果树瀑布并不是一幅死画，它是活的，它是中国历史上规模最大、声势最强，正在上演的流水的悲剧。

当水还在六盘水以前的时候，是纯然的无名小辈，几乎没有谁知道它的存在，更没有人在意它到底叫什么。过六盘水之后，声势渐大，才有了自己的名字，叫白水河。

浩浩荡荡的白水河，一路穿山隙、过险滩，艰难前行。当生命与河床、与前行的道路发生猛烈的撞击，便有一串串浪花伴着或激越或痛苦的涛声，凌空跃起。然而白水河仍旧默默无闻。

这世间，人走的路，车走的路，水走的路都有不平。行至黄果树时，白水河突然就走到了绝路，河床断绝，前方，是一眼望不到底的悬崖。然而，前行是流水的宿命，就算是无路可走，也得走下去。

于是，行至崖边的白水河并没有半秒钟的沉吟和犹豫，决绝地跌了下去。这一跌，跌得惨烈悲壮，这一跌，跌得气吞山河，这一跌，也跌得声名远扬。从此，人们不再记得曾经有一条不小的河叫白水河，从此，人们只知道某条河在黄果树跌倒后就叫黄果树瀑布。

　　其实，悠悠山水之间，大大小小的瀑布又何止千万，有山有水的地方就会有瀑布。其他的瀑布不为人知，就是因为水小、跌的跟头也小，而白水河的这一跤跌得太大、太响了，才会引起世人的普遍关注。

　　就像在人类社会，一个小人物从二十层的楼上跳下来，基本上无声无息，当街的人群骚动一小会儿也就没事了，而一个声名显赫的大人物若从二十层的高楼上跳下就会举国瞩目，世界震惊；旧时代马家窝棚或李家堡的一伙农民被逼杀了地主当了"胡子"，被官府派人去花两个时辰一顿排子炮一扫而光，多年之后谁还知道这事件曾发生过？而一样的是农民起义，李自成的名字却要让后世不停地念叨几百年甚至上千年。说到底，就是个规模和影响的问题呀！

　　然而，水的事情毕竟不同于人的事情。如果是人，悲壮一次必成非命，所谓的永远活在某某处，那只不过是有一点浪漫色彩的说辞罢了。但水确实是不灭的，白水河跌成黄果树瀑布之后，散而再聚，待重新流淌下去的时候，仍然叫白水河。但不管它以后还会不会再跌成瀑布，也不管它是缓是急，我却一直认为，那已经是一条河的来生了。

　　来生，来生的路依然还会崎岖。

雨中的韶山

雨中的韶山，怎么看都像是一种情怀。

我们就在那雨中行走，走过铜像，走过故居，又走过滴水洞……

走在淅淅沥沥的雨和因雨而生的薄雾之中，整个韶山冲仿佛就沉入了时间之河的底部。很多事物因为缭绕的雾霭而失去清晰的轮廓，而很多细节又都因为雨水的洗涤而显现出更加清晰的纹理。当现实与虚幻的界限在某一个时间节点上被融解、穿越之后，我便无力辨别自己到底是行走在现实之中还是行走在历史之中。

关于中国，关于中国一代伟大的领导者毛泽东，关于毛泽东的家族，关于曾经存在过、现在仍然以某种形式存在着的往事、故人、故居以及仍然没有消散的往日的情绪等，都从另一个时空维度里透溢或显露出来，与眼前的雨雾融为一体，在深秋的韶山冲里长久地、浓浓地弥漫。

一切都成为一出戏剧的布景，我们就在这广大的布景之中成为戏剧的一个部分。沿着空间也沿着时间前行的人流，连绵逶迤，如曲曲弯弯的浏阳河，如浩荡北去的湘江水，不论向前看或向后看，一眼都望不到尽头，我们是后来者，又是先行者。

故居的主人们，一定是行在前头，如今却不知道离我们到底有多远，他们似乎和所有排队行在雨中的人流一样，已经不再是故居的主人。他们停留，然后离去。我们也和他们一样，停留，然后离去。

在雨中想那些很久以前就离开故居的人们，感觉到政治、文化、历史等词汇是那样的脆弱而又肤浅，远不及这一场意味深长的雨。因为只有这雨才能够如一种特殊的介质或透镜一样，把来自时间深处的真相告诉我们，它让我们的心如一片不被尘埃遮掩的秋叶一样，敏感而又清晰。

然而，我们却无意感知和玩味季节的温度与情绪，在那些匆匆流动或固定的风景背后，在那些凝固的文字或闪烁的声像背后，我们感受到了来自那个时代，来自那个时代一个伟大人物内心深处的激情与感动，冲突与渴望。

其实，世间的路有很多都是一去不回头的。一棵树从一粒微小的种子开始，发芽、生长，一直到高可参天。虽然它并没有离开原来的泥土，但从它的第一片叶子发出那一刻起，便已经告别了大地，一边长高，一边远离。渐行渐远。它的枝干会一直奔向天空，而不是重归泥土，只有到了它最后倒下的时候，才会再一次与泥土重逢。

一个人、一项事业或一场革命，大约也是这样，不管最初从哪里开始，那个起点都只是一个起点，而一旦成为起点就永远成为历史，只能够为未来提供有限的回忆或怀念。星星之火虽然可以燎原，但燎原之后的那点星火，却一定在原来的起点上化为灰烬。

无疑，韶山是毛泽东的起点，也是中国革命的起点。但它不可能成为毛泽东的归宿和中国革命的归宿，它只是时光隧道的一个入口，从那里我们很轻易地就能够进入某段回忆或某段历史。

据记载，毛泽东自从一九二七年秋离开韶山之后，直到一九五九年，阔别三十二年之后才回到韶山。但这时，韶山已经不再是毛泽东唯一的牵挂、唯一的故乡，物是人非，历史已经在漫长的三十二年岁月里完成了一个令人惊叹的置换。

三十二年之后，毛泽东的故乡并不是韶山，而是中国，九百六十万平方公里的土地，到处都是他"现在进行时"的"故园"；韶山也已经不再是他亲人们的居所，他的亲人们已经在长期的革命斗争中一一失去，准确地说，韶山只是他过去亲人们的居所；而他现在的亲人是他的人民，那些逝去的亲人已经通过数十年的时光流转和风云变幻，幻化成了六亿在他思想中生活着的人民，遍及华夏大地。

人民以及与人民相关的一切，也许正是这个领袖人物最后的寄托和依凭。他已经不能够让自己继续失去了，如果这时再失去他的人民，他将成为没有亲人的"孤儿"，他将认为，自己的生命会因此而失去意义。所以，在这个国家里，他的人民能够随时看到他，他和他的人民必须能够相互确认。也就是说，他必须让自己站在最前排的位置，向他的人民招手致意，同时怀着某种激情检阅从长安街汹涌而过的人潮，接受来自于人民的崇敬和拥戴。

也许，这是人世间最令人迷恋和沉醉的互动了！

毛泽东是一个胸有凌云之志的伟人，所以，一般情况下并不会沉迷于小情小景小快乐之中。他一生不贪图美味佳肴，最大的口福也不过是随处可见的"红烧肉"；他一生不贪图钱财，身上没带过钱，也没有亲自动手数过钱。然而，任何一个人的人生总不会没有一个目标或目的。如果你不在意一砖一瓦的得失，那么你却有可能在意一室一屋；如果你不在意一屋一室，那么你就有可能在意一个城池；如果你不在意一个城池，那么你有可能在意一个国家；如果你不在意一个国家或整个世界，那么你就有可能心怀宇宙或志在天堂。滴酒不沾的毛泽东，也许从骨子里并不是不喜欢醉的感觉，他只是不喜欢酒醉人的方式和深度，不喜欢酒醉的短暂和浮躁。

只有他的人民，才是他须臾不可离开的酒。

只有人民才是他幸福和快乐的源泉，因为只有他的人民才会那样爱戴他，纵容他，甚至会无条件地接受他的全部，让他在热爱中体验了抚慰灵魂的沉醉。

我们都知道，陶醉的本质其实就是某种形式的麻醉，而所有种类的醉都会让一个理智的头脑失去控制，那是一种极度的快乐也是一种巨大的危险。然而，细想起来，人生的最高境界又何尝不是某种忘却红尘困扰的沉醉，人生的最大意义又何尝不是对那种沉醉的体验和期待！如果去天堂只是为了活得快乐，那么已经身在快乐之中还去天堂干什么呢？对于一个伟人来说，不在自己的国家里沉醉，不为自己的人民而沉醉，他到底要去哪里、为什么而沉醉呢？

也许，生命原本就是为了那一场沉醉而预备。

雨中的韶山，是一扇飘着流岚和雾霭的窗，每一位走进来的人都拥有两个侧面，所以我们每一个人都说不清自己的眺望是从里向外的，还是从外向里的；说不清哪侧是现实，哪侧是历史；看不清哪是大事，哪是小事、私情；也分不清其间的情绪有多少是快乐，又有多少是悲伤。

奔流不息的山溪水一刻不停地流往湘江，它注定要把一切梦幻与向往都带向远方，并在一个适当的时间将一切还原为现实——所有的时间终将流成岁月，所有的情景终将成为回忆。

从韶山回来的路上，有一个细节在我的眼前反复显现，挥之不去——毛泽东在韶山水库里游泳，他的头一会儿埋入水下，一会儿又仰起，他的双臂不停却很有节奏、很有力地同时向身体一侧划动……

以前看了很多次毛泽东的泳姿，但每一次都会觉得很奇怪，为什么他的泳姿是那样的，为什么他总是不和任何人一样？后来才明白，那才叫真正的游泳。所谓的游泳，不过就是漂在水上或在水中前进。谁说过，哪里有规定，游泳一定要有一个固定的姿势呢？

想一想，毛泽东的一生抑或是中国革命，不就是以这种方式一路走来的吗？

是啊，没念过大学也没留过学却天天作诗填词点评历史有什么关系？没上过军校却要指挥千军万马有什么关系？以小米加步枪应对飞机大炮有什么关系？从来不按套路出牌有什么关系？穿着破衣烂衫有什么关系？被误认为"匪"有什么关系？以农村包围城市有什么关系？以逃亡的方式前进又有什么关系？最终的胜利、最终的辉煌、最终的荣耀、最终的笑容不还是要归属于他领导的那支军队，不还是要归属于中国共产党！游泳的最重要标志是漂着，是不要沉没。

其实，不仅仅是毛泽东的泳姿，不仅仅是他的嗜好，有关他的很多事情都是难以言说清楚的。伟大的含义，或许就是不可解读。

弘福寺

距贵阳十五公里，有山叫黔灵山，山中有寺，叫弘福寺。

相传，那寺院是很有一些渊源的。大约在三百多年以前的一六七一年吧，一个风和日丽的春天，有高僧名为赤松云游此地，一眼望见这氤氲山水之间，荡漾着安天慰地的灵气，沉吟良久，便动手栽起树来。人家栽树都是要把树根埋在泥土之中，而赤松栽树却把树冠埋入泥土，而让树根赤裸于空。栽罢树，这高僧便拈花含笑而去，表情里隐含着无限玄机。一年后再过此地，见那树不但不死，还比一年前青葱、粗壮许多，赤松便决定停留下来，在那栽树的地方建一座庙宇。

一晃三个世纪过去，此寺果然以其传世的灵光，帮助一代又一代的百姓解脱了许多人间烦恼，实现了许多美好的愿望。所以一直以来，弘福寺都香火繁盛，庙宇也修缮及时，历久弥新。

然而，在佛教盛行、寺院林立的中国，弘福寺却并不算知名。虽说，佛有万千法眼，万千法门，同是佛门圣地，不能以门庭大小论高低。但相比之下，这弘福寺还是有一点相形见绌的，不要说少林寺和南普陀的声名久远，也不要说法门寺、灵隐寺的通灵、神秘和相乐山大佛寺的威仪，就连近年才有一些规模的海南南山寺也要比它多几簇新华贵、珠光宝气。

我本一凡俗之辈，与绝大多数游客大致无二，去寺庙既不是为了烧香拜佛，也不是为了考究、欣赏古建筑，不过是随人流看一个可去可不去的景点，权借大殿一角或禅房、古木拍张照，证明到此一游而已，所以多把注意力放在与寺院无大相干的其他景物上。

弘福寺最引人注目的是周边的树。如按其品种和形貌说，也没什么奇特可言。奇的是从山门到大殿，所有的树上只要伸手可及或更高一点的地方，都系满了红色的小布条，用行话说叫作许愿带。顾名思义，大约就是一个红布条代表一份向佛祖交托的心愿。

远远望去，整条山径的树上如开满了鲜艳的花朵，如火如荼，如血。

很难想象，芸芸众生之中怎么会有这么多没有实现的心愿呢？这不过是一个小小的弘福寺呵！是人生不如意事十常八九，还是人的欲望本来无边？但不管怎么说，弘福寺边的树是最肯为众生舍身的。树们舍弃的是自己的翠绿与威严，默默地承载着的是人们自私但却无辜的心愿。

树是弘福寺的一部分，是弘福寺的延伸，也是佛性的延伸。在去弘福寺的路上，我们所感受的原来是超越了世俗理念的宽容，这宽容不正是慈悲精神在尘世的一种诠释吗？宽容，就像草原之于牛羊，就像大海之于船只，就像天空之于沙尘，就像大地之于人类，也像慈祥的老人之于乖戾的孩子，是无所谓是非善恶的，它属于悲悯。

去弘福寺那天，正赶上众僧颂晚经。车还没有靠近寺院，就早有清越、宁和的梵呗超越了高墙、树木而来，像肃穆的落日余晖一样，一层层洒向前往的车辆与行人。目光所及的一切，似乎都在这透彻万物的沐浴里，变得澄明而宁静，虽无声无形，却一切悲喜都在其中，一切声色都在其中。

路不远，意远；山不空，心空。在这个普普通通的傍晚，普普通通的山中，不经意间就有了一种莫可名状的感动，如风，在心海一掠而过，生命仿佛在瞬间长高了一节。是因了弘福寺，是因了那时刻，此身此心便与生命之外的某一事物达成隐秘的默契，进入另一种从未有过的境界。这大概就是佛家所说的机缘吧。

乌镇

在江南六大古镇之中，乌镇是开发较晚的，所以其知名度略小，游人也不那么疯狂如潮。在人流的间隙，常常能窥得古镇从时光深处透出的古朴、厚重以及带一点愁怨的宁静。

去乌镇的那天，是一个晴天。但江南水乡的晴，却总不会如北方的透彻和清晰，而是在空中加进了一袭淡淡的朦胧。因了那层薄薄的水雾，乌镇的天空、天空下的街道、树木、小桥、流水、水上的人家，恍惚间似都在真实与虚幻之间了。

车溪水从古镇的中间穿过，宁静地、柔韧地，一流就是千年。这是一脉十分独特的流水，历朝历代，它都担当着地域和文化的疆界，一边是古青镇，一边是古乌墩；一边是古越国，一边是古吴国；一边是历史，一边是现实，其间有多少沧桑变幻，世事更迭，都一一印记在它的波峰浪谷之间。但流逝是水的宿命，所以尽管镇上的人在聒噪中一茬茬老去、消失，车溪水仍恪守着缄默，在无声的流淌中保守着时间的秘密和岁月的不朽。

这溪水到底依凭着什么在与时间竞走？眼前的溪流是千年前就已起步，从时光的隧道里绕进绕出一直蜿蜒至今，还是经几生几世轮回后的新生？

阳光散淡地照射在古镇的黛瓦素墙之上，整个镇子就在一种半是明媚半是阴郁的光影中展开了它悠远的叙事。一扇接一扇并排的窗棂，掩住的已不仅仅是阳光与风；一个接一个黑黝黝的门洞，却如半开半合欲言又止的神秘之口；长长的小巷，似乎有其自身历史那么悠长，一眼望不到尽头。

而那差不多等距排列的水巷小桥，则把乌镇过于冗长的岁月切割成精致的一段一段。

茅盾曾在回忆故乡乌镇的文章中写道："……午夜梦回，可以听得橹声欸乃，飘然而过……"想那欸乃之声，定是来自水巷里的乌篷船。在江南，这声音司空见惯，然而，于我，每次听却都觉得其声神秘，意味深长，不论在白天在黑夜，只要这声音在背后响起，咿呀一声，总疑惑是某一扇不可知的大门正徐徐开启。

乌镇的老宅，除了茅盾故居、徐家厅和朱家厅几处特殊宅院已经清空专供游人游览外，大部分都住着自己真正的主人，但其中的大多数却是如老屋一样布满了沧桑锈迹的老人。年轻人是不在这里住的，年轻人住在城市崭新的楼房里，浸在五光十色的现代文明中。

游古镇就是要以感受往昔岁月和传统文化的名义，一间一间地钻进那些散发着霉味的老宅，其间自然会有一些精致的物件及文化遗迹，比如木雕、蜡染、造酒技术等等，但当你目睹了一座座摇摇欲坠的老屋，老屋中阴冷黑暗的角落以及老态龙钟的老者之后，却会觉得历史老了，文化也老了，老得如足以让人迷恋，也足以让人反胃的干菜、腐食。不但于厚重中透出了不可掩饰的腐朽气味，而且也质地粗硬，令某些现代化的胃口难以消化。

原来，历史、文化与房屋一样，是有寿命、有适应范围的。传统的文化与历史正如古镇老宅、深庭大院，若远观，自然会给人以一种沧桑的感叹、悠悠的怀想以及关于不尽往事的美好神往。然而，当你真正走进去的时候，你会清晰地感觉到来自时间与空间深处的阴暗、潮湿与寒冷。这是传统文化与历史的本质，和所能给人的当然感觉。对于生长于现代都市的人，这便是一份难以承受的窒息与压迫。

走出乌镇的时候，天仍晴着，但却更加雾气氤氲。回首间，悠然想到了烟云两个字。江南的水乡，水乡的乌镇，大概千百年来就是这么被埋在历史和文化的烟云之中，越深厚越朦胧，越朦胧越让人参悟不透。

雨滴

　　在巴黎的一个地铁站出口，每天都有一个衣着干净拉手风琴的男人。每天，他很早就来到那里开始旁若无人的演奏，很晚才收起他装了一些零钱的旧礼帽离开。他就像被上帝遗落在海滩上的一块石头，以沉默应对着数不尽的潮涨潮落。

　　没有人知道他的经历，没有人知道他的身世，更没人知道他的灵魂里栖息着什么。熙熙攘攘的人流从他身边经过，带走了他美妙的琴声，偶尔丢下零星的同情与怜悯，带着自信走向阳光，留下他和他的快被噪声吞没的琴声继续在阴影里呻吟。

　　突然有一天，一个女孩来到他的身边。她并没有给他一分钱的施舍，但她安静地坐下来，仰望着他，在黯淡的通道里沐浴着他音乐的阳光。她听懂了他的音乐、他的诉说。她不知自己在哪里，她不知道自己还要去哪里，她忘记了离开。从始至终，他们都没有说一句话，但他们好像已经把一生一世的话都倾吐了出来。

　　天空已经完全地黑了下来，好像这世界就剩下了两个人，于是男人张开了他宽厚的臂膀，把女孩抱在怀中。这一天，男子并没有收起地上的零钱，他们相拥着走出地铁时，甚至把那个旧礼帽也踢翻了。现在，那男子完全是一副富有得连整个世界都不放在心上的样子。

　　我想，从下一次太阳出来开始，世界上或许又多了一个街头艺人。但是关于爱，我们千万遍地提及，又千万遍地放下的那个话题，再一次地让我感到美好而神秘。我不知道一个生命对另一个生命到底怎样才能发现、相知和相遇，到底怎样才能在对方的生命里找到那个久已迷失、流落红尘的自己？

下雨了，我看见很多条水线交织着倾注于大地，也有一些水滴从楼檐上不住地滴下来，一滴砸在另外一滴上，合为一滴，分不出彼此。于是想起博尔赫斯描述过的那种境界："就像一滴水，溶入另一滴水"，大师说这话时多半也是指两个灵魂的交融吧？但是，一滴水与另一滴水的相遇由谁来定？命运。我把目光尽力地探向雨的深处，并徒劳地揣度着命运的性格。很多的雨，很多的雨水，从各处汇集到一起，形成水流。

就那样，我久久地凝视着那场恣肆于天地之间的大狂欢。

霜花

　　北方的六月草长莺飞，暑气渐升。热闹了一季的各类繁花已纷然凋谢，飘散于地的残黄败紫差不多已在雨水的反复浸泡中沦落成泥。枝头叶子的翠绿之色愈发变得深重起来，一派忧郁、感伤的样子。此时，我却不由得想起了那些只存在于无花季节里的玉树琼花。

　　其实，所谓的玉树琼花不过是一个虚饰的浮词，哪有玉能成树石能开花的？只因那些凭空而来的事物，以一种奇特的姿态和形式在人们心中引起了美的震撼，激情迸发之下，才流溢出此种痴狂之语。也因为人同此心、此情，这件本不合理的事情便被公然容许和认同，并成为一种文艺上的修辞手法，幅度小的叫比喻，幅度大的叫夸张。

　　这也难怪！世界上最没有边界的事物，恐怕就是人心与情感了。所以，古往今来，但凡涉及人之情感的词汇和语言，都不会以夸张为假、为过，反倒有一些恨其渲染得不够不到位的意思。从《诗经》里的"一日不见，如三秋兮"到《汉乐府》中的"天地合，乃敢与君绝"，修辞上是越来力度越大，而读者的内心却因为受到了真实有力的感染而越来越为之叹服，是所谓真情互动或激情共振吧。

　　玉树与琼花，都不是情感，更不是激情，却俱如情感和激情一样美好，一样存在时凿凿有据，消逝时无证无凭。

　　当那些奇幻的影像开始映入我的眼中，又通过眼睛投射到心灵和记忆时，我还不知道有玉树琼花这样的文饰之词。于一个乡村少年来说，那些随着时日不断在窗间变幻着内容和细节的花纹，最直接的称谓就是"霜花"。至于近些年人们经常提及的雾凇，依我看，还不能进入玉树琼花之列，充其量它们也不过是树木上挂了浓霜或冰雪，太写实了，或可勉强称其为玉树，但叫琼花似乎就有些不粘不靠了。

北方的气候一向严酷，十月一过，那个冷面冷眼的冬就迈着方步走来了，俨然铁面无情的催债人，他的脚步一向沉缓而坚定，从北到南一直踱过去，走到哪里，哪里就一片肃杀，凡带着一些生机和色彩的事物他都要尽皆没收，全部带走。幸好，在他宽大的袍子后面还躲着一个调皮的小女孩，在那些最寂寞最黑暗最难以忍受的时刻为我们演示了一场场小小的魔术。

于是，我们不得不在瑟缩中继续期盼着寒冷。因为我们知道，只有寒意在冬天沉重的脚步声里愈加浓重起来，那只看不见的手才肯在一个个玻璃窗后面有条不紊地施展她的手艺——

事情总是从一抹雾气开始，很突然地，就那么撒下来，并严严实实地遮掩住原本透明的玻璃窗。窗外的落日余晖也好，晚霞里匆匆归巢的喜鹊也好，一切归于平静之后那一幕初临的黑暗也好，便统统在人们的视野之中隐去。我们只能把阳光明媚时发生的一切都抛在脑后，而把目光凝注于正在发生着某种变幻的窗间。

待雾气凝结成薄薄的清霜，一些精细而流畅的线条开始显现，丝丝缕缕的裂隙或匠心独运的凝结俱如心手相应的勾勒。一转眼，窗棂间的空虚处便一片丰盈，呈现出梦幻般的繁荣与葳蕤。各种各样的植物竞相伸展开晶莹剔透的枝叶，有的如素菊狂放，叶片与花朵层次分明；有的如牡丹含苞，花朵从花萼里将出未出；有的如雨林在望，阔叶的芭蕉、条叶的棕榈、细密精致的散尾葵遥相呼应；有的则如芳草与树木混杂而生，这边的芦苇已经抽穗扬花，那边的合欢树却正枝繁叶茂……然而，人与动物却是很少能够在画面上出现的。难道他们或它们都已经很聪明地躲开了这冰天雪地的布景，正在某一个阳光明媚的好去处自由自在地追逐嬉戏？或者也如我一样，抱着双肩等待一个温暖情节的意外出现或等待着那些寒冷的日子被时间之手一一翻过？

那时，我正在痴迷于《聊斋志异》，满脑子都是那些有关花鬼狐妖的故事和想象，常常遥望灰蒙蒙的天空生出满怀怅惘，并深深感慨于现实生活的冰冷、残酷。那时，我只愿意让目光和思绪游离于现实之外，只要一不经意，收拢起冥想的翅膀，失落的心就会如阴云密布的冬日天空，除了阴郁与绝望，不敢再有任何关于温暖和明媚的向往。

难道说，在现实之外，在阳光之外，在远离人群的荒郊野外，真的存在着一个扑朔迷离的异类世界吗？如果真如书上写的那样，在那个在与不在都无法考证的时空里，动不动就会有穷困潦倒者得到了意外的尊重与爱，就会有孤独寂寞者得到了温暖与抚慰，就会有贪得无厌者得到了警醒或惩戒，就会有不幸者因为善良诚恳而有朝一日时来运转……是人是鬼是狐是妖又有什么关系呢？有公义在，有情义在，就胜似冷酷混乱的人际！是不是断壁残垣、草舍破庙又有什么关系？只要有温暖、温情和真正的家园感，也总强于那些充满了恐惧或荒谬之气的广厦与殿堂。

正心意浮动之际，冬夜里的风骤然从窗外刮起，仿佛有杂乱的脚步从窗前掠过，又有手指轻轻扣动窗棂，窗间的霜林雪野竟然也随之颤动或摇晃起来。想来，这样的时刻、这样的情景，总该要发生点什么事情吧？就不会有精怪和灵物从其中潜行而至或伏在暗处对灯火下的人们窥视、窃语或暗动心思吗？此夜，会有哪一位温婉娇妍的女子如黄英、葛巾、白秋练等掀开梦的门扉，前来这冷得彻骨的土屋一叙衷肠呢？或有哪一个心怀友善的朋友如酒量无匹的陶生和能够预知未来之事的胡四相公穿墙而过，或爽朗地现出身形或一直那么含而不露地隐身相伴，隔着一层薄薄的幔帐，相约明日去远方的原野做永日之游？

夜里，果然就有长发白衣的女子厌身入梦。馥郁如春风般的气息、温暖柔软的胸怀、无语的缱绻、沉默的温情，瞬间将我融解。当她张开巨大如天鹅羽翼般的臂膀将我严严罩住，我感觉自己像一块冰冷中的冰，在春天的阳光里化成了流淌的小河，化成了不知道为什么而感动的泪水。于是，如梦似醒的春天就骤然变得广大无边，熏风浩荡，鸟语花香，清清亮亮的小河水流到哪里，哪里就如跟随着笔锋行走的墨迹一样，染上了浓浓的绿色……美梦醒来，又是一个曙色微明的清晨。白色的光从窗口及墙壁上同时倾泻下来，依稀可感的暖意已荡然无存，寒冷的土屋依旧寒冷。

起身掀帘而视，窗间已一片荒芜，厚重的霜雪完全覆盖了昨夜的花草树木。我伏在窗前，慢慢将窗子上的凝霜用口中呵出的热气一点点融化，遂有一个洞口从其间露了出来。一个光明的洞。目光一经越过洞口，便跌入了梦境之外。白白亮亮的光，照耀着不容置疑的现实——夜间，已有一场大雪悄然落地，一片迷迷茫茫的白，遮掩了物体的轮廓，弥合了小村横横竖竖的道路，大面积的空旷地看上去差不多已经连成一整块。清凌凌的晨风，依然如夜晚时一样，不慌不忙地翻墙过户，走过人们的庭院和街路，但如谎言一样不留任何痕迹。只有一行黄鼬或艾虎的足迹，轻轻细细地印在窗前，佐证着昨夜从此处经过时的慌乱或犹疑，但很快也消失在房屋的转角处。

阳光持续地照在窗上，宛若母亲站在床前对孩子久久的凝视。于是，窗间的霜花雪树以及隐于其间的种种心思和故事，俱如难以诉说的秘密，在一片光明中融化、消逝。

直到我懵懂地走在上学的路上，整个身心仍然沉浸在昨夜如真如幻的梦境之中，情绪和感觉的惯性让我无法仔细品度周边的景物和人，眼前的一切都匆匆而过，反如一抹虚浮梦幻的掠影。然而，回首思量，梦中的一切又确已无踪无影、灰飞烟灭，难免心中又是一番惆怅。不知道下一个夜晚来临时，自己会不会再一次陷入寒冷的包围，也不知会不会仍有一些温暖的事物突然莅临，把我从绝望的寒冷中解救出来。一整天，我都处于一种失神落魄的状态，不断把思绪从课本上移开，一直飞到未来的某一个时点，守候在夜的门口，等待着夜幕降临、霜花绽放。

那真是一个神奇的冬天。多年后回想往事，我不知道应该赞叹神明相助还是赞叹我自己的臆想天赋。

那一年冬天，每当我凝望或冥想着一窗霜花沉入梦乡，总会有同样或相似的情节在梦里再现。总是那白天鹅一样白衣长发的女子，总是温存里的眩晕和意识渐失，也总是一切尽随霜雪的消逝而踪迹全无。

有时我会因此而感到内心里一阵阵洋溢着隐秘的狂喜。在那些奇妙的梦里，我不但能够受护于那又强大又温暖的翅膀，而且我自己也能够独立地在天空中飞翔。反反复复地试飞，让我确信自己已经被赋予了一种超然的能力。原来，传说中的田螺姑娘并不是遥不可及，只是她并没有藏在水缸里，也没有隐蔽在墙壁上的画儿里，她就居住在一帧帧晶莹的窗花里。

有时，我也会感到内心里涌动着一阵阵绝望和忧伤，因为我知道一只田螺壳可以藏到一个别人找不到的地方，一轴画可以收起锁进柜子，也可以紧紧卷起，让人无法打开，但一帧窗花却无论如何也无法收起或隐藏，并且它总是在冬天的夜晚出现，却又在阳光升起时开始融化并最后消失。所以，我心中的田螺姑娘终究是一场春梦、一个必将散去的幻象。

　　为什么窗子上会结满美丽的霜花呢？这美好且没有来由的事物，终究是我心中一个无法化解的块垒，我不得不在爷爷高兴的时候悄悄去问他。爷爷说，那是因为窗子一年四季都在看着外面的风景，有很多花草树木的影子映到窗上，窗子就很喜欢并牢牢地记住了它们的模样。在寒冷寂寞的冬天里，不想一些美好的事情，时光怎么打发呀？于是那些看似无心却很有心力的窗子，便边想心事边结了霜，结果就结出了那些连人都想不到的图画。

　　可是，事情总是不能尽遂人意，正在我一片痴情地迷恋那结着霜花的冬天，一转眼春天就来了。春天来的时候，窗玻璃从早到晚，再从夜里到黎明一直那么如同无物地空着，不再有霜花凝结其间。更让人绝望的是，在一个阳光明媚的上午，母亲又特意擦了一次玻璃，于是那窗子便明亮得仿佛空气落在上面都会打滑，连一粒灰尘也难以驻留。而我依然旧习难改，于每一个傍晚时分心怀幽怨地凝视那扇不再提供任何内容的窗。对于我目光里的怨恨之意，窗子们却是一脸的无辜，它们像在老师的教育下，改邪归正的学生，不但不再继续犯错，而且表现得好像从来就没有犯过任何错误。它们看起来似乎从来也没有结过霜花。

　　就在那个春天，我家的邻院建起了"知青点儿"，一群我叫作姑姑和叔叔的年轻人先是从窗外打打闹闹、说说笑笑地走过，后来便径自走到了我们家里。其中有两个"姑姑"眉目清秀、态度温婉，很有一些梦中人的意味。对于她们经常的光顾、友爱的言行、流盼的目光和时不时对我的夸赞，我曾一度想入非非，认为她们一定与霜花或梦境有着某些关联。于是便在一个大人并不注意的时刻问其中的一位："姑姑，你知道冬天里的那些霜花吗？"姑姑大笑，用不屑的口气说："傻孩子，霜花算什么呀？你看窗外。"我顺着她的玉指看去，果然，窗外那几棵沉默了一冬的杏，已经绽开了满树花朵。

暗香浮动之中，我不敢再提及冬天里那些来去无踪的霜花以及与霜花有关的梦，因为我拿不出任何证据证明它们曾经的存在，更无力说服别人支持我的怀念，我只能随着姑姑们沉浸于对眼前鸟语花香的欣赏和玩味。

多年后，父亲送我去县城读书，在街道上遇到一个戴着套袖和大口罩的扫街妇女，突然放下手中的扫帚，过来和我们搭话，原来那就是曾与我们隔墙而居知青点里的一个姑姑。当她除去那个号码很大的口罩时，我刻意在她脸上搜寻着当年的俏丽，但除了目光里的浑浊和一脸黑红，什么都不复存在。那时，正是暮春时节，满街的落红正如伤口上脱落下来的血痂，在地上随风翻滚。我知道它们是花的遗骸，是曾经的美丽留下的痕迹或结果，但我的心仍然充满了悲伤。

俱往矣，那些少年时代的迷乱与感伤。在亲历了人生中无数的花开花落和枯荣兴衰之后，我已经不会轻易为哪一个美女老去的容颜以及那一段往事的一去不返而徒生悲叹了。然而，那些悄然发生又悄然消逝的霜花，却仍然能够于不经意间在我静如止水的心上荡起波澜。我知道，那些没有色彩、没有芳香的虚幻之花虽已阔别经年，但它们并没有真正消逝，它们同我那没有结果的青涩年华一同，在我的生命里以一种不易察觉的形式隐匿下来，在血液里或心脏的某个角落，偶尔的躁动，就会让我无端地生出曲曲折折的感念。

松阿哩乌拉

（注：松阿哩乌拉，满语，松花江的发音。）

"松阿哩乌拉"：自天而降的河流。

在众多的河流之中，松花江，虽然并不一定拥有更加显赫的身世和更加辉煌的历史，但它确实是一条不同凡响的河流。这条在中国仅逊于长江、黄河的第三大内河，一直像一条低调的巨龙，隐居于北方平原。

上个世纪三十年代，发生在东北黑土地上的一场国难，曾让它借助一段哀伤、屈辱的历史名扬四海。"我的家在东北松花江上"，是流亡歌曲《松花江上》的一句歌词，借助它，差不多全中国的人们都曾在地图上指认过标有它名号的那段曲线。但那条江到底多深多远，承载了多少往事、多少希冀和多少血泪，尽管一时间被广为关注，却并非人人深晓。除此之外的"此前"和"此后"，它所经过的一切辉煌或平静的岁月俱如江中盛产过又消失了的"东珠"和鳇鱼一样，随着时光的流逝在人们的记忆里成为暗淡而又模糊的光斑。这是一个承受了太多歧义、误解、遮蔽、涂抹甚至肢解而忍韧无争的水系，同时又是一个将一切屈辱、荣耀、悲伤、快乐都扛在肩上而不屈不挠、执着前行的水系。

八万年以前，自长白山的主峰落下的那第一滴晶莹的水，果然就是它生命的起点吗？

但不管怎么说从白山之巅向下，一直到松嫩平原的腹地，蜿蜒曲折的一千九百公里，已经被人们认定，那就是它的长度。"松阿哩乌拉"：自天而降的河流。视距短小的古人们自以为已经给了这条江以足够的崇敬与赞美，却不知这一点谨慎的夸张仍然实实在在地亏欠了它。

那个时代，生活在长白山区的人们并不知道松花江到底流到了哪里。同样，生活在兴安岭的人们也不知道眼前的古"难河"将与哪条河擦肩而过或合而为一，更不了解长白山那边到底发生了什么事情。两边的人都不知道它们守着的那道江，最后流进了同一条河道，成为同一条江。南北两地的人们如一棵大树上各栖一枝的鸟儿，却因为这棵躺着生长的大树过于巨大而看不到彼此的身影和共同的联系。原来，松花江有南北两源。南源起于长白山主峰天池，几乎尽人皆知，途经安图、敦化、吉林、长春、扶余等近三十个市、县，全长一千九百公里。北源起于大兴安岭支脉伊勒呼里山，从南瓮河起步，向东南沿伸一百七十二公里后，与根河会合称嫩江，古时称难水或那河，全长二千三百零九公里。

《魏书·乌洛侯传》曾记："其国西北有完水，东北流合于难水。其地小水皆注于难，东入于海。"其中所说的那些"小水"如甘河、诺敏河、雅鲁河、绰尔河、洮儿河、科洛河、讷漠尔河、乌裕尔河等也都不算很小。它们共同组成了树枝状的水系，虽然并没有被统一命名为松花江或嫩江，但它们实际上都属于同一条江，至于叫什么名字，那只是人类的事情，对于江，对于水，它们本是血脉相连的一体，同兴同衰，不可分割。

"入于东海"之前，松花江在同江市一带又与另一条著名的大江——黑龙江相汇，合成一个更加庞大的水系，之后的江段便不再有松花江的名分，而被称作黑龙江。水行至此，地图上就再也找不到松花江的名字了。难道说，像松花江这样的一条大江真的会因为其名字的消失就在大地上彻底消失了吗？当然不是。如今，黑龙江的河床里仍然流淌着松花江的水，原本是一条江上游、下游的事情，若以人的理念判断：松花江，从此便成为黑龙江的前生；而黑龙江则成为松花江的来世。这是一个巨大、繁复得难以说清，难以命名的水系。"松阿哩乌拉"，当古人无法对其进行全面细致描述的时候，也只能称其为自天而降的河流。

天，本是水的故乡。

很久以前，世界上只有水，天上的水和地上的水，各种形态的水都混杂在一起。上帝肯定不喜欢那个状态。如果它们整天昏昏暗暗的搅在一处，就像一群只知道玩耍的小姑娘，叽叽喳喳地，除了嬉戏、打闹或无事生非惹一些小风波，于天于地又有什么益处呢？于是上帝想出了一个奇妙的主意："诸水之间要有空气，将水分为上下……使旱地露出来。"就这样，它们各自分开，在山川与大地之间各自建起独立的领地和家园，以滋养，以孕育，以守护，经营着自己的流域。后来，它们果然都纷纷修成了正果。虽然它们性情、风格、行为方式各有不同，但世界对它们的公认程度却是一致的。从古到今它们所流经的岁月往往都被标注成历史；它们散发、涵养出的气息往往都被确认为文化；它们行走路径以及情绪的种种变化都被记为事件。然而，它们的血脉和心是永远连着海的，它们的思念也不息地指向大海。

　　松阿哩乌拉，她和世界上有很多古老而神秘的大河一样，同出一门，且最终都要归向大海。那是她最后的母亲和最后的天国，那里也是她回归故里的必由之路。每一条江、河的魂都会从大海出发，重新回到它们的来处——天上去，历经轮回，天上不再有河水流淌。一颗颗晶莹的水滴，如一个个光的颗粒，凝在一处，便是洁白的云彩。那是天的稚子，因为它们总是那样轻盈、欢快、无忧无虑，看起来便如不谙世事的尘世少年，整天在天空里游荡，一幅自由浪漫的样子。但她们总有一天会变得深沉、厚重起来，神秘的力量、暗昧的天机和不可抑制的欲望会让它们变得晦暗、饱满、丰盈、敏感、一触即发。沉默的、严严密密的覆盖，孕育着一场激烈的冲撞。一切的发生与创造，只等待着一声呐喊或一个明示。电光闪过之后，我们终于看清，河的身形在幽暗的天空里显现，那是河流最初的胚胎，是云最后一个转世的意念，那是传说中的龙，那就是我们的生命图腾！

　　松阿哩乌拉，自从她与嫩江、黑龙江联结成一个浩大的水系之后，就庞大得让人们有一点儿不敢相认。几百万平方公里的流域上，很少有人敢妄称这个水系为母亲河，但人们却代代相袭地铭记了一个与这个水系的有关的故事。相传，这个水系里，也有一条龙伏身其间。那龙是一个山东籍李姓姑娘偶感水气受孕而生，降生后被舅舅误认为妖孽用柴刀砍掉了尾巴，故称作"秃尾巴老李"，但那龙天生一颗忠孝仁爱之心，念念不忘人类的生养之恩，千回百转，仍不愿离弃深植于生命里的那一份亲情。后来，那龙又跟随闯关东的母亲一路北上，从松花江上游入水，潜至下游，克服千难万险与当地的居民合力打败了作恶多端的小白龙。既报了母恩，又完成了一个除暴安良、佑护人类的天赋使命。

这个传说，有一点儿生硬地链接了人类与龙之间情感和命脉的渊源。但从内容到方式都带着浓重的东北特征，凝结着东北人内心的情感、愿望和精神血脉。东北人总是习惯于把自己的情感、生命与天空、大地、宇宙、自然等像编席子一样，细细密密地编织到一个体系之内。

对于一个庞大而复杂的水系，人们最终只有能将它的不同江段冠以不同的名字，以化整为零、化巨为细的方式，将这个难以企及的事物拉近自己的理解和能力范畴。如果天气晴好，你可以乘船从"吉林乌拉"的古船厂出发，向下，过松原、肇源、哈尔滨，向下过同江，沿黑龙江段宽阔的江流进入鄂霍次克海。那是清初康熙大帝与沙俄帝国征战的古驿道，只可惜那时人们只知道借水为道，除了运兵、捕鱼和捞蚌，并没有谁仔细地考量过那道沧桑的水系到底掩埋了多少悲欢离合的往事，又弥补了多少人间世事的不平。也可以从兴安岭下某条细小的河流出发，渡过湍急清澈的支干，沿嫩江段南下，进入到齐齐哈尔、大安、哈尔滨等内河运输码头，稍事修整再向下游行进，从这个水系的另一翼切入那条黄金水道的主干道，直指远东的哈巴罗夫斯克。一路波光粼粼，金沙万点，狭窄处惊涛漫卷，开阔处恣肆汪洋，但终究还是没人能够知晓水深处到底暗藏着多少不为人知的玄机和秘密。

一江的水，就那样日夜不停地流往一个方向，只有去路，没有回头，像滔滔不绝的时光，像从我们喉咙里发出的一去不返的声音，把它所经历的一切讲述给永远倾注不满的大海、永远没有岸边的未来。

戈壁

七月，浩浩荡荡的风，成群结队地越过天山的垭口，像透明的海水，像沉默的羊群，绵绵不绝地涌流而来。

很快，这支勇往直前的队伍就越过了山谷，越过了森林，越过了草原——

过奇台县城时，面对它们不解的另一种繁华——纵横交错的街道、熙熙攘攘的人群、林立的高楼和各种各样高深莫测的"设计"——稍事迟疑，最后仍采取了一种亘古不变的方式，像掠过一切人类文明一样，将这座准噶尔盆地东缘最著名的重镇一掠而过。

对于已经在路上行走了几百、几千万年的风来说，所经过的一切都太过短暂。短暂，如即兴即灭的海市蜃楼。千年以前的古道、古城、驿站、马队，百年以前的商行、店铺和曾经趟起冲天烟尘的四万峰骆驼……那么多人类以为漫长、久远的事物，风都没有来得及细细抚摸、感悟，便都已在岁月的淘洗中销声匿迹了。风，并不需要仔细感知或一定要参透什么，因为微不足道的旧事匆匆而过之后，很快就有新的一切生发出来，取而代之。但新的一切也依然，微不足道。

风继续向东，向北。几十万亩茂密的农田铺陈如画。开垦河、中葛根河、碧流河、吉布河、达板河、水磨河、东地河……各条河流自天山北麓逶迤而下，如一道道呈辐射状分布的银色水线，将那些碧绿或金黄的农田分割成均匀、规则的条块，尽管从天空向下俯瞰时图案优美、动人，却绊不住风执着前行的脚步。穿过这个水汽浓厚、滞重的"潮湿"地带之后，风切入了干旱的古尔班通古特沙漠边缘，前行的脚步顿时变得轻盈起来。灰色的骆驼草和没有叶片的梭梭，一丛挨着一丛，无边无际地铺展至远方。广阔的沙漠已经成为一块柔软的素花地毯，风完全可以打"赤脚"，撒着欢儿在其上奔跑。

"……至黄草湖驿，又北行八十里，至将军戈壁。"（《奇台县乡土志》）这是人的路线和尺规。风，只遵循时间的法度，并不沿着人的路线行走，也不必拘泥于空间的约束。

一进入大戈壁——那片人迹罕至的万古荒原，风就像流浪的游子回到故乡，获得了真正的自由。在一千平方公里的广阔区域里，风可以随心所欲。它们可以一个筋斗接着一个筋斗地翻滚前行；可以一边叫喊一边扶扶摇摇地飞翔；也可以安静地躺下来，一动不动地伏于地上休息。艳阳之下，暑气之中，那些时隐时现的海市蜃楼，是风居住的房屋吗？当它们进住，那一座座虚幻的楼宇，便从人们的视野中隐去。

遍地黑色的砾石或砾石之间，刻满了风走来又走去的印迹。整整三千年，没有人破解风的秘密，猜不出它们跋山涉水到戈壁上来究竟想做什么。当地一个农民说，大戈壁就是为了风转向准备的一个空场。风吹过大戈壁撞到北边的北塔山，然后折身，西风或南风就变成了北风。

可是，风为什么要转向呢？风固然不解世事，不通人情，但那牧风的人，却一定是心怀悲悯的，不会让南风说变就变成北风。谁都知道，北风一起，灾害就来了；北风一起，季节就变了。而这个时候正是新疆——奇台最美好的季节。早熟的麦子已经泛起了浅淡而明亮的金色；晚熟的麦子则青青地覆满山岗，正在阳光的照耀下吮吸着最后一批浆汁；大片大片的向日葵向天空扬起灿烂的笑脸，它们一心一意沉浸于盛开的喜悦之中，至死也都不相信会有北风突然而至，摧残它们的幸福；草原上百花竞放，毫无心机的蝴蝶向来不懂设防，在花朵和花朵之间翩然嬉戏，尽情地消磨着短暂而美丽的生命；大漠里的很多河流，性情内敛，不愿意整天张扬、喧嚣，走着走着，就悄悄潜入了地下，酷似大漠里忍韧、坚毅的人们，只在暗处做足了自己的功……

风，终究还是露出了倦意。这个季节，草丰水美，瓜果飘香，连总也吃不饱的野马、野驴、鹅喉羚都不再四处奔跑，谁还愿意没有休止地流浪呢？天上的白云，因为不急于翻卷、移动，显得更加纯净优雅；缓缓移动的羊群因为草的诱惑，在丰盈的夏牧场上乍然散开，仿佛一把浑圆的珠子从一个失控的掌心里挣脱，洁白、黝黑地遍洒草原。在这样无忧无虑的日子，天上的和地上的牧人，似乎都可以安然歇息了。于是，江布拉克草原上的一个牧人，寻一棵高大的雪杉，躲在阴凉里，脸上盖一顶草帽，准备或正在进入自己的梦乡……此时，将军戈壁上的风也正在安然睡去。

风睡去的时候，戈壁是空的，空空荡荡如同什么都不曾存在。那些又是翻滚，又是呼号的事物，突然遁地而走，仿佛永远都不会复生。与此同时，戈壁砾石之下的水汽在阳光的激发下，笔直地升腾起来，犹如黑暗中悄悄苏醒的记忆，犹如一个尚没有聚成形体的梦境。死亡的气息，遂如隐在笑容背后的阴森，一点点浓厚起来——

这里，原来并不叫将军戈壁，而是叫作"白骨甸"，就是能够把生命变成白骨的地方。之所以后来叫了将军戈壁，是因为在千千万万具白骨之中，有一具生前的身份是号令千军万马的将军。大约在二千多年之前的大唐，这里发生过一次惨烈的战争。一位大将率军与西突厥人在这片大戈壁上决战。经过激烈的拼杀，大唐将军击溃了突厥军队，成为那场战争的胜利者。不幸的是，将军在率众追杀突厥溃军过程中却迷失了方向，深陷于大戈壁的重围。

面对这样难解的重围，有经验的人会静静地坐下来，回归自己的内心，依据性灵的指引，辨识出正确的方向。而这支部队却选择了继续拼杀，试图依据剩余的力量和勇气突破这神秘的"防线"。但如重拳击打了空气，利刃劈斩了流水，他们一次次的努力都失败了。正在人渴马饥、身心疲惫之际，蓦然发现，前方有一潭碧水，波光粼粼，湖边杨柳摇曳，屋舍连片，将军和士兵们不约而同地向着有水的前方狂奔，但人进水退，似乎永远无法接近。最后，湖水隐去，前方仍是一片赤焰滚滚的戈壁。众将士正在懊悔、沮丧，突然前方又出现了一片碧波荡漾的湖水，焦渴的欲望推动着将士们再度狂奔起来……最后，这一队人马终因精疲力竭而殁，全军覆没。

从此，大戈壁被称之为将军戈壁。这是一座生命的囚牢和陷阱，但它的围墙却无形，也无边际。任你的心有多大，它的领地就有多大；任你的心有多么刚硬，它的墙体就有多么坚固。将军打了一辈子的仗，玩了一辈子战略和战术，但至死也没有想明白自己最后面对的究竟是怎样的一个敌手。那隐于暗处的神秘存在，究竟用怎样的手段谋杀了自己和自己的军队？

难道，在我们看不见的高处，果真有一双巨大而无形的手在掌控和安排着一切吗？

大约一亿四千万年至一亿九千万年间，将军戈壁曾是湖泊、沼泽和原始森林。后来，森林、树木就完全被湖泊、沼泽淹没，含有二氧化硅的地下水便随着漫长的岁月一点一滴地渗入树干之中，并以矿物质成分替代了植物组织，年深月久，有机、柔软的树木就成了坚硬的硅化木化石。再后来，这些深埋在地下的化石，又在不可知力量的拨弄之下，逐渐露出地面。

一亿六千万年前，这里的森林或草地上，曾经生活着一种体形巨大的恐龙。但那些曾经被称作"地球霸主"的生物，最终还是不明原因地消失了。亿万年之后，人们在将军戈壁发现了它们已经变成了石头的尸骸。鬼使神差。一九三〇和一九八七年两次考古发掘，均在这片戈壁挖掘出体形完整、骨架清晰的恐龙化石。特别一九八七年的发掘，一具体长达三十五米的马门溪恐龙化石，更被公认为"亚洲第一龙"。

时光延宕至一亿年以前，这里又莫名其妙地变成了一望无际的大海。蓝色的海水，替代了绿色的大陆。海水里生长、遨游着着各种各样的海洋生物，贝壳类、蜗牛类、鱼类、软体类……比比皆是，当海水消逝，沧海再变桑田，一切的海生动物又纷纷"化"而成石。后来的当地人，称这些古生物化石为"石钱"，于是以"石"呈现的海参、鱼类和贝壳就堆满了大戈壁上的"石钱沟"。

再后来，人类出现，这里就一直是一个变幻着颜色和形态的巨大沙盘。至将军和他的部队被沙砾掩埋，大戈壁已经吞没了不知多少鲜活的生命，堆积了不知多少森森白骨；那之后，又不知发生过多少葬送生命的杀戮、征战和迷失。每一批生命的出现，都不是最先；每一批生命的消逝也都不是最后。一茬茬生命的繁衍生息，明明灭灭，都不过是这个沙盘上增增减减的布景；都不过是往昔传说或故事中一个小小的细节。世事更迭或沧桑变幻，似乎全因了坐在高处那个沙画师手中的一把沙子。

那人对着那个沙盘扬了一把沙，秋天就来了，再扬一把沙，雪就落了。他只沉思片刻，一扬手就是一片沙漠，再一扬手就是一片绿洲，觉得后悔了就用手轻轻一拂，戈壁仍旧是戈壁，砾石遍野……几百、几千、几万、几亿年如斯，他就沉浸在那幅没有做完的沙画前，构思、铺陈、修改……人类在他一个动作和另一个动作的间隙里，一世世地生，一代代地死，没有人能领会他完整的意图，没有人能见证他的最后的成全。原来，他在讲述着一个关于时间和宇宙的故事。

　　风，那些让我们真切感知并心生疑惑的风，正是来自于高处那人的广袖一拂。

　　再回首，那平平展展的大戈壁，宛若一张写满了字迹的白纸，但却反扣过来，只让我们看到了其背面渗出的点点墨迹。

　　终究，我们还是无法知晓，这片亘古苍凉的大漠到底藏有多少秘密和天机而不欲人知。

卷三

花草树木篇

枸杞

躲在向海写《粮道》的时候，每天饭后在院中散步。

每一次散步都从一排台阶开始，最后再从那排台阶结束，因为我喜欢从那排台阶上下的感觉。那排台阶，每一级都已经在中间的侧面裂开，从缝隙里长出一些蒲公英之类的嫩叶植物，很有岁月感，似乎每一级都由时光和往事砌成，只要坐下来就能够回到从前。

但我一直没有在那里坐下来，因为我在行走时总是担心，太多的往事会缠住自己前行的脚步，而此时，我有一点害怕在往事里沉迷。

院子边缘的路差不多是开放式的，走下防水的护坡就到了湖岸，其中，有两面是沿湖而修，院子里平时很少有人，每天就我一个人沿路走过来又走过去。从远处看过来，我的那个样子一定会被人误认为在寻找什么或守卫什么，或像一个巡逻的哨兵吧。

在院子最西南的柳树下，有人种了一片枸杞，大约有二十多株的样子，但由于树下是一片堆满了沙子的沙丘，所以在那种干旱的环境里生长得都很小，最粗的树干都不及手指，与一些杂草混在一起，如一片没有什么章法的野生灌木。

一开始的时候，我基本上没有认出它们，后来在某一天早晨，我看到了鲜红的零零星星的枸杞子，从那些灰绿色的枝叶间露出来，才认出了它们。

记得小时候家里的园中，也种过一些枸杞。一到结果的季节，满枝红艳艳的，枝头都压弯了，果粒也要比这里的大得多。因为晒干后要当作药材拿去卖钱的，所以我们很少吃。偶尔偷偷地拿几颗放在嘴里，却舍不得马上咀嚼咽下，就放在嘴里含着，让果汁从果蒂的破裂处一点点渗出来。那种甜中有点微苦的味道，如童年的时光一样，令人难忘。

经年累月的远离，已经让我把老家的环境忘得差不多了。细想起来，不是和向海的环境相近吗？干旱少雨，到处沙丘。只不过那时家里住着土平房，没有水泥地面和花坛，房前是一个浮着一层白色土面儿却看似十分平坦的院子……但是，那些鲜艳的枸杞子，直到今天，仍然在记忆里泛着永不衰减的光华。

相比之下，向海的枸杞子就显得寒酸多了，不但结果稀少，而且果粒很小。只是那味道，虽然经受了这许多年的阔别，依然如旧。那天早晨散步，突然想尝一尝那些鲜红的小果儿，便像孩提时一样摘几颗放到嘴里。一品，却被它们那奇特的味道迷住，淡淡的甜里透着微微的苦，还是从前的味道，还是从前的感觉。仿佛那小小的果粒里面储藏的，并不是果汁，而是从前的时光。

后来，每天清晨的散步，似乎已经不再是为了最初的想法，不再是为了舒动筋骨，而只是为了那几颗枸杞。每天早晨绕到那里，去看一看它们开花和结果时的样子；每天早晨摘几颗果实放在嘴里，并和小时候一样，很久地那么含着。

最让人感动的，还要数枸杞树上那些米粒大的小花儿。每一天都有那么几朵，藕荷色的，星星点点地开放在晨曦里，如点点乡愁。让我在那些寂寞的时光里，感受了来自于它们生命深处的娇艳。

日子久了，我便知道这几天树上开了多少花儿，有几朵已经凋谢结成了果，有几颗果粒已经长大到可以品尝。但有那么几天早晨，我却发现已经长大的几颗果粒突然不见了。因为院落里很少有人来，除了我没有人这么早到院子里散步，所以我断定一定会另有原因。第二天，我起来得更早，天刚蒙蒙亮，就到了"西南角"。当我快要接近那片灰色的小灌木时，突然有一只瞪着可爱大眼睛的小鸟儿从那里"腾"的一声飞走了。原来就是它，在天天和我分享那些微小得都有一点儿脱离了物质形象的枸杞子。

以后，每一次来差不多都能看到它的身影。彼此熟悉之后，每天我来时，它可能会很识趣地飞走，也可能并不飞走。如果我因为某些事情内心感动、柔软，我就不摘树上的枸杞子，让它自己独享；如果我哪一天并不开心，我就不再让着它，和它所做的一样，吃掉所有剩下的果实。

树上的枸杞子一天天少了起来，再到后来，就彻底消失了。然而，我却一直每天怀着感动或温柔的心情去看那些小灌木，因为一个时期以来，它们就像闪烁在地上的小星星一样，记录、见证了我生命里的波澜和心情的脉动。我相信，它们一定会知道我内心的那些情感，就如我相信日子逝去，时间会知道，云飘过，天空会知道，冷暖过去，季节会知道一样。因为它们是自然的精灵。

但那鸟儿，却和我一样莫明其妙地怀旧，可食的枸杞子都不在了，它还在守候！

临走的那一天早晨，我又看到了那只小鸟。它就那么长久地停落在空空的枝头上，看起来神情有一些落寞。

我只是在心里向它微笑了一下，很亲切的那种，以示来自于心灵深处的依恋。

已经是深秋了，我要走了，你也走吗？

它侧歪着头，似乎很不解地看了看我。

当我转身离去时，那鸟儿仍然没有离去。

突然觉得那鸟儿与我们人类相比，自由而又独特。它们也许从来不受什么逼迫，用不着在一个规定的时间里赶到某处，想走就走，想留就留，毫无牵绊与阻碍。它们完全有权利以守候或守望的方式，表达着自己内心对某一事物的依恋；而我却只能经常以告别的方式，对某一事物展开另一程的思念。

野百合

一进六月，草原上的百合花就开了。

六月的草原应该叫万紫千红才对，因为各种各样的花儿差不多都会在这时纷然开放，黄的金针、紫的鸢尾、白的木槿……却偏偏是那红色的野百合，总如暗淡的街市或广场上忽然跃出一袭红裙，迎风舞动，火焰似地点燃了人的目光。

仅仅从数量上说，野百合并不占任何优势，她们从来也不，从来也不可能以浩大的声势震撼人。以势显势，那该是向日葵、油菜花和薰衣草们的事情。在茫茫的草原上，野百合只是星星点点地散落于翻腾的草浪峰尖之上，如一颗颗神秘的红宝石，在深重的绿色里发出耀人眼目的光芒。

在更多的年份里，野百合却稀少得如凤毛麟角，以至于有一些人专门为寻找野百合而来，结果仍要怅然而归。大概，这个世界对"难得"一词的唯一应对就是"珍视"了。为了它们的稀少与珍贵，很多人把有没有目睹野百合的开放，作为衡量自己是否幸运和来一次草原是否有意义的标准。当然，总会有一些人是幸运的，人与花及人与人的缘分是一样的，无缘时好像对方从来就没有存在过，一切不过是一个美丽的传说；而有缘时，却好像探囊取物一般，看起来对方从始到终就没有离开过，就是为了你的到来而一直准备，一直等待着。

野百合是草原的精灵，是百花里的妖呵。

没有人知道她们为何而开，为谁而开。没有人确切地知道她们的行踪。

有一些时候，她们会刻意地躲开羊群和人群，寂寞地开在草原某一个僻静的角落；有时她们却张扬地开放在牧人的毡房前或人们一抬眼就能够望到的显地。

如果是清晨，你刚刚从睡眼惺忪的暗室里走来，第一眼就撞上了那热烈的红色，你一定会毫无设防地成为那妖冶色彩的俘虏。

从那一刻起，你的目光便无法摆脱它的吸引。就算你通过艰苦的努力将自己的目光移开，你的心也还是无法离开；就算你通过更加艰苦的努力将心也移开了，你的灵魂也无法离开；因为你自己非常清楚，当你背对着那团红色，踏上了归程之后，曾经被那红色照耀过的地方都将化为虚无与黑暗，如同一场大火过后遗留下的灰烬。会有莫名的忧伤和隐痛从那些空洞里无法制止地涌流出来，并逐渐漫延，以至于浸透你整个生命。

很多来过草原又离开草原的人，就这样在自己的心里埋下了思念的种子。

岳桦

　　第一次去长白山，是一九九五年的夏天。也只有从那时起，才知道有一种树的名字叫岳桦。

　　虽然我从小就一直对各种植物特别是各种树木感兴趣，但那之前，在身边、在旅途以及能看到的各种读物上，却从来没有发现过那种名叫岳桦的树。后来知道，那是一种只在长白山上才有的树。在树的典籍里，它原来是一个不常见的冷僻词。

　　那时的长白山，还没有进行大规模的旅游开发，所以并没有什么所谓的"景点"，许多人去长白山，似乎就只有一个目的，那就是去看天池。那时，我们大概也是那个样子，所以一爬上汽车，人们的心和飞旋的汽车轮就达成高度的默契，从山脚下的白河镇出发后，就再也没有一刻停息，一路盘旋而上，直奔顶峰。

　　尽管一路上的好花、好树、好景色层出不穷，似乎都与我们无关。我们的心在远处，在一个远远高于那些花草树木的高远之处，所以我们对眼前的景物视而不见。我们以无序而杂乱的交谈填充着从清晨直至午后的宽阔时段。过后，当我重新翻阅那天的记忆时，除太阳未出时的美人松剪影和最后的那泓天池水还算清晰，中间大部分片段都是些红绿交错、模模糊糊的虚影，如一张对焦不准的拙劣照片。

　　然而，那些岳桦树对于我来说，却是一个意外，也是一个惊奇。

　　接近山顶时，我无意地将疲惫的目光从嘈杂的人群转向车外，突然，我感觉到，有什么我不知道的事情正在发生或已经发生。那些树，纷纷地沿着山体将身躯匍匐下去，并在斜上方把树梢吃力地翘起。在透明的，微微颤抖的空气里，我仿佛看到一种神秘的力量或意志，正加到这些树的躯干之上，使这些倔强的生命在挣扎中发出了粗重的喘息和尖利的叫喊。

是一场正在行进的飓风吗？然而，从树叶和草丛的状态看，车窗外却是一片的风平浪静，前面汽车走过时趟起来的烟尘，正笔直向上升起；那么是一种来自地下的强大引力在发生作用吗？然而，一切似乎都在空中轻盈地往来，一只无名的小鸟，正展开它小巧的翅膀，在那些半倾半倒的树梢头悠然滑过……

分明，一切都已经成为过去，呈现在我们眼前的只是凝固于时间另一端的一个难以忘却的记忆，或一种难以复原的姿态。

这些树的名字，就叫作岳桦。

本来，树与树并立于一处时应该叫做林或森林，但许许多多的岳桦树并存一处时，我们却无法以"林"这个象形字来定义这个集体。因为它们并不是站立，而是匍匐，像一些藏在掩体下准备冲锋或被火力压制于某一高地之下的士兵那样，集体卧伏于长白山靠近天池的北坡。如果非给它们一个词汇不可的话，或许叫作"阵"及"阵营"更合适一些。

那么，构成这个巨大阵营的，到底是怎样的一支队伍？它们到底肩负着怎样的使命？它们是怀着一颗不屈服的心在日日翘望着高高的长白之巅，并时刻准备着冲上峰顶吗？它们是以一种屈辱的形态时刻铭记并控诉着记忆中那一场凶狂的暴力吗？或许，它们仅仅因为生存的需要，仅仅因为对环境的顺应，才让自己活成了风的形态？在所有的可能之外，也许还存在着另外一种可能，那就是它们在很久以前就已经不是树了，而是风，是浩浩荡荡的风行至天池边时望而却步，就这么停了下来，因为停留得太久太久，便站成了风的标本，生下根，长成了树，但它们的心、它们的魂，仍旧是风。

后来，我又数次从长白山的西坡去看天池，并在那里遇上一些同样叫作岳桦的树，但那些树在我的眼里却不再是岳桦，因为它们除了树干并不那么洁白、笔直外，其他的方面与普通的白桦树并没有多大的区别。每一次，当我看到长白西坡的那些岳桦树时，都会不知不觉想起北坡那些真正的岳桦。它们那令人惊异的形态以及无以复加的悲壮神情，似乎永远都能够给我的内心带来难以平复的震撼。这是一种让人难以忘怀的树。许多年以来，虽然我再也没有见过那些岳桦树，但总会在一些意想不到的时候突然想起它们。

我不知道白桦和岳桦在血缘上有什么联系，不知道它们到底是不是同一种植物，直到现在，我也没有找到能够明确它们之间关系的有力佐证，但我却坚信，它们彼此是迥然不同的，就算当初它们生命的基因都来自于同一棵白桦树上的同一颗种子，到了今天，它们也不会是相同的品类了，因为它们的生命已经在漫漫岁月的冶炼之中，拥有了不同的质感和成色，拥有了不同的性格和形态。

白桦树生在山下，与溪水、红枫相伴，过着养尊处优、风流浪漫的日子，风来起舞，雨来婆娑，春天一顶翠绿的冠，秋日满头金色的发，享尽人间艳羡，占尽色彩的风流，如幸运的富家子弟，如万人追捧的明星。而岳桦却命里注定地难逃绝境，放眼身前身后的路，回首一生的境遇，却是道不尽的苍茫、苍凉与沧桑。

曾有人为人下过一个断言："性格决定命运"。暂不说这句话用在人际是否准确，但用到树上，肯定是不准确的，实在讲，应该是命运决定了性格。岳桦，之所以看起来倔强而壮烈，正是由于它们所处的环境与命运决定的。

想当初，所有的桦都是长白森林里白衣白马的少年，峰顶谷底任由驰骋。后来，那场声势浩大的火山喷发，将所有的树逼下峰顶，就在向下奔逃的过程中，命运伸出了它无形的脚，一部分桦便应声跌倒。一个跟头跌下去，就掉入了时间的陷阱，再爬起来，一切都不似从前，前边已经是郁郁葱葱的一片，每一种树都沿着山坡占据了自己的有利地形，没有了空间，没有了去路；而后面，却是火山爆发后留下的遍地疮痍与废墟，以及高海拔的寒冷，但那里却有着绝地求生的巨大空间，尽管那里有风，有雪，有雷电，有滚烫的岩石和冰冷的水，最后，它们还是选择了调头向上。

而一旦选择了返身向上，桦就变成了岳桦。不管我们把怎样的情感与心愿给予岳桦，岳桦也不可能变成那些明快而轻松的白桦了，如同山下的白桦永远也不能够站到它们这个高度一样，它们再也不可能回到最初的平凡与平淡。因为从白桦到岳桦，作为一种树已经完成了对树本身或者对森林的超越，它们的生命已经发生了某种质变。

　　而今，与山中的那些树相比，岳桦看起来却更像一场风；与那些各种形态的物质存在比，它们看起来却更像一种抽象的精神。

广昌莲

　　在我的印象里，莲是一种圣洁的花，它总是要生在水里或生在天上的，要么是西子湖那样亦真亦幻的水，要么如水一样无色无形纯净的精神，要么是传说中的极乐世界，总之是不能生在田里或泥土里的。

　　朱自清在《荷塘月色》里曾赞美过它："出淤泥而不染，濯清涟而不妖"；后来，我又在《阿弥陀经》里看到了佛对它的赞美，说它"微妙香洁"……种种佐证都已经证明了莲的神异与不同凡响。就这样，不由得我不在很少有莲的北方，经常对莲暗暗地怀有倾慕与向往。

　　第一次到广昌去拍莲，差不多被那里铺天盖地的莲花惊呆了。只瞧那么一眼，收入视野里的莲花，就抵得上半生全部所见，岂止一个奢侈所能形容，简直就是奢靡。

　　一个搞摄影的人，总是要赶在太阳升起前到达某一个地方，这有一点像一种神秘的约会，有一点像某种仪式。如果想知道昨夜的黑暗里到底埋藏着什么，那么在光明到来之前，我们必须做出正确的选择，确定一个正确的时间和正确的地点，否则，很有可能错过那个答案。往往，我们所知道的，就是许给我们的那个新娘已经上轿，她的脸是美丽还是丑陋，正被厚厚的盖头遮于暗处，我们要和阳光合作，一同用手指挑开那层蒙昧。对于一些心里常常怀有某种美好期待的人来说，这永远都是一件令人激动的事情，也许正是因为这一点，当初，我才无怨无悔地爱上摄影这一行。

　　那天，就是在太阳升起之前，我们抵达了预定的拍摄现场。当如水的光线一层层洗去附着在万事万物之上的夜色时，我们看到了一幅硕大无朋的照片正在大地上显影。

这就是广昌的莲了，举目遥望无边无际的荷田，沉浸于它们的声势浩大、它们的艳丽妖娆、它们的姿态纷呈，让我实实在在地感到了自己的污浊、单薄与窘迫。作为一个来自于不同生存空间的异类，我找不到与莲并立、厮守的理由。面对这样的生命、这样的阵容，我久久不敢抬起头来，不敢与那些怒放的花直直地对视。

我只能让眼睛躲到照相机的镜头后面，借着可虚可实的镜头来掩藏自己的羞怯。这羞怯，来自于我的生命深处，来自于我穷乡僻壤的童年。从很久以前直到今日，只要那些美好或美妙的事物映入眼帘，我都不由自主地想转身逃开。我从来也做不到无所顾忌，勇敢地张开双臂去拥抱那些我认为圣洁的事物。这样的自警或自虐，并不是因为我害怕与那些美好事物将合未合之际，会把自己的卑污映衬得更加卑污，而是怕因为自己的卑污亵渎了那份圣洁。这世间美好的东西太稀缺了，不是我没有勇气，而是我总不能忍心，让一己快慰与满足无由地摧毁她们或改变了她们的性质。

隐于暗处的那只手，只是为我开启了发现美的窗口，却没有给我插上抵达美的翅膀。从遥远的少年时代开始，我就为那些美好的事物饱受磨难，所以我忧伤，当我面对春天、花朵、白云、彩虹，或者说眼前这些绚丽的莲。

当我躲在镜头后面的时候，我知道我贪婪的目光就再不能直接伤及她们了。于是我尽情地操作，把她们的脸放大、缩小，拉至眼前或推向遥远，定格或虚化，我一朵一朵地对她们进行着无言的叩问。我看到了，她们对着夏日的早晨，对着阳光，也对着我款款地微笑，而我却一点都搞不懂她们微笑的含义。

不知道那微笑里所蕴藏的是眷顾、是宽容，还是嘲讽。当我在相机显示屏上重放那些我以为千姿百态的莲花照片时，我看到的却差不多是同一张照片，因为每一朵莲花都似曾相识，每一张照片都大同小异。原来我以为我曾经看见，我以为曾经发现，而实际上我什么也没有抓住。在我的眼前，只有一望无际的荷田，却不再有莲，我不知道她们是什么时候，以怎样的方式一次次从我的镜头下逃走的。

最初的惊喜，在我的眼里已渐渐消失，她们那千篇一律的面容与微笑已经让我分不出这一朵与那一朵到底有什么不同。如今，她们已经平凡而普遍得如同站在操场上翘首等待号令的中学生，或假日站台上找不到方向挤成一团的民工。一样的装束，一样的神情，一样的目光，如同一层坚硬的外壳，让我们无法进入她们的情感、个性、心灵和生命，无法了解她们的忧戚、快乐、梦想与身世。

或许，广昌的莲并不是为了开花，不是为了美丽而生，而是为了繁殖，为了结籽，为了让更多的莲蓬出生，为了经济而生。

然而，就在我路过一处遍撒浮萍的水塘时，一朵娇艳的红莲从浮萍的缝隙里映现出来，宛如夜色里的一道闪电，悠然间照亮我的心智。我的心，忽如明镜，透过那零星的浮萍和宁静而氤氲的水光，我看到了她五百年前的颜容与风姿，我看到了她五百年后从现实的某一个窗口向我透露的深长意味，我也看到了她在岁月之河上荡开一圈圈涟漪的足迹。它不仅仅是一朵莲花在水中的倒影，而是我再度与莲花重逢的另一个空间另一个维度。

当我怀着虔敬的心情拍下这个影像的时候，我确认，那一刻我已经捕捉到了世间最美丽的精灵，触碰到了一种事物美丽的核心。

因为有了这样一个超越现实的视角，我拍下的莲花从此就不再雷同，有时就是拍同一株或同一束，所结出的影像仿佛也神情各异，姿态纷呈。

佛经里说，佛无定相却有万千法相。这时，我才有一点明白，那些站在荷田里的莲，定不是天生俗物，更不会是某种刻意的隐身。那个本真的莲，它从来就站在那里，只是我们不能够发现，只是我们从来没有从世俗的、现实的视角之外去参悟她们，所以才看不到她们真正的生命。而只有通过水，这与天同一形态、同一颜色的介质，我们才有可能走进莲的秘密、莲的真意。

《佛陀本生传》记，释迦佛生于二千多年前印度北边，出生时向十方各行七步，步步生莲花。这不能不让人产生丰富的联想，在广昌这片幸运的土地上遍布着佛访寒问苦的足迹，每一朵莲花，不啻一个深深的祝福。是所谓佛无定形，佛无定相，佛无定法。

在一处莲田的池埂上，我与一个朴实的莲农"狭路相逢"，就在错身的那一瞬，我问他，为什么莲心是苦的，他愣愣地看了我一会说，那是因为它成熟了，嫩的时候莲心是甜的。于是，他给了我一只嫩莲蓬。我细细咀嚼着那脆而甜的莲籽，和被一层甜甜的汁液包裹着的莲心，却感觉有一丝难以觉察的淡苦，如一抹心思，悠然飘过心头，那是莲与生俱来的禀赋。

后来，我查了很多关于莲的资料，才知道广昌的莲，不是产藕的藕莲，也不是专为观赏的花莲，而是专门产籽的籽莲。于是也知道了广昌县年种植太空莲十三万亩，产值达几亿元的数据，意味着什么。这样一个巨大的数字，会养活多少人，让多少人过上好日子啊，广昌的莲让我们知道什么叫普度众生。

广昌的莲，确实不单单是为了美丽，不单单是为了开花而生，而且还为了结出更多的莲蓬，拯救一方民众而生。

关于广昌莲，我下了一个让我自己满意的结论，但同时也是一个令很多人怀疑的结论。我知道，真正的美，往往是不承担什么重量的，承担了就会在某些领域或角度上存在着被摧毁或破碎的危险。就像我们自己的母亲，在我们的眼里总是那么无懈可击的美丽，哪怕她韵华已逝，哪怕她老态龙钟，但在那些不相干人的眼里她肯定会被以另外的尺度、另外的态度严厉地考量，在那些人眼里，她定然不再美丽。

庆幸的是，在我离开广昌时，一个意外的情景将我从一个尴尬的言说境界中解救出来。

在我们多次路过，却从没有留意过的荷田，我看见了一朵独立的莲花，那是我没到广昌就希望能够看到，但却一直没有出现的莲花。那是一朵开放得近于完美的白色莲花，硕大而又纯洁。就在那片无花也无蓬的莲池边缘，那朵莲悠然地显现出来，如昏暗的睡眠里突然降临的梦境一样，突兀而又新奇。一片芬芳的冰，从我的车窗边掠过，清晰又朦胧，随着车轮的远去，渐渐化开，如若浓若淡的情谊，如若远若近的召唤，如若隐若现的微笑……

广昌的七月，因此而香郁无边。

胡杨

一

　　我之所以习惯于在寂静的夜晚里，思索胡杨，是因为在这样的夜晚里，我的心亦如荒漠一样的荒凉，除了胡杨，除了胡杨般的坚忍，不再有什么东西能够将它支撑。

　　只有生活在夜晚的人，才会真正地了解夜晚。

　　夜晚，并不是风景，而是一片人迹罕至的荒漠。

　　曾有那么一些时日，我几乎习惯了在这些连星星都睁不开眼睛的黑暗里，保持着某种思维和行为上的惯性。只要对着虚无的夜一伸手，仿佛就能触到那些可以把痛感传递过来的胡杨。

　　虽然离开最初的际遇已经时隔很久，但因为无法息止的追思，因为无法阻断的牵念，我们还是成了心灵感应、血脉相通的兄弟，我们默默相对，穿越悠悠时空，久久地打量着对方，虽然一时还不能准确地辨认出对方的身世，但我们已经被一种相同的生命介质紧紧地维系于同一个体系之中。

　　夜晚就是荒漠，荒漠就是夜晚。

　　在这纯黑和金黄两种纯粹的事物之间，我已经很难找出它们本质上的差异。

　　这样的夜晚，透过那些如尘埃一样覆盖着胡杨的溢美之词和浮光掠影，我的心绪可以像咸涩的水滴一样，一点点地进入它们的生命核心。

据传，这是一支声势浩大的队伍，早在第三纪，也就是六千万年以前，它们就已经行进在路上，但最终却没有幸免溃散的命运。从地中海起步，经河西走廊、塔里木河沿岸到柴达木盆地、甘肃、内蒙古，一路溃败，遗弃下残败的部落和零星的兵丁。

没有人知道它们沿途历经了多少艰难险阻，没有人知道它们无声地演绎了多少生命和生存的故事，更没有人知道谁是它们的敌人，它们的苦难缘何而来，是岁月的伏击、风沙的摧残、人类的杀伐还是河流的改道或背叛。

它们如地球上最后一批斗士，在无水的沙漠中掘取水；在咸涩的盐碱中吸取甜；在死亡的边缘探寻生的希冀。直至如今，它们仍然沿着命运的指引，前仆后继地向前行进。它们把苍凉的足印和坚忍的身姿留在大地之上，也把刚强的信念和悲怆的美感留在我们心间。

二

二〇〇六年的夏天，当我以一个游客的身份驾车驰过荒漠，沿准噶尔盆地的西缘，向前，走到奎屯以北的时候，遇到了那片胡杨林。

在白花花的荒漠碱滩之上，突然就耸立起了一片高大的植物或生命体。那就是传说中的胡杨吗？我们看到了树的叶子和树的形体，我们也看到了作为一种植物的生存常态，但我却感受不到树木能够提供给我们的惯常的静止与沉默。仿佛每一棵树都有一种运动的姿势，每一棵树都在呻吟或叫喊。确切地说，这里并不像一片平静的林地，而像是一个硝烟方散的战场。一场惨烈的战斗之后，袭击者已随岁月远去，只留下这残破的战阵，只留下这些或伤残或疲惫，或立或坐或躺或斜的姿态各异的战士，只留下了残肢断臂和散甲折戟。

英雄末路，到处是摸得着看得见的伤痛，到处都是那种生命被摧残、被撕毁的证据。很多的树已经不再是树，而是树的完整的或破碎的躯体。当我看到一棵棵横躺在荒漠上的胡杨的残骸时，毛发倒竖，满心凄惶，我看不到植物，我看到的是人，是森森白骨。

漫漫荒漠如没有尽头的岁月，一片空蒙，除了几株零星的柽柳和骆驼草，这胡杨，是它唯一近于完整的记忆，是唯一具有清晰意象和实际意义的句子或段落。但是它们现在已经残破了，它们在一点点变得模糊和斑驳，如一张脆弱的文稿，已无数次被雨水和朝露一遍遍打湿、浸润。

这一群绿色的精灵，曾是那么葱茏苍翠地生过，那么繁荣茂盛地活过，而今天却已死去或正在死去，但它们却始终站在比人类更高的高处，俯视着历史和眼前这片看似平静的沙漠。

胡杨们依凭着它们伟岸的身躯，很轻易地就把时光的焦距推向了远处。于是它们看见了沙漠的秘密：一波接一波的沙浪，竟然一刻也没有停止地向前涌动，如一条身跨数千万年的金色响尾蛇，靠着被悄然稀释的岁月的掩护，展开它绵延不断、汹涌澎湃的浪涛，对这个绿色的阵营进行着不息的攻击。

然而，在胡杨的字典里，从来没有写过逃避，漫漫几千万年，集体的坚守以及个体的传承，它们已经把生命的意义和尊严深深地嵌入脚下的盐碱和黄沙。为了与干旱、与流沙抗衡，为了紧紧地握住生命之源，它们把自己的根一直扎入地下十米。但最后，水还是隐身于更深的暗处，将胡杨遗弃于沙漠的重围。

这一次，胡杨看到了自己的命运。

胡杨死去，没有墓，它自己就是自己的墓；没有碑，它自己就是自己的碑。

活而一千年不死，死而一千年不倒，倒而一千年不朽。茫茫大漠，因为胡杨的存在而尤显悲壮。

三

在胡杨的生长地，有人称胡杨是"会流泪的树"，但却没有人能够说得清楚，胡杨为什么会流泪，没有人知道它们生命里深藏的秘密。

其实，胡杨本来并不是为荒漠而生，更不是为了抵制荒漠而生，而是为爱而生，为水而生。胡杨一生追逐着水的足迹，水走到哪里，沙漠河流流向哪里，它就跟随到哪里，它们如一对形影不离的恋人。但是到后来，总是那些沙漠河流首先变迁、改道，总是那些不稳定的水流先遗弃了胡杨。

在这个世界上，对水一往情深的不仅仅是胡杨，还有其他的植物、动物，当然还有人类。水是一个被追捧和争宠坏了的任性公主，她谁的情都不会领，她从来没有，也不会因为胡杨而改变自己的性情，水只往水能够留存的地方流动。水的存在并不是要让人感动，而要让人追随和迷恋。

在河流消失的地方，绝望的胡杨把自己的根系疯狂地扎向更深的地下，于是就更加牢固地把自己绑缚在大地之上。剩下的日子或生命历程，与其说是一种选择，莫不如说是一种面对和担当。胡杨需要用所有余下的生命独自承受狂沙的肆虐和折磨，需要在干渴中为曾经的滋润慢慢地付出生命的代价。多少个世代之后，当人们在沙漠中看到那些胡杨的残骸或深埋于沙中的枯根，仍然可以断定，在很久以前，在岁月深处，那里曾有河流过，曾有水存在，那里曾有一段缠绵悱恻的往事发生。

胡杨知道水容易流失，所以对水格外珍惜。胡杨在与水相遇的时候，将水把自己的身体和生命充满，像一个恋爱的人让爱把自己充满。在一些最平常的日子里，它们流出了泪水，因为太多的水分使它们变得脆弱而敏感，很容易被一种情义或机缘所触动，或许，也很容易因为对于前途的担忧或悲观而陷入深深的忧郁。

为了把水留在生命之中，胡杨做过让人类难以置信的努力和改变。且不说叶子的革质化，也不说枝条上遍布绒毛，单说它们奇异的叶片。一想到它们的形态，我的心总会为之一动。如果说奇，当然也有足够的新奇，胡杨幼小时生出的树叶如细细弯弯的柳叶，而长大时又生出了近心形或宽楔形似杨而非杨的宽展叶片，一棵树上竟然出现了不同的叶子，不知情的人，还以为有几种不同的树长到了一起；但我感慨的却不是这些，而是一种生命形态因为另一种生命形态而近于奇迹的修正或调适。那是一种近似于蝴蝶出蜕一样艰难的脱胎换骨，那是在一个独立的生命里分蘖出另一个并不相同的生命。

但最后的结局到底还是要来的，因为没有什么能够抵挡住大沙漠那永不停息的攻击，没有什么能够禁得住时光那近于永恒的摧残。水的退隐或消失，是一种无法逆转的命里注定，不同的只是早一些或者迟一些。没有什么力量能够阻挡住横贯时空的流逝。最后，这一段美好和谐的故事终将如人间的任何一个故事一样，变得残缺、破碎和令人叹惋。

这一段生命历程的确令人伤感。水存在于胡杨的生命里，而胡杨却只能够在水的身边生长、甜蜜一定的时日。这是胡杨注定的命运，从这种生物诞生的那天起，它的运程和结局就已经注定，但胡杨，并不感到不公，它们一代代、一茬茬重复着同样的生存过程，重复着同样的生命故事，它们并没有抱怨，并没有流露出懊悔的神情，并没有因为命定的苦难而放弃抗争，而改变不屈不挠的守望。

但最后的光环还是落到了胡杨的身上，并如舞台上的聚光灯一样，久久罩住它们那些闪光的苦难。而那些苦难，以及与苦难相伴生的光环和品格，却都是来自于对某一种事物的始终如一的执着和依恋。

胡杨终究因为无法改变自己的命运而成为胡杨，而不是其他的什么东西。它们活下来，成为沙漠边缘的奇迹，成为生命和爱的标本；它们死去，成为绿色和水的一支悲壮的挽歌，成为一段令人难以平静的传奇。

四

那一天，当我久久地站在大漠边缘，看着那些胡杨的身影在落日余晖之中，由金色变成红色，再由红色变成暗红，最后一点点消失在黑暗之中时，我的心里突然生出了些许的疼痛。那是一种生命之于另外一种生命的感知、理解和悲悯。

生活在荒漠之外的人，并不了解胡杨的身世、苦难以及面对苦难时的种种心绪。没有谁了解胡杨的痛楚与孤独。

胡杨无语，胡杨只有细碎的叶片、刚硬的枝条、倔强的身躯和滴滴洒洒的胡杨泪，那就是它们全部的语言和表情。世世代代，岁岁年年，它们在不停地述说。它们用叶述说对水的思念；它们用枝述说风及时光的流速；它们用自己生命的残片述说着流沙的残酷；它们用点点滴滴的胡杨泪述说着内心的凄楚和纷乱的情感。

然而，并没有人能够以一棵胡杨的姿态站在荒漠上，潜心地感知一棵胡杨的孤独和绝望，倾听一棵胡杨关于生存、身世和命运的诉说。只有无心的风，顺路把胡杨的情绪带给天空，带给流云，带给不由自主滚动的沙，带给每一个明明灭灭的晨昏。

其实，胡杨并不是一种多么坚硬的植物，它只是靠着超常的忍耐和不朽的意志，才能够在风沙和荒凉中站稳并存活下去。有时，越是表面的坚强，越是意味着内在的柔软。

就是在奎屯以北的那片胡杨林中，我看到过一段折断后的胡杨树干。我不知道那棵树已经倒下了多久，也不知是什么力量让它从中间非常齐整地折断。它的躯干是中空的，从正面看过去，正是一个壁并不算太厚实的圆环断面。金灿灿的黄色，触目惊心地从树的内部裸露出来，而我的目光却久久地难以从中部那个黑洞中抽回，它像一个吞噬了无数星体的宇宙黑洞一样吸走了我的心情、思想和情感……

我无从考证是不是每一棵年深月久的胡杨，最后都会变成中空，但有一点是肯定的，中空的胡杨或者说胡杨的中空，是与岁月紧密相关的。正是在与时间漫长的对峙中，胡杨把自己一点点耗空。到最后，连它们到底有多少年轮都难以查清了，这到底是一种因昏聩而产生的遗忘，还是因回避而选择的虚无？

在那中空的树干里，我们什么也抓不到，因为除了空，什么都没有。整整那么多年的经历、那么长的一段历史竟被虚化成一种"无"，一种无法复述无法想象的虚空，不留下任何的痕迹。

也许，那是一种刻意的掩饰和回避。刻骨铭心的疼痛之后，不再想对世人提起那些无奈的往事；也许那只是一种象征，象征着生命的无意义。经历过的又如何？在一些时间里，在一定的环境下，谁能说清楚，有与无，在与不在，到底有什么外在的差别和内在的关联？

如果说，大漠是无边的生态黑夜，那么胡杨就是它一个不醒的梦境，真实而又虚幻，持久而又脆弱。我们无法预料，他们会在什么时候又生出新枝，会在什么时候又突然死去。他们以诸多人类无法想象的理由成为不可能中的可能，能为生命的奇迹，如梦如幻。

薰衣草

这是第三个连晴日。

在英国，一年中透晴的日子加在一起也不会超过三十个，所以这样连续地晴，就会让人感到有一点奢侈，好像把不多的一点儿积蓄集中在这几天挥霍了。如果不是天气而是人类，大概只有在节日里才能够这样慷慨吧，在这一点上，全世界的人都拥有着共同的禀赋，吝啬，往好听的方向说，是节俭。但不论如何，这几天于英国人于我，都是比节日还难得的好日子。

对英国人来说，虽然每年的节日也不算多，但那些日子终究会如期而至的，该来时必然要来，像尽义务一样。时间久了就习以为常，不必惊喜，也不必感激。但天什么时候晴或什么时候阴，可不会随人们的意愿而改变，那得老天说了算，只有老天高兴时才能晴，也只有老天非常高兴时才可以连晴，那就注定了英国的晴天比节日来得不易。这一点很好理解，如果自己的老婆在家里给自己做一顿饭，那是正常的，理该如此，自然不必感谢；但如果是别人家的老婆在百忙中为你准备了一顿饭并无图谋，只是因为你需要有人帮助，那么，不管是谁都会觉得那女人真的很伟大，圣母玛利亚一样可爱，岂止要感谢，还要崇敬呢。

对于我来说，这些天就更比节日珍贵了。许多年以来，一直也没有机会和女儿朝夕相处，一起做一些喜欢或不一定喜欢但是需要做的事情，哪怕是为了一些小事儿争论争论，和她一起吵吵嘴、生生气也好，最起码，想看到她的时候一抬眼就能够看到，想听她说话时，召唤一声就会有回应。

突然就能够和她在一起，并且大部分时间是和她没有阻碍、没有干扰地单独在一起，这岂不是比过节还值得珍惜的事情吗？

女婿浩提议，这么好的阳光，应该开车去农场看薰衣草。于是我们三个人怀着阳光一样的心情，笑逐颜开地上了路。如果时光倒退几十年，倒退回小学时代，为了这样一份好心情，需要写一篇应景作文向老师交差，我想我都会毫无怨言。

为什么要去看薰衣草呢？女婿浩从小在伦敦长大，平日里应该很少到乡下，对于薰衣草大概也是听得多见得少，偶尔想起这个世界级的"大明星"可能也是情系之，心往之，想看个新奇。另外，浩虽然生在中产阶级家庭，但并没有像中国的富家子弟一样养成好吃懒做的习惯，他基本上一切都不依赖父母，不但读书刻苦，生活方面对自己要求也很严格，一边在公司工作，一边还要利用业余时间攻读注册会计师，日子过得忙碌而清苦，很少有时间到处游逛。和女儿从恋爱到结婚这几年时间里，两个人也始终没有一起去看过薰衣草，不知道两个人以前有没有过这方面的约定和计划，但借陪我的机会，也算是做了一件与爱情有关的事情吧。

其实，薰衣草一直就与爱情有关。特别是这几年，通过媒体和网络，全世界到处都在流传着普罗旺斯、普罗旺斯的薰衣草和与薰衣草有关的美丽传说。其中有一则是这样讲的：从前，有一位普罗旺斯少女在采花途中偶遇一位受伤的俊俏青年，少女一见倾心，将青年人留在家中疗伤。痊愈之日，深爱的两人已无法分离。由于家人的反对，女孩准备私奔到开满玫瑰花的爱人的故乡。临行，为检验对方的真心，女孩依照村中老奶奶的方法，将大把的薰衣草抛向男青年，突然间紫色轻烟升起，男青年随之不见，只留下一个隐约而神秘的声音——"其实我就是你想远行的心"，不久，少女也随着轻烟消失，两个人共同融化在爱情之中。从此，普罗旺斯，法国南部一个不起眼儿的小镇便成为薰衣草的故乡，也成了爱情的故乡或代名词。

然而，我所知道的事实是，薰衣草，作为一种传统香料，它的历史远比普罗旺斯和普罗旺斯的爱情更加悠久。这种开有紫蓝色小花的芳香植物又被人们称为灵香草、香草、黄香草，其英文名为 Lavender。早在罗马时代就已经有很普遍的种植，原产于地中海沿岸、欧洲各地及大洋洲列岛，后被广泛栽种于英国及南斯拉夫。

在英国，早在伊丽莎白时代就有"薰衣草代表真爱"的诗意表述。因此，当时的情人们流行着将薰衣草赠送给对方表达爱意已经成为风俗。而在这方面，英王室也是做出表率的，据说查理一世在追求 Nell Gwyn 时，就曾将一袋干燥的薰衣草，系上金色的缎带，送给心爱的人。

比较而言，法国的薰衣草，比如普罗旺斯的薰衣草，香味更浓烈，更具有提神作用；而英国的薰衣草香味较淡，起到的是宁神的作用。这倒有一点一方水土一方人的意思。法国的薰衣草在特性上竟然和总体上浪漫、激情的法国人一脉相承；而英国的薰衣草却与英国人一样偏于保守、稳健、优雅、理性。

我们要去的农场在距伦敦并不很远的萨里郡的小镇班斯蒂德，据说这里种植薰衣草的历史已有三百年之久。薰衣草正常的收获季节大约应该在七月末八月初的样子，但对于这点我们并不是很了解，所以我们去的时候，收获季节已过去一个多月，已经看不到想象中的紫蓝色花海。

这时，田野上的麦子也已经收割完毕，只留下一片平整的麦茬，远远看去仍然显现出一片金黄，而近处采摘过的薰衣草田却显得有一些灰颓，除了少数田垄上仍有一些新生的淡紫色花穗，大部分田垄呈现出令人失望的暗灰色，有的是因为花穗被采摘之后，只留下了那些小灌木的枝叶，有的则是因为还没有采摘的花穗变老变暗失去了原有的色彩。但当我们走进薰衣草田垄时，仍然有阵阵浓郁的香气扑鼻而来。原来，这薰衣草竟是一种很奇特的植物，并不像一般的花草，青春逝去便芳华尽散。当它们颜色褪去后，便是最成熟的时候，这时会比以往更加芳香浓郁，更加令人沉醉。说来，这也正是人类中某一些人刻意追求的美好境界呢。

薰衣草的灵魂，就是它的香。人们先是沉醉于它的香，然后才喜爱它的色，否则光凭借它的颜色也不至于令人们如此迷恋。但人们的不良习惯就是太依赖眼睛，用眼睛替代一切感官。应该听的，我们要用眼睛去看；应该触摸的，我们要用眼睛去看，应该用鼻子闻的，我们仍然要用眼睛来判断，久而久之，我们除了动用眼球就不再有别的评判能力，不管是什么事物，只要不能够吸引"眼球"我们就不闻不问，就嗤之以鼻。在这个浮躁跟风的时代里，我们并没有谁认真地想过这件事，但这样下去的结果，遭受损失的正是搞不准真假虚实是非好歹的我们自己。

面对眼前那一大片薰衣草田，身心沉醉于它的芳香之中，遂想起那句薰衣草的花语：等待爱情。一个"等待"便把爱情的本质和美学价值说穿。真正的爱情，往往并不是四处寻找和通过相亲找到的，它要你耐心等待，等待那个机缘的来临；真正的爱情，需要卿卿我我，但却不能在卿卿我我中得到长久的延续，没有等待、没有思念的爱情会如没有阳光照耀的花朵一样日惭枯萎和凋谢；真正的爱情，往往就是在无望的等待中得以永恒，我们所熟知并深受感染的爱情故事，梁祝、孔雀东南飞、魂断蓝桥、廊桥遗梦等，哪一个不是因为等待和将进入恒久的等待，才得以升华和感人至深的！真正的爱情，原来是如此的忧伤。

据说，在一些国家和地区，还有这样的传说：当你和情人分离时，可以藏一小枝薰衣草在情人的书里头，当下次相聚时，再看看薰衣草的颜色，闻闻薰衣草的香味，就可以知道情人有多爱你。对于这件事儿，我是这样理解的，按照自然规律，每一对真心相爱的人，都在共同经受着岁月摧折，总有一天会容颜老去，如眼前这一垄垄暗淡无光不再鲜艳的花穗；但所有的真情和真爱，一定不会因为时间的改变而变淡，它应该像老去的薰衣草一样，时间愈久芳香愈浓。

下午的阳光依然强烈，强烈得让人睁不开眼睛。但如此强烈的阳光却仍然不能让我感觉心情开朗，因为我一时还不能及时从薰衣草以及爱情的主题里抽出思绪。望着那些秋天里的薰衣草，我仿佛望着铺满秋天的爱情，并且深深地意识到，世界上最忧伤的颜色并不是那种如烟如雾如梦的紫色，而是比那紫色更深更暗的深灰，那是等待的颜色，是比地老天荒更让人心疼的颜色。

红柳

（一）

如果行走，红柳的脚步该是迅捷又轻盈的。

看看它那细弱婀娜的身姿就知道，它定是一路上连蹦带跳地走过了荒漠，如邻家十八岁的少女，如狐，曾一路在蓝色的天幕下划出优美的弧线。

但这里终究还是沙的领地，纵使红柳的步履有如九色鹿般神异、矫健，又怎么敌得住沙的机心。走着走着，它还是陷入了沙的重围。直到最后，它也不知道那些细小的尖兵是怎样搭上时间的马背，对它实施了包抄的，甚至连最惊愕的一声叫喊都来不及发出，一切就已经都成为历史，一种生硬的生命组合，就被无端地凝固下来。

岁月，飞逝而去，留下了尖啸的风，在身后。即便在梦中，我也能够听到或感觉得到，它异常迅疾的脚步，一阵紧似一阵，因为我稔知它对付所有生命的方式或手段。

人的记忆或历史的记忆，又怎么禁得起如此猛烈的搜刮？于是，便真的不再有人记得红柳从哪里来，要到哪里去；更没有人记得沙漠的下面是否果真埋葬着红柳的足迹。

一份轻盈的美丽，就这样被禁锢于沉重的荒凉，红柳无路可走。脚下的囚锁，如铁一样缄默，发不出一丝声响，如大地一样沉稳，巍然不可撼动。如今，只有天空似曾相识，也只有天空为它留下了一个可以探出头颈、目光和心思的窗口。

　　转身之间，红柳便把头仰向天空。天空是唯一的出路，天空是唯一的向往，天空是唯一的慰藉，天空，是红柳解救自己的唯一方式。当红柳第一次把手臂伸向天空的时候，它感到了沙的卑微，它第一次希望沙子能够更多地堆积在自己的脚下，只有沙的逼迫才能够维系住它一步步走向天空的动力。

　　沙埋一丈，柳长一丈。

　　红柳并无意让自己盲目地膨胀、拔高，它不想让自己的高度冒犯天空的高度，它要对天空保持着恒久的敬畏；但它确实要一步步靠近天空，那里是它命定的归宿啊。它只有靠沙，只有从沙丘的背上，以垂直的方向，一直把自己的路筑向苍天。

（二）

　　红柳的红，却原来是一种凄艳而又有一点壮烈的色彩。

　　因为对这种色彩的偏爱，早年给自己的女儿起名时，曾想把一个红字镶嵌其中，但马上遭到先生的反对。理由是，凡名字中带有红字的女子，命运中都必然会有一些波折和磨难。看来，对于波折和磨难，并没有谁会不刻意回避的。

　　人际间的、现实中的事情是不是真如先生所言，自然无法考证，但没有想到的是，人事上的谶语竟然在物事上找到了对应。一样的叫柳，不过是多了一个红字，就多了少许浪漫，同时也多了更多的苦难；多了少许的想象但同时也多了无限的寂寥。

　　折柳相送的年代已经过去很久了，不知道朋友、情人间的款款深情和眉宇眼波间的眷顾流盼曾怎样地滋润了原本就情思悠长的柳，但那从来也没有停止过的吟咏却穿越两千年的春风晓月和浩瀚典籍，一丝不苟地把它的心事传递下来。其间总有些娇莺、丽鸟不断地造访和栖息，也总有些明湖翠堤将其执着地怀想和凝视。柳是人类文化史和文学史上饱享爱情，被娇宠得几近柔弱无骨的"明星"。柳并没有过深沉的寂寥。不管是豆蔻初绽还是高大参天，它们那有意无意之间的飞扬与摇曳，总是会透出些小家碧玉的自足与得意。

而红柳却因为那个红，一下子就被命运抛到了荒漠之上，或者同荒漠一样的险境。

对于无路可走的红柳来说，不再行走，已经成为她最后的出路：根向下伸，丈量着自己的命运及苦难的深度；枝向上展，测试着自己的心性及希望的高度。日子在挣扎与期盼中流逝，天幕上留下了红柳们千万种不同姿态，每一种姿态都是一个生命的语句，红柳无言，却以这些姿态完成了向苍天的倾诉。

小小的红柳，细弱的红柳，它们的心思早已经不在人间，它们把自己的身世和经历深埋在黄沙之下，然后不再追问前生来世，只身向天膜拜。喜欢叫它庄严的妖媚也好，愿意叫它简单的妖饶也好，辗转反侧之间，总是有一种凄艳的激情流露出来，那大约正是物与自然、生灵与神之间一种隐秘的交流吧。

（三）

红柳在沙漠上舞蹈。

红柳开始以一种世间最独特的舞姿在沙漠上舞蹈。如今它终于明白，不需要再移动自己的脚步了。既然健步如飞也还是追不上流逝的时光，为什么要去徒劳地奔走呢？它安稳地停下来，止住了喘息，凝心静气地聆听沙子及时光流动的声音。

那是一个秘密。

原来沙漠里的岁月，时光是住在沙子里面或者下面的，如果没有风，没有奔跑的脚步，时光就是一只慵懒的寄居蟹，一动不动地蛰伏于沙里。红柳不再奔走，红柳不需要奔走，红柳只需要扯起风沙做它宽大的衣裙，以自己的根为轴，漫舞飞旋，时光便不得不绕着它旋转不停。它的足准准地踩到了时光的脊背之上。从此不论沙走到哪里不论时光流到哪里，它们都把红柳的足印深深地掩藏。世间就真的不再有红柳的足迹。

足迹从来都是一种留存不住的痕迹，是一种虚妄。在那种毫无意义的痕迹被抹去之前，红柳已经在孤独的舞蹈中获得了永恒。红柳不再需要足迹，它就牢牢地站在那里——死亡之海与生命绿洲中间一道宽阔的门槛之上。往里一步是沙漠，往外一步是绿洲，而这里是荒漠，是很多种事物的边界。

红柳宁可把自己站成一个注视生死的智者。它知道，扶住风，就扶住了自己的身姿和心情，就扶住了自己的生命。

而今，上面是天空里悠悠遥遥的钴蓝，下面沙漠边浩浩荡荡的金黄，中间则是那一段意味深长的殷红，红柳以自己真实的生命为荒漠缔造了最原始的和谐，与天地合一，配齐了可以调和一切色彩的三原色。

如此，似乎一切都可以从这里开始了，图画、旅程、梦幻、生命……

波斯菊

我一直认为，有一种花儿是叫作阳光梅的。

不知道怎么就想到了这几个字，一个特别的组合，像是出自天然却也像是杜撰。说"阳光"，或许还有一点儿根据，因为我每次见到那种花儿的时候，都能感觉到她们的明媚与灿烂。不管开着什么颜色的花儿，她们的盘心都是清一色的明黄，仿佛中间一个小太阳，持续地照耀着，四周的花瓣儿便姹紫嫣红地燃烧起来。在那些没有阳光的日子里，甚至连阴沉的天空都能够被它们映出了亮色。至于"梅"，就完全没有来由了，大约也曾听人说有一种开在秋天里的花儿叫作什么梅的，想来，北方的深秋已经很少有花的踪迹了，应该就是我所认识的那一种吧？但不管怎么说，它们也只是一种小小的花儿罢了，我既不搞花卉研究又不想经常对别人提及，管它叫什么呢。到了触景生情之际，信口随兴叫来，多数的时候竟可蒙混过关，可能，这世界上并没有多少人会对那些卑微的事物真正留意和关心的。

就是这种"不起眼儿"的小花，却注定成为我命里绕不过去的一道风景。几乎每一个秋天，我都能够与成排或成片的她们不期而遇，在我上下班或出门办事的路边，在我某一个周末散步的林间，在我远行途中的山坡上或某一临时驻地的门前院中……说也奇怪，每一次见到它们，我都会不由自主地多加几分留意，并从心底生出一些莫名的感念。特别是那些秋日将尽、落叶纷纷的时节，我甚至会在瑟瑟的秋风里久久驻足，细细地打量它们那不为气候所改变的楚楚可怜与娇艳动人。在那种凄凉的背景下，她们的表情也是独特的，看上去有一点儿明亮也有一点儿黯淡，有一点儿娇艳也有一点儿疲倦，有一点儿温暖也有一点儿凄凉。每当这时，我总会表现出"刚强"人所不屑的自作多情，暗暗为她们的处境与命运生出几分忧伤和悲凄。毕竟，一场可怕的寒潮不日即将到来，对于她们来说，那就是灭顶之灾！但她们自己似乎并不为我心中那些徒劳无益的忧虑所困扰，直到霜冻到来之前，它们会一直"安之若素"，那么不知畏惧地灿烂着，一副全无心机的少女情态。

那年，也是秋天，我随一个作家访问团去青藏高原采风。路过巴塘草原时，我们停下来，围坐在草地上看一个小女孩儿跳舞。看她舞动着彩裙、长袖，在那个天然的大舞台上飞旋，仿佛一片彩色的云，遂被一种天然、本真的美所感染，一群成年人，竟如忘了身份和来处的孩子，随她一起手舞足蹈，又是喝彩，又是鼓掌。那时，我注意到，小舞者的脚下就开着我说过的那种花儿。看近处，不过星星点点，宛若从女孩儿额头上溅下的汗珠或从衣裙上甩脱的色彩，放眼却是一片宏大、壮丽的景象，整个草原恍若一片花海。原来，这一种旧曾相识的花儿竟然可以一直开到地极！在一种温润的感念中，我忘记了深秋时节特有的寒意，忘情地陶醉在一片光和色彩的浸润之中。

听那个小型歌舞队的组织者介绍，小女孩儿名叫达娃梅朵，从明天起，她就不会在那片草原上跳舞了，她阿爸要带她赶着牲口转场到很远的地方。可是，她一旦重回放牧生活，就只能与那些只知道低头吃草的牛羊相伴了吧？她那些优美的舞蹈还能跳给谁看呢？间歇时我悄悄问她："你知道草地上开着的那些花儿叫什么名字吗？"她也小声回答："格桑梅朵。"我这才知道，我说的那种花儿确实不叫"阳光梅"。

"你很喜欢跳舞吗？"达娃梅朵用力地点点头。于是我试探着问她："你跟我们走好不好？我们会给你介绍一个很专业的歌舞团，那里有很好的老师和很大的舞台。"小女孩儿有一些羞涩地摇摇头，用略显生硬的汉语说："不去。"但脸上依然如我没说这话之前一样，天真而烂漫。

我感觉有一点儿庆幸也有一点儿遗憾。庆幸的是，她没有点头，如果她真的点头，我该怎么办？我哪有能力为她介绍一个很专业的舞蹈团体呢？其结果自然是自己的食言和尴尬。遗憾的是，她根本就没有改变自己现状和命运的愿望。或许，她与草原上那些无名的野花野草一样，默默生长或恣肆开放都是自己内在能量的一种宣泄与释放，并没有刻意炫耀或其他功利性的企图。我们这些过客，不过是她生命里的一阵风，风来草动花摇，随掌声绽放出快乐的舞姿，但不会因为我们的来去而发生任何改变。她们的美丽与妖娆，本不是为了过客，也不是为了风，而是为了自己，为了季节，为了一种来自于自然深处的期待而绽放。野花自该留在野地里，那是她们盛开的依据，也是我们痛惜的理由。

第二天，高原上来了一场大寒潮，日间最高气温一下子降到了零下五度，我们不得不借来一些棉衣暂避风寒。稍感温暖，我又惦记起草原上的那些花儿，不知道这一场寒潮之后它们会变成什么样子，凭以往的经验和常识，我猜想那些花儿一定会颓败、枯萎，不再鲜艳了。果然，当我们的车原路返回，再经过那片草原时，呈现在我们眼前是一片比想象更加悲壮、惨烈的景象。

以前从来没有想到，对于一些植物来说，冰冻就相当于另一种方式的焚烧。只一夜的霜冻，那些柔嫩的叶片与花瓣，就像刚刚经历了一场大火或被当头浇上了一盆滚烫的水，全都被"灼"得面目全非、一片焦黑。昨日的"欢声笑语"和"明眸皓齿"早已荡然无存，仿佛一场白日梦，转眼成空。我望着那一片生命的狼藉，追想那些至死都保持着微笑和美丽姿态的精灵们，心中顿生肃穆之情。

从此，我牢牢地记住了这种花的名字。在青藏高原，她们被叫作"格桑梅朵"。

然而，在北方的平原上，人们却给它取了一个十分平白、庸常的名字——扫帚梅。开始，我还有一点不太相信，那么漂亮的花，怎么配上了这样一个俗不可耐的名字？就像我不太相信邻家漂亮的姑娘竟然被粗鲁地唤作"苏三""赵四"或"丫蛋儿"什么的。但经过再三确认，她们的名字确实就是扫地、除灰的那个"扫帚"后边加了一个标志着物类的"梅"。这可能与部分北方人一贯的"草根"思维有关，常常把祝福表达得类似诅咒，越是珍重的事物越是要将其说得轻贱、粗陋。但转念细想，却发觉"扫帚梅"这俗极了的名字除了"瓷实"之外，更蕴含着几分特别的诗意。

既然被以"扫帚"命名了，那就得有一个扫的动作。扫什么呢？一扇纷纷展放的花束已经举到天空，那么不打扫天空又能打扫什么呢？于是，天空果然就变得清朗、高远起来，宛如一处干净、宁静、纤尘不染的院落。平日里的烟尘、水汽、雾霭和过多过杂的光，一经打扫和滤除之后，就有一种蓝冰似的底色显露出来。偶尔会有风吹过，那不过是另一种形式的吹拂与擦拭，本已晶莹的蓝，如今变得更加剔透；偶尔有鸟儿飞过，反复在其上划着弧线的翅膀却没能留下一丝痕迹，清清脆脆的叫声从蓝宝石的界面上被反弹回来，显得更加悦耳动听；偶尔，也有一些丝丝缕缕或团如棉絮的云彩飘过，那是因风荡过庭院的轻烟与柳絮，一闪便不知隐到了哪个看不见的角落。而此时"扫帚梅"的梢头上却俱如沾满了花粉的蜂足，结了一朵朵彩色的小花，那些洁白如雪的，想必是从云朵上沾染而得，那些如金、如火或其他颜色的当是从七彩的阳光而来。

阳光梅？！

在我内心里，不论如何也转不过那个已经打了很多年的"弯儿"。再一次看到那些花儿的时候，还是会下意识地默念出这几个字。

看来，对于这样一件绕不开的事物，只能下一点儿溯本穷源的工夫，好好"追究"一下她的名字与身世了。于是我一改以往的粗心与懒散，对这种花进行了一番认真的考证和探查，较为系统地搜集、研究了一些关于她们的资料。最后终于弄明白，这花儿的学名叫作波斯菊，并有别名多种：秋英、秋樱、大波斯菊、八瓣梅、扫帚梅、金露梅等。但她们的出生地，并不在中国的青藏高原或东北平原，也不在与字面有关的波斯湾，而是在大洋彼岸的墨西哥。这不禁让我想起了多年前一部"革命现代京剧"《红灯记》里的一段台词："铁梅呀，奶奶并不是你的亲奶奶，爹爹也不是你的亲爹……"一直以为离自己很近的花儿，追溯起源头来，竟然是远隔千山万水！

时间的深处啊，到底埋藏有多少秘密？对于一个在亲情的惯性中一直奔跑了十八年的姑娘，当速度和能量已经达到了一个难以停止的高度，突然来了一个急刹车，这让她在情感上和认知上如何接受呢？我之于一种花儿在认知上的落差，虽然不能与李铁梅之于亲情变化的落差相比，但心中还是一时难以释怀。那么平易、朴实如邻家闺女的花儿，年年开在自己身边的花儿，怎么会不是土生土长的土著呢？但纠结归纠结，最终还是要接受的，这世界本来就开阔、深奥得令人难以想象和理解。连地球都是上天赐予人类共有、共享的，难道在地球上生长的某物会以命名的先后而确定归属吗？如此想来，又难免汗颜于自己内心的格局之窄和境界之小。

波斯菊，本属贫寒之物，天生的耐受贫瘠、忌肥、忌热、忌积水。只要给她们一把瘦土、几缕阳光，她们就会婀婀娜娜地生长起来，虽然身子纤细羸弱，但满枝满头的花朵却让她们看起来充满了难以抑制的生机与活力；相反，如果把她们种植在肥水充足的土壤里，她们反而会光顾长秆、长叶而忘记开花，并且会像一个得了肥胖症的患者一样，长着长着就因为浅浅的根基难以支撑巨大的身体而倒伏下去。也许，这就是命运的安排吧！如果把花儿与人间的女子相比，那么波斯菊就是一类心高命薄、性情古怪的女子，她们是美丽的，又是矛盾的、有毒的。不管在平原上或高原上，没有什么动物敢以她们为食物，据说，连食性极杂、适应能力极强的牦牛也不敢动她们半个叶片和花瓣儿。她们的存在，似乎只是为了开花，只是为了美丽，当她们大面积在某一片草原上自然生长时，便预示着那片草原的气数将尽。她们用自己的生命将草原装点，也用生命里的毒素将草原诅咒，最后也必将随草原的败坏、消失而走向灭亡。这是一个难以超越的渊薮。面对着这样一种花儿，我竟不知道应该给她们以怎样的祝愿。

多年以前，我的一个远房侄女，在一个偏僻的小山村里出落成了一个水灵灵的少女，但由于家境较差没念多少书，亲戚们觉得这么个"出彩"的人儿放在荒村野舍有点儿可惜，就商量先把她放在我家里锻炼两年，长长见识和能耐，再谋发展。侄女来了以后，穿上了光鲜的衣服，吃上了精菜细食，很快便白了胖了，却也很快没有了先前的灵秀之气。日益变得肥厚的脸颊和粗壮的腰身，尽管有精致的护肤霜层层涂抹，尽管有价值不菲的花衣缠绕包裹，却再也找不到当初穿着宽宽大大的粗布衣服时那种楚楚动人的感觉。目光在楼群间游弋，也完全不似在庄稼和树木间穿梭时那么自信和自如，滞涩、黯然之中常常流露出局促、不安和淡淡的忧伤。不仅如此，日子一久，还添了一样莫明其妙的毛病，没来由地眩晕，据说是"天旋地转"，没办法只能倒床沉睡，数个小时或几十个小时之后，爬起来喝一杯水，揉一揉惺忪的睡眼算是一病痊愈。如此几次下来，一家人都有一点儿不知所措了，怀疑孩子有神经系统的疾患，可能以前没能及时发现，便四处求医院诊治，但几家医院都没有给出确切结论，只是说观察观察。观察到后来，孩子和亲戚都提出，还是回到乡下的好，便只好又回到了乡下。

回乡后，她仍然是风里雨里、田间地头，粗食、粗布加粗活儿，但人却精神、灵动如初，就像鱼儿回到了水里。时光对她来说，仿佛并不是流水而是膏油，粗粝的生活，反把她打磨得更加俏丽、水润，如一个成了精的小狐狸。只是村子里没有一个男子能合她的心意，与之相匹配，嫁与谁都难把日子过长，嫁了离，离了嫁，嫁了再离，小小村庄竟然在她睥睨的目光里显得紊乱、萎靡。

再见时，我问她以前的毛病是不是好了，她说："一回到乡下，什么毛病都没了。我是天生的薄命呵，享不了福！"我知道那是自嘲，但还是从她的脸上读到了一个十分复杂又十分难忘的表情。那表情看起来有一点儿明亮也有一点儿黯淡，有一点儿娇艳也有一点儿疲倦，有一点儿温暖也有一点儿凄凉。

那是怎样的一种表情呢？很久以后，我终于明白，那似曾相识的表情正是一种花儿所拥有的。那花儿，在我们老家叫作扫帚梅，但全世界的人都称之为波斯菊。

牡丹

　　生在南方的牡丹，早在四月里就已经连天怒放，而我，却只能在寒冷将息的北方小城觅得几束气色灰暗的苗木带回家，急急埋入门前的花圃。之后，便每日三看，盼着那"勾萌"细碎的叶苞快些舒展，快些生出点儿颜色来。

　　本来，素有国色天香之誉的牡丹是生在温暖富贵之地的。最早是长安或洛阳，后来是曹州即今日的菏泽，再后来就有了扩散之势，遍及大江南北，但却很少流落到塞北苦寒之地。

　　大约也只是近些年，因为气候的转暖或栽培技术的进步，东北地区才渐渐有了一些耐寒品种被零星栽种，但市面上也并不常见。幸运的是，偶尔的一次闲逛，竟然与那几株待售的牡丹不期而遇。

　　转眼月余，栽于圃中的牡丹花枝一直没有大的起色，初见时即已微隆的叶苞，如今只微微吐出一丝淡绿，看情形，它们总算是顺利闯过了成活关。然而，让我始料不及的是，这名冠古今的花种，竟然如此地能"端架子"。或许，这花也和那些有一点儿身份、地位、名气的女人一样，都要靠行动缓慢、迟疑而彰显自己的矜持和与众不同吧！白居易在《琵琶行》里说的那个琵琶女是"千呼万唤始出来，犹抱琵琶半遮面"。在《长恨歌》里描写杨贵妃也是"云鬓花颜金步摇，芙蓉帐暖度春宵"。说的是人，但我想到的却是我那些迟开的牡丹。

　　其实，这"架子"也并不是随便什么人或事物想端就能够端得成的。

不可否认，有一些"架子"的自然而然和浑然天成，一个人或一种事物，生来就已经把"架子"带在身上，"架子"就是其生存姿态和言行方式，就算本心想"放"又如何放得下，能放到哪里？而多数的情形，那"架子"并不是与生俱来或非"端"不可。这时，要想把"架子"端得让人心悦诚服，就得有一点儿"端"的理由。如果没有什么"端"的"资本"又没有什么"端"的必要，只是刻意而为，只为引起别人的重视或注意，有时尽管能够"端"得惟妙惟肖，那也不过是一种浅薄、拿捏的做作之举，自然不足为道，也更不值白居易、李白那个级别的大诗人为文、为诗以记了。我理解，很多架子实际上都是不得已而"端"的。对于一个凡尘女子来说，所谓的"端"多起因于对未来命运的疑虑和担忧；而对于花，则可能是缘自对冷暖炎凉的敏感以及防范上的慎重和小心。

今春气温回升早，差不多提前一个月就一惊一乍地炎热起来。但天经地义的节气毕竟还没有真正来临，所以纵然热闹，也不过是一时虚假的热闹和表面繁华。好景不长，没过几天气温又骤降了十至十五摄氏度。这就相当于让心有不甘的寒潮杀了一个回马枪。一些反应冲动，耐不住寂寞，提前放出叶片和花朵的植物立马吃了大亏，有的被害得"花钿委地"，有的叶片卷曲、残疾，另有一些弱小、单薄的干脆就一命呜呼了。

人们经常说世事难料，那么花事，又何尝不是同样的难以预料呢！看来，那些早早落地却迟迟引而不发的牡丹，这一次算是把"架子"端得恰如其分了。正因为它们入春以来一直没有从将醒未醒的半休眠状态中彻底醒来，所以才侥幸躲过了这场逆袭的寒潮。它们是怎么知道有一场骗局和灾祸等在前边的？莫非它们身有异能，能够先知先觉吗？

高贵者自有高贵的缘由和禀赋。其实，牡丹从来都拥有着一种高度恪守时间节律的自觉和天性，善于在严谨、刻板中坚守着某种不变、不移、不随波逐流的品质。

当初，因为它们姿容俏美、气蕴吉祥，自隋朝炀帝时起，即被批量引入宫廷园林。那时炀帝在洛阳建有西苑，"诏谕天下进奇石花卉，并从易州进牡丹二十箱，植于其间"。自此，牡丹正式登堂入室。及至唐朝，更是风靡一时，宫廷与民间竞相栽种，大为推崇，牡丹在花界的名气和地位遂变得无以复加。唐代的皮日休有诗："落尽残红始吐芳，佳名唤作百花王。竞夸天下无双艳，独立人间第一香。"就当时的情况看，绝不是文人不负责任的信口夸张。可偏偏到了与花儿阴柔同性、同属一"科儿"的武则天那里，牡丹的命运发生了一次重大改变。据传，天授二年腊月初一，西京长安大雪纷飞，武则天在御花园中饮酒作诗，一时兴起，借醉意给园中的百花写下一道超越职权范围的诏诗："明朝游上苑，火速报春知，花须连夜发，莫待晓风吹。"霸气呀，女人们往往因为理性不足而表现出超越于男性的豪情。反观这浪漫而任性之举，若不是出自于对那些温柔、美丽事物的妒忌，故意找茬刁难，就一定是当皇帝当得太顺了，以至于忘了物类有界，各从其限的天地自然之道。但百花慑于此命，果真连夜开放，唯独牡丹不领人命，不违天时，闭蕊不开，专心致志等待着"天"的旨意——"晓风"的吹拂。武则天盛怒之下，将牡丹贬出长安，发配洛阳，并施以火刑。烧就烧呗，生死自有命，花开自有时，世间哪一种尊严、哪一份高贵不是咬着牙或豁出命"担当"出来的？若美丽而无主、无见、无气、无节，岂不要随波逐流而最终陷入为婢为妓的境地？

所幸，天不灭这花中之魁，劫难过后，虽体如焦炭，却花魂不散，根心不死，并不负春风，一经吹拂便再一次萌芽开花，娇媚依旧，灿烂尤胜当初。

这一劫，不幸也幸，它们的国花地位得到了进一步的确立和巩固。不管国人在行为上是不是真能个个讲求品格，但在观念上还是崇尚品格，敬畏高尚的。那么庞大的一个人群，就算仅仅从内心到眼神，也足以形成强大无比的气场以及摧毁或托举之力。从此，看谁胆敢再把牡丹看轻看贱？

于是，人们对牡丹的珍重、珍惜之情也油然而生，且与日俱增。先有李白在《清平乐·牡丹》中咏道："名花倾国两相欢，常得君王带笑看。"后有薛涛在《牡丹》里吟哦："传情每向馨香得，不语还应彼此知。只欲栏边安枕席，夜深闲共说相思。"最是一代戏曲大师汤显祖，竟然实话实说，来一句通俗易懂又惊世骇俗的抒发："问君何所欲，问君何所求，牡丹花下死，做鬼也风流！"

本来，我每次去看望那些牡丹时多是倒背双手，引颈凝视，但一想起古人曾有的这"阵势"，心便"虚"了下来，不由自主地进入了屈身以蹲的状态。这样，我的头便差不多与牡丹保持等高，虽然还没有达到仰视的状态，但最起码已不再有俯视之嫌了。

我想，人与花之间的那些事情，大概也与人类的男女之爱相类吧？虽然说"爱"与"慕"总是相伴相随，但如果没有敬慕在先，爱就没有了依凭和根基，自然也就没有情的迫切与爱的恒久。果真不依靠敬慕也有了几分内心的涌动和激情，怕也只是与本欲靠得更近、更紧，高尚与否且不妄谈，至少会如晚烟、晨露般易消易散。如此看来，对面前这迟迟不长也不开的花，还真不能急功近利或心浮气躁，只能耐住性子，无怨无悔，心怀景仰地等。如果说等待和期盼的过程本身就是一种享受和陶冶，就是一次心与灵的寻访，那么，何不在心安意静的等待中多下些侍弄、感化之功呢！

什么叫"精诚所至，金石为开"呢？世间的奇迹，皆由人的精神或内心所出。只要一个人把心力、情怀全部凝聚到某一事物或某个领域的某一点上，矢志如一，坚持到底，甚或成痴成迷，终有一天是会"感天地、通鬼神"的。

据说，曾经有一个爱花之人，尤其痴迷于牡丹的国色天香，忽一日听闻曹州的牡丹好，就特地跑到曹州去观赏。当时正值牡丹将开未开之际，他便天天去园中守着那些牡丹的叶芽、花苞，盼望着一朝花开，并每日沉湎于等待过程中的兴奋与消沉，在不断交错的情感冲击下，为那些未开的牡丹赋诗百首有余。终于等到牡丹花开之时，怎奈盘缠已尽。为了不让自己抱憾而归，他竟然下定决心典衣买马，继续在牡丹花丛里流连。不料，这份情义与痴迷，竟然深深感动了园中素有"曹国夫人"之称的一本牡丹。于是，那牡丹便化作"异香竟体、纤腰盈掬、貌若天仙"的美人，设计了一个顺理成章的细节与那"花痴""邂逅"于牡丹丛中。接下来的事情，便可想而知，软语调情，深夜私会，相互依恋，一往情深，以至于互定终身，双双私奔，回老家过起了结婚育子的幸福生活。总之，依情依理，一波三折地往下推进、演绎出一段甜蜜、委婉的爱情故事。

人们之所以愿意相信并传诵这样的故事，并不是天生喜欢"瞎话"，实在是因为深知自己平日总是戴着一副面具，很多愿望和情感不能表达，无以排解。正好这故事情真、理真，意深、意切，吻合自己的心意，权且借其一用吧。事实上，人们也是打心眼儿里希望并愿意看到付出心血、情感和努力的人得到相应报偿，也一直希望并愿意看到万物有灵、有情，能够彼此呼应，互酬互动。

某天清晨，那些灰白色的牡丹枝干上，果然就冒出了一束束密密匝匝细如线头的叶尖。暂时，它们仍然被紧紧地拘束于碗状的芽苞之中，相信过不了多久，它们便会沿着"线头"所指的方向，拓展开自己的空间，演绎出一场爆发式的生长魔术——枝繁叶茂，蕊绽花开。但我心里清楚，此时，还不是得意忘形的时候，未来，仍然需要一个难定期限的等待。

然而，等待却又如时间设下的迷宫，并不是每一个人从入口进入都能够顺利到达那个预期的出口。回想自己这半生，关于等待的经历太多了。等待成长，等待机缘，等待某件事情过去，等待某件事情发生，等待着一个季节或一个日子的到来，等待一个人的出现……尽管有一些愿望因为耐心等待而终于实现，但也有一些时候很不幸，等待的尽头直接连着虚无——时间到了，等到的却不是当初心中所盼；期限过了，自己失去了以往的心境或心情，于是发现这样的等待原来竟然毫无意义和必要。

从前那个在瓶子里等待了三个世纪的魔鬼，人们是知道的，如果不是经历了漫长得无法承受的等待，情况也不至于变得那么糟糕。

在第一个世纪里，他的心情还很平和、理性，甚至有一些优美的成分。他不仅相信机缘，也遵守善有善报的规则，他相信一定会有一个人为救他而出现，他想的是："对于这个人我要善待他、报答他，让他感受到我的能力和真诚，我会让他拥有很多很多的钱，多得一辈子都花不完。"但一个世纪过去之后，救他的人却没有出现，这时，他变得有一些急躁，恐惧与焦虑让他孤注一掷，在心里做出了以全世界的宝藏换取自由的疯狂承诺。

在第二个世纪的等待中，也许他心里一直都在重复着一句话："难道这还不够吗？"然而，一切的挣扎、一切的交锋、一切的对话都在他自己的内心里发生，并没有人能够了解、倾听，也没有人为此所感并付出行动。

到了第三个世纪，他在无望的等待中坏了心境，彻底绝望和崩溃了，愤怒与黑暗重新降临，他又成了真正的魔鬼，他决意要把见到的人一口吃掉，不再考虑那人是否该死，是否对自己有恩。

故事讲的是魔鬼，却终究没有超出人性的外延。实际上，魔鬼原是从人而出，他就藏在人的身体或心里。当一个人失去耐性的时候，自然就会显现出无端的焦躁和愤怒，误入了情绪和情感的歧途，转着转着，那个找不到出路的"魔"就会在我们的内部扯去蒙在脸上的面纱，原形毕露。

等待是透明的雾，是看不见的黑暗，死死地遮挡着人与目标之间的视线。

等待一个人，一开始就是很明确的一个人，你会承诺要等她或他一辈子。可是等待常常会挑战一个人耐性的极限，等着等着，你就会觉得自己等待的并不是一个人而是只属于自己的幸福和快乐，是一种对愉悦的期待，于是，便中途丢失了目标，或自行实施了目标替代。而另一个人却牢记当初的约定，沿着时间之轴顺流而下，直抵那个相约的时点，但事到眼前才发现，空荡荡的河岸上杳无人影，只有时间流动的声音，只有另一程期限不定的等待。

花圃中的牡丹终于抽枝发叶。

一片片还没有完全舒展的花叶如一只只翠嫩的小手，向天空，向圃边的看花人，微微张开着，一派羞涩的神情，似躲闪又似拒绝。时至今日，眼前的这种花对我来说，仍然是陌生的，我并不是很了解它们的性情，正如它们也不熟悉或了解我。曾有人说，所谓的懂得，首先要懂得其需要什么，但对于这些花，它们什么时候需要肥，什么时候需要水，什么时候需要阳光和温度，我都无从知晓，更谈不上如何满足它们的需要。如此推断，我也只配在无边、无际、无期、无限的期盼和等待中徒生焦虑。一想起这些与花有关的现实问题，我就有一些动摇，开始怀疑自己从前的一些想法是否正确。

是不是呼唤就一定有回应，等待就一定有结果呢？

你在专心致志地等着一丛花，它就一定会为你而开吗？

从前我曾问过一个人："你知道我一直在等你吗？"那人一边表情木然地应酬："是吗？"一边把目光移向远方。于是我知道她也和我一样在等待着一个人，但不是我，她的心在远方。我恍然察觉，自己每天用目光探询牡丹时的心情竟与当年问另一个人时的心情那么相似。这迟迟不开的牡丹，是不是也在忽略掉我的期盼而沉湎于自己的期盼和等待之中呢？那么它到底在等待什么？一缕温暖和煦的风、更加热烈的阳光或一个心力更加强大的人？

现在，面对这些牡丹，我已经不再像从前那样切切地盼着什么，我并不想急于知道，它们到底开与不开，将开出什么，姚黄或者魏紫。

谷莠草

那次回老家，又见到了生在田间地头的谷莠草。

看上去，它们还是老样子，一根根、一丛丛，密密匝匝地挤在一起，形成一种强大的阵容，又一片片、一弯弯地蔓延下去，一派连篇累牍，势不可挡的样子。

秋意渐浓，树上的叶子已经有一些染上了红黄，风过处，偶有一两片从树上坠落，扑簌簌，像在枝头候倦了的鸟儿一样，摇摆、晃动着，一路飘然而下，在宁静的空气中留下了看不见的涟漪。成片成片的玉米差不多已全部被季节所收管，浑身上下沾满了秋的情绪，除了少数不愿成熟的植株秸秆上还残存着一些夏天的记忆外，放眼，已经寻不到几丝青绿了。

天色向晚。夕阳从平原的那端低低地照过来，把一片橘红色的油彩均匀地泼洒到了目光所及的广阔地域。这时，每一棵谷莠草毛茸茸的穗子里仿佛都储满了阳光，透亮透亮的，有一点儿灿烂，也有一点儿凄然。它们就那么举着自己的小蜡烛，并立在那片玉米田的外围。在一步步向寒冷行进的秋天里，在一点点黑下来的天穹下，它们的这个有一点执拗，有一点认真的姿态，看上去很像是在阻拒着什么。

其实，最苗壮的谷莠草并不生长在路边、田头，也不生在玉米地里，而是与谷子相伴相随生于田垄之上。它们和谷子在幼苗时期，几乎是一双孪生兄弟，如果不是很有经验的农人几乎很难把莠与谷子轻易分开并连根除掉，所以少不更事时，总以为谷莠草原本该叫"谷友草"，因为天下的好朋友都是不愿分开，也很难强行分开的嘛。

直到有一天，老师在黑板上写了茄子那么大、那么长的一个"莠"字，才知道，嘴上说了那么久的"友"（同音）原来竟然是它。那是在"支农"刚刚结束的一次语文课上，老师面朝着课堂手背向身后，扭着身，触着那个字，像是怕那个字一转眼就逃跑一样。老师说，这个字与朋友的"友"同音，但却是不良的意思。我们常说不能良莠不分，就是说好学生与坏学生要分开，好学生是谷子，那么坏学生就是莠子……

老师边说，边把锐利的目光投射到我们这个方向，其目光之有力，如一个强大的磁场，射来时，夹裹着全班同学的目光。我，还有同座叫大力的男孩的脸，这时便唰的一下红了起来。记忆中，少年时的太阳，那是最毒最热的一次。多年之后，我已经记不得那种难以忍受的炙烤持续了多久才过去的，但我却清楚地记得豆大的汗珠从我的额头流淌下来，一直流到了眼睛里……

那堂课之后，我才开始认识到，友与莠的差别有如天壤，所以也就很自然地鄙夷起那草。毕竟那是一种空占着田垄而不产粮食的东西，有它在，谷子是要减产，人是要没有粮食吃的。也是从那堂课之后，我便不再与大力天天搅在一起，四处撒野了。

但是秋天来临的时候，我和大力又成了形影不离的伙伴儿，大力虽然学习很差，但却是一个劳动能手。那几年，我们已经习惯于在每一个秋天里结着伴儿东钻西窜地去割谷莠草。

谷莠草不出粮食，却拥有一身好草质，农家的食草族，牛、马、驴、羊没有不喜欢吃谷莠草的。所以在那个几乎什么东西都属于"公家"的年代里，那些被人民公社遗弃于荒野的谷莠草却可以随意割下，作为一点私有财产储存起来，供"自留畜"冬天里的不时之需，或卖到当时的"供销社"换一点买米买盐的零用钱。

这草，说也奇怪，每一春，都被拼命地铲，每一秋，都被拼命地割，却每一年都兴旺依然，无穷无尽。后来才知道，在其他植物的种子都没有成熟的时候，那些藏在谷莠草穗子绒毛间又极易脱落的细小种子已经悄然成熟。当我们扛着草捆一路往回走时，我们就在一路为它播种。人走到哪里，第二年谷莠草就能生长在哪里。

在谷莠草的生长区，秋天一到，当我们扒开草丛细看时，地面上密密麻麻的一层，几乎全是谷莠草的种子。因为有了这些人类不屑于食用的小小籽粒，整整一个冬天，那些远道而来的候鸟们便有了度命的食物。小时候，每当我看见那些遮天蔽日的鸟群时，便会傻傻地想，如果没有那些又丑又小的谷莠草籽，可怜的鸟儿们得靠什么来活命呢？

经过鸟儿们一个冬天连绵不断的啄食，原以为那些小草种已经消耗殆尽，但春天一到，却仍会有无数的幸存者从泥土中那些秘密缝隙里悄悄伸出芽儿来，开始了又一季恣肆的生长和又一次生命的传承。

这些年，每一次想起谷莠草，都会很自然地想到大力，毕竟谷莠草与我、与大力有一段很深的缘分。在没有与大力再见之前，一直想象着大力能够守住我们共同的故乡，为我或者我们，珍藏着那些细碎的往事和那段青涩的年华。然而，再见到大力时，我那些曾有过的天真想法儿，全都烟消云散了。

如今的大力，是一个比我阔绰而且繁忙许多的人，而繁忙的人往往是没有功夫浪赋闲愁的。见面后，除了那句"老同学"还带有一点怀旧色彩，其余的话语全都面向未来，他不停地向我描绘着他未来生活的前景。他说他一定得挣脱贫穷落后的历史，挣脱农村的现状，是啊，就连那顿丰盛的晚饭都已经十分城市化了。

据大力介绍，他现在一个人拥有三台农用车，带着一双儿女租种了二十垧农田，放养了二百只山羊，每年的纯收入都在二十万元以上。看他那神情，很有一点自鸣自得的样子，完全没有了上学时的灰颓与低沉。

当我和他提起谷莠草时，他一脸的不屑："别提那玩意儿了，啥用也没有，现在我连看都懒得看一眼，我们现在喂羊就用地里的秸秆，可劲儿吃都吃不完……"

大力正在说话，突然有一只麻雀从天空垂直地降落在院前的木桩上。这时也正是傍晚，一缕斜阳从房山的侧面横扫过来，投射到那只小麻雀身上，从暗处的屋子里，以朦胧的醉眼望去，那麻雀蓬松的羽毛间也如谷莠草的穗子一样，储满了明亮的阳光。但当它煞有介事地转过身，把头侧向房子的时候，我却突然发现它一点都不快乐，我仿佛看到了它暗淡的神色里充满了孤单和迷茫。

我想那时它肯定没有看见我，因为我们中间隔着一层厚厚的反光玻璃和一层更厚的岁月，就算是它有本事看见了我，它也不会知道我是谁或我在想什么。

那天，它就那么孤零零地站在那里，好久也不动一下，并以一种僵硬的姿态把一种不良的情绪传染给了屋子里面的我。

突然间，我感到自己置身于完全陌生的环境和完全陌生的人群，这里并不是我的故乡，这里只是一个地址，我的故乡早在二十年前就被我离弃；这里也不再有我的伙伴，我的伙伴早在二十年前已经与我走失，现在我眼前的这个人，不过是顶了我少年朋友名字的另一个人。

一切都已经不是从前。就连村庄里司空见惯的麻雀如今也如渐渐丢失的记忆和温情一样，越发地稀罕了。过去那个时候，它们常常成群地飞来飞去，一会儿墙头，一会儿树上，直折腾得人忘却了处境与身世。

然而，这只小小的麻雀，它是一个精灵。

它的意外出现，有如神示，它不失时机地提醒我，是不是找什么找错了地方。是的，我在心里说，是的，然后，我就打算离开。这次的故乡之行，就这样一无所获地草草收场。因为我终于搞不清自己的故乡之行想要干什么了，所以也就终于认为没有必要长久逗留了。

临走那天，大力不但请我吃饭，还请了我们的语文老师。席间，大力借着酒力，曾两次问我们的语文老师："老师你说，我大力不是莠子吧？"语文老师则神情木然，飞快地回答："不是，不是，当然不是。"看来，大力对多年前的那件往事仍旧是耿耿于怀的，也许，他这许多年的打拼，正是为了今天老师的一句话呢。

当时，他如果不是在逼问着我们的老师，就是转过头来逼问我，我也会由衷而迅速地回答他：当然不是。如果按良与莠最初的字面意思讲，一切有用的、能够创造出价值或确切地说能够创造出物质财富的东西和人，都是不能用"莠"来比喻的，而大力正是一个物质财富的创造者。比较而言，倒是我自己的老家之行和内心的某些顾盼及向往，与"莠"产生了某种契合，具有了一些"莠"性。不实际，就会导致最终的不实用，不实用就是没有用。

我离开村子时，大力执意要开着他的半截子车把我送上国道。在乡道与国道的交叉处，我们挥手道别。就在那一瞬，越过身着西装健壮粗犷的大力，我又看到了那些纤弱而坚韧的小草，谷莠草，它们仍旧是二十年前的神情，在秋风里，昂着那永不低垂的头，感觉有一点凄凉又有一点温暖。

突然想起那只奇怪的麻雀，它最终也是靠谷莠草籽活着的吧。于是也就庆幸起那个叫作故乡的地方，到底还有谷莠草这种东西生长着。

这没有用的东西呀！或许，就是因为它们没有什么用处，它们才最终从人们的视野，从镰、锄的边缘，从时光的缝隙里溜掉，躲到物质世界的一个角落。直到今天，它们仍然没有改变自己，仍然不用改变自己，它们依旧站在原来的位置，保持着原有的姿态，它们最终成了村庄的某种记忆，成为只和精神有关的一种东西。

直到这时，我才发现它们蓄满阳光的穗子间，仿佛仍旧储藏着岁月的情谊和往昔的心思……

打碗花儿

  故乡有一种生在藤蔓上的粉色小花，人们通常叫它打碗花儿，也有人叫它喇叭花儿。在那些阳光灿烂的日子里，打碗花儿朝天盛放，真像一只只响亮的小喇叭，粉红色的音调，清脆、高亢地从其间喷涌而出。

  在乡村少年的眼中，这小花总带有一些神秘色彩。相传，谁家的孩子采了那种花儿，当天，那只采花儿的手，必定会打破自家的碗。小时候，自家或邻家的孩子打碎了碗的事情是经常发生的，但打碗的那孩子当天是不是采了打碗花儿，却没有谁去认真地考证过。

  许多年里，我却一直警惕着，不要去采那并不美丽的小花儿，毕竟，那时对于一个贫穷的家庭来说，一只碗也不是一件小事情。

  到后来，我知道了那花儿的学名叫牵牛子，并有裂叶牵牛和圆叶牵牛之分。我经常见到的那种粉色小花儿，根据资料所记，应该属于裂叶牵牛。尽管能叫出一种花的学名会显得更有学问一些，但我还是觉得"牵牛子"像是一个用在天上银河边的名字，太遥远了，只有"打碗花"才更适合于我所认识和熟悉的那种朴素的花。

  打碗花儿虽然其貌不扬，但生命力极强，遍生于田边、路旁、房前、屋后。那是一种很奇怪的植物，说是家养的，却从来没有人特意去种植它；说是野生的，又很少生长在荒郊野外，而是多生在人迹所至或密集的地方。在每年的七月到九月间，几乎是阳光照到哪里，雨水洒到哪里，打碗花的藤蔓就会顺着人的足迹延伸到哪里，把它那粉色的"小喇叭"吹到哪里。仅我家院墙的障子上，就爬着七八株打碗花，并且每一株的藤蔓上都有三四个分支。

在每一个没有雨水的清晨，太阳还没有完全升起，打碗花儿就已经悄然展开它含着露水的微笑；而在那些黑夜降临和雨水淅沥的时候，它们却敏感地收卷起脆而薄的花瓣，成为一个左旋的烛蕊状小花苞，静候着阳光再一次到来时再一次的开放。

有时，我甚至想起个大早仔细探究一下，到底是那些小喇叭被清晨里的阳光吹开，还是清早的太阳被那些小喇叭吵醒，它们之间到底靠什么样的语言进行沟通和交流呢？但由于少年时的贪睡，始终也没有能赶在太阳出来之前到院子里把打碗花与太阳之间的秘密揭开。

在家院众多的打碗花中，有一株开着紫色的花儿，比起其他的花，尽管也并不见得有多么漂亮，但由于它的藤蔓格外粗、长，花朵也大了许多，再加上色彩和姿态的独特，就显得分外突出和醒目，以至于自然而然地就显现出了几分与众不同的妖娆。后来才知道，那是在我们那里很少见的圆叶牵牛，但我们还是把它叫作紫色的打碗花儿。

每当我想起那株特殊的圆叶牵牛，就会情不自禁地想起如紫色打碗花儿一样独特的妹妹。

妹妹小时候是一个古怪的孩子，经常独自躲在角落里摆弄一些稀奇有趣的小东西，或一个人站在窗前久久地发呆，落落寡合，一副很沉静也很寂寞的样子。在夏天，妹妹最常做的一件事就是去院子里采打碗花儿，悄悄地，采来一大把放在地上，摆来摆去，变幻着各种图案。

也许妹妹生来就是一个特例。她是我小时候知道的唯一一个采打碗花儿而没有打过碗的孩子。我说不清楚她为什么能够做到这一点，但却一直坚信她能够做到这一点。似乎大人们也相信这一点，而妹妹，不知她是否知道民间的这一说法儿，却始终表现出异乎寻常的淡定与自信。她似乎只在乎每一朵打碗花儿是否鲜艳，而从来没有，也不用在乎是否会因为采打碗花儿会打碗。

那时，在我们那一群"淘小子"的眼里，妹妹是一个谜，没有人能够猜得到她小脑袋里到底装着一些什么样的想法和什么样的情感。她淡淡的忧郁和非同一般的娇弱，总是让我们不自觉地把她划为异类，如什么花或什么草一样。也许她幼小的心，亦如牵牛花的花瓣一样脆薄，经不起任何触碰。所以，兄弟们总是远远地躲开她，不带她一起去玩，也不按照我们的标准对她提出任何要求，就怕什么时候一不小心伤着了她或惹哭了她。

有一天，妹妹突然发明了另一种玩法。她不再一朵朵地把花采下来，而是把一整枝打碗花藤折下来，绕成一个花环戴在头上。几乎一整天，她都没把花环从头上取下，在那些小花朵的映衬下，她的小圆脸上始终洋溢着天使般灿烂天真的笑容。那天，我第一次觉得，妹妹与她的打碗花儿有着自然天成的和谐，有那么一个时刻，我甚至认为妹妹美滋滋的小脸比那些打碗花儿看起来更像花朵。整整一个下午，我快乐地待在家里，没有撇下妹妹去找那些野小子玩耍。

那个美好的下午，像阳光下盛开的打碗花儿，芬芳、明艳，照耀着我们暗淡的童年。

天将黑的时候，不知从哪里钻出一群疯跑着并相互厮打的野小子，像旋风一样，从妹妹身边刮过，就在他们跑过去的一瞬，突然有一个男孩子随手抢走了妹妹的花环。一开始，妹妹还没有反应过来到底是怎么回事，等那群男孩儿跑出很远时，她才如梦方醒，意识到自己最心爱的花环已经被别人掳走了。

泪水从妹妹眼中涌出，先是无声而湍急地流淌，而后，才一点点声势渐大，变成声泪俱下，最后，只剩下了难以抑制而又令人窒息的抽泣与哽咽。好像她小小的身体里，除了泪水与伤痛什么都不再有了。

那时，我已经自认为自己是一个真正的男子汉了，不管是什么原因或是谁的原因，我都不能忍受一个女孩子在我面前流泪的，更何况那天正赶上父母外出，又迟迟不归，所以几乎整整一个傍晚，我一直都在试图制止住妹妹的悲伤和哭泣。尽管我使出了浑身解数，但却一直也没有成功，我无法找到一种有效的安慰来弥补她内心的缺憾，我甚至不知道从何说起以及从何着手，我始终不明白她为什么会因为一个微不足道的草质花环而悲痛欲绝。

记忆里，那个黄昏差不多有一辈子那么长。

起初，我只是劝妹妹不要哭，不要悲伤，而我自己当然是毫无悲伤可言的。可是不知过了多久，劝着劝着，我自己也莫明其妙地沉浸到了一种悲伤和绝望的情绪里，感觉到了时间、快乐以及心中曾有过的那些明亮、温暖的东西正一点点地从身体里渗出、流失，像那黄昏，像那落日。后来，我也很想，很想和妹妹一起哭泣。

在妹妹的抽泣中，夜色悄悄降临了，土墙上、障子上的打碗花儿，纷纷关闭了它们的花朵。路过的人，已经不再能够看得出，这些藤蔓上曾有那么多的花儿幸福地开放过。

而我，却在疲惫中沉沉睡去，并意外地梦到了打碗花儿，但所有的打碗花儿都没有开放……

腊梅

　　一月的江南，腊梅花早打出了黄黄亮亮的旗帜，宣告季节的冷暖局势已定，新一年就此开始；而北方，此时却战事正紧。天地间的阴气与阳气、正气与邪气正在做着最后、最残酷的厮杀。云而无雨。雪，如某种实体的碎片，纷纷扬扬自高处落下，无声地覆盖着大地。

　　传统中的农历是地地道道的中国意识，总是不太习惯把预期与事实过早地混为一谈，便以"腊月"命名这个一年中大约最黑暗、最寒冷的时段。这样的气象，映射到人的心里或性情之中，当是一种掩藏与显露、希望与绝望、热烈与冰冷强烈交错的矛盾境界。

　　然而，腊梅花并不是这个季节的象征，它只是季节的一个意念、一份心愿，就如人类中情窦初开时过早滋生的爱情。这样的情，纵然如火也还是脆弱的，纵然至纯也还是极易被玷污的，毕竟没有经过世事的磨砺和时光的披阅删节，哪怕有千般的韵味和万般的香艳，也还是养眼不养心，怡情不冶性。

　　宋代词人萧泰来有腊梅词曰："原没有春风情性，如何共，海棠说。"一语道破了腊梅的天机：这苦命的花儿，美则美矣，只是缺少人间的温暖，更不会把你带入春天的明媚，因为在春天到来之前她已了却生前身后事，径自去了。这一点，倒与黛玉有相通之处。虽然她也是天生的情如焰，心如火，却偏要自怜自艾自清高，时常把冷言、冷语、冷脸、冷泪对着自己心爱的人，一任那伤身败兴的泪水秋流到冬、春流到夏。

人作有祸。后来我们才悟到，她本也不是为爱而生，爱的本质是忘我忘情是飞蛾扑火，而她却总觉得自己委曲，一直拒绝投入。她来世上一遭无非是想把该流的泪流完，了却前世的一段人情。泪和世界上的一切事物一样，也是个定数，所以流泪越多事情结束的越快，于是她就索性拼命地流，就像身处寒冷中的人反而期盼着那个最冷的日子快些到来一样。结果从这场"悲催"的爱情之中谁也没有得到益处，最后只落个"白茫茫大地真干净"。

"真干净"的意象正是对应了这个季节的北方大地。其实"真干净"并不是什么都没有了，是什么都有、什么都经历过之后的清零状态，是那个空。季节的风鼓足了劲儿往前跑，跑到这里突然受了某个指令得掉头往回跑时，出现一个个小小的停顿，之后的数，便要从零往上数。空是万有之始。茫茫无声的白雪之下，正孕育着各种声、各种色、各种各样的可能。

冷有时也是好事，因为冷后边常常是接着静的，人只有冷静了才会反思，才会主动调整自己的生命状态。仍然寒冷的一月，人们本应敞开胸襟相拥度过艰难的时光，但这时外出的人，却总是要竖起衣领，把襟怀裹得更紧，看来那层寒冷的威胁与隔阂还真的一时难以突破。

红梅

　　有一些花一出现就呈现出清高、孤绝的姿态，比如红梅，虽然有一些牵强附会的人把它和松、竹同列为岁寒三友，但那只是人类按着自己的意愿进行的意象撮合，如果红梅有口可以发言，一定讥他们胡扯。红梅，之所以在最不适合开花的季节里开花，并不是刻意要给寒冷寂寥的岁末增添点儿温暖、热烈的色彩，她只是不想和那些纷纷又攘攘的花儿们为伍。

　　其实，红梅的孤绝，除了孤傲、决绝，更隐含着某种恐惧和绝望。这个身处冰雪重围的冬日寒客，开一树红花已经是拼却了生命里所有的能量，铁一样的枝桠上不著一叶，并不是她本来无心，而是她从来无力。纵有火一样燃烧的气势又能怎样呢，到头来依然是难敌那广寒无边的冰雪，只落得个自身透肤的冷和彻骨的寒，空有一片障眼的色彩，充其量是为了给本质上弱小的自己壮壮胆，哪还有余热去温暖别人？

　　这样的境遇、这样的心性，如果同时加到人的身上，则一定表现出不近常情的乖张来。清人王雪香在《〈石头记〉论赞》中说："人不奇则不清，不僻则不净，以知清净法门，皆奇僻性人也。"我认为，这应该是对惜春最贴切的评语。世界上最温情的体贴莫过于一个人对另一个人的深刻理解。对于惜春后来诸般的不讲人情、不合常理以及"心冷口冷心意狠"等诸多非议，古今中肯的解读者概莫过于王雪香。因为对人生、人性、社会以及自己的彻底绝望，惜春选择了全盘否定和全盘抛弃，这又是所有行为中最决绝的一种。

对于人性和人生，我感觉，多数人的状态大致有两种：

一是看不清。看不清有两种情况，一种是不想看清：对于生活，有时看清或看不清都得那么过，挑剔不如面对，生活和人性都不能用显微镜看，一看，到处都沾满了细菌。另一种情况是没有能力看清：他不知道人不是这个样子还能是个什么样子，也好，就那么便浑浑噩噩，随波逐流吧。

二是看破，看破也有两种情况，一种是看破并理解、宽恕且悲悯，于是便总想着或能够为这个不完美的世界和人类做点儿什么，以不同的方式伸出有形或无形援救的手，神圣如耶稣、佛陀，伟大如德兰嬷嬷，平凡如一只在黑夜里燃烧的蜡烛。另一种则是看破而厌恶，如惜春一样。她不是天生的无情，只是在对待这个世界的态度上，有一点洁癖，眼睛里揉不得红尘里的沙子，什么都看不惯，什么都恶心，且坚决不原谅，不宽容，不妥协，结果只能遁入空门，背对这个世界或捂住那双捂不住的眼睛。

有些事情，逃是逃不掉的。漫天冰雪中的那一点颤抖的红呵，就算是逃得了茫茫无际的白，也逃不了无处不在的冷，逃得了无处不在的冷，也逃不掉时、数已定的命。

菊花

　　汉语复杂、高深，经常让治学不够严谨的人不知不觉间误入字与词的陷阱，有一些年，我就曾将霜与孀混同，于是每读《红楼梦》，都在内心里把李纨这个人物界定为"霜妇"。现在看虽属谬误，却也有一点合情合理的意指。一个已经失去男人呵护、照耀的女人，可不是早早就进入了情感或人生的"秋"了嘛！

　　当谬误延伸到花时，便把菊花认定为花里的"孀妇"，全不问菊花到底是何等的"千娇百媚"又何等的"活色生香"，凭直觉认为，那都不过是肃杀情境里的一种"强作欢颜"。说来，这也不能全然怪我，历来的一些咏菊诗里也有很多的误导。宋代朱淑贞的《菊花》里赞叹菊花"宁可抱香枝头老，不随黄叶舞秋风"；清代曹雪芹："满纸自怜题素怨，片言谁解诉秋心？"；唐代李白："当容君不采，飘落欲何依"；宋代史铸："东篱黄菊为谁香，不随群葩附艳阳。直待素秋霜色裹，甘在孤处作孤芳"……林林总总，都是些郁郁不得其志的哀声怨语。大家一齐在秋的意象上发挥，便给本也娇艳、温柔的菊，硬生生地画上一张寡妇脸。

　　事实上，霜与孀确有很深的关联，霜之下罩着花，孀之下罩着人。这是一种类似的命运安排，也是一种相近的客观情境，但这并不是花与人不幸的理由，真正的不幸是她们本已"不幸"的命运被人为地放大或延伸了。花儿，让她蜂离蝶弃；人儿，让她"心如枯木"，于是这秋境里的人与花就真的只有忍耐、硬撑、苦熬苦守的"本分"了。

堂堂金陵十二钗之一的李纨，就是这样活生生被暗示为"竟如槁木死灰一般"。想一想，一个青春丧偶、风情犹在的少妇，你让她对男女之情之事"无见无闻"、不思、不想客观吗？人性吗？事实证明，性，这种心理能量只要一个生命还没有枯萎成"槁木死灰"是不会自然消逝的，它只会以一种被改写的程序以其他方式显示出来。还好，李纨只是把被压抑着的青春和能量用在张罗诗社和姐妹们在一起说说笑笑、打打闹闹上了，最过火的动作也不过是摸一下平儿的腰，这算是没有给贾府丢面子。

《中华本草》有记载："菊，味苦，性微寒，平肝明目。"但《红楼梦》里却没有记载与菊花同科、同目又同类的李纨"药性"如何，如有谁胆敢一试，会因其"性微寒"而败火去病，还是因为其拒人千里之外的"习惯性"冰冷而徒生无趣烦恼？这里有宋代诗人范成大的诗一首，算作参考答案之一："寂寞东篱湿露华，依前金靥照泥沙。世情儿女无高韵，只看重阳一日花。"

菱花

　　春天的盛会之后，季节并没有因为最后一个休止符的出现而熄灭创造的兴致，借着姹紫嫣红的余韵，信口就吟咏出水泽一隅的菱花。然而，那些星星如豆的黄色小花，既无花的娇艳，也无花的芳香，却密密麻麻地挤在一处，成了不可忽视的"气候"，远远看去，金灿灿的，竟如一滩凝固的阳光。

　　菱花的果实叫菱角，有的四角有的两角，黑黑的，总体形态俱如菱花，呈现出毫无诗意的菱形。菱角可食，土腥气里微微透出些香甜，也算是一种特色小吃。水乡人家经常把菱角煮了当街叫卖，有好奇的人买来，吃几颗扔几颗，也由此，脸上常泛起不屑的神情。

　　因为这可怜的东西，有时我心里会陡起疑惑：你说它花不悦人果不饱腹，生在世上到底有些什么益处呢？真如人所说"黄花翠蔓无人顾，浪得迎春世上名"？但仔细想来，又觉得人类对所谓意义或"益处"的追问亦属虚妄，连人类自身存在的意义我们尚且难说，凭什么对其他物类动辄就根据我们的好恶和需要探究一下存在的意义呢？毕竟，它的存在已经为我们提供了一种花的颜色与姿态，也教会我们如何识别粗陋与娇妍。

　　如此，从花推及人时，我们也就再没有什么理由怀疑"金陵十二钗"中迎春的堂皇入列了。凡是近于完美的事物无一不是在运行中构成一种自然的生态，而每一种生态之所以能够形成的秘密正是其中的个性化与差异性，因参差而愈显其美。试想如果没有迎春的愚钝麻木，凭什么判断宝黛的冰雪聪明；如果没有迎春的老实软弱，用什么佐证探春的灵敏和晴雯的刚烈……花有美有丑、物有长有短，万事万物，互生互动，相互映衬，于是，人与人在形态、心性上的差异，也就成为一种建立良性人际生态的必然。这也是这个世界和我们这个乱纷纷的人群看起来依然生动有趣有时甚至是有一点美妙的重要原因。如果上帝有时也会犯点儿沾沾自喜的小毛病，我相信，那一定是源自他对生态的考虑和设计。

在水泊与岸草之间，菱，低调地铺陈着，亦花亦草，非花非草，成为一道季节的门槛。经过这片菱花洲，从六月的水岸继续往前，不论朝哪个方向，以哪种方式，怎么走，都会走进季节和岁月的深处，举目远望，一边是水天一色的烟波浩渺，一边是直接远山的莽莽苍苍。

这不经意的发现，往往让我在怡然自得中生出一丝小小的惊愕。惊愕间，我自己仿佛已经开放成了平凡而又平淡的一朵菱花；惊愕间，我看见了那依然平凡而又平淡的菱花一朵接一朵在我的内心里，噼噼啪啪地开。

芍药

作家善用曲笔，有话并不直说，但他心里爱慕谁，"私"谁，就一定会用心、用语言的花衣把谁打扮得美轮美奂、甜蜜可爱。反观"红楼"，就觉得曹雪芹在史湘云身上的用笔已经十分用心。虽然在典型场景设计上有黛玉葬花、可卿设局、晴雯撕扇等等，却都没有"憨湘云醉卧芍药裀"一节更加绚丽夺目，更能够激发人们心中那无限而又无邪的喜爱之情。

曹雪芹是个天才，只简单的那么几笔，缤纷的六月阳光、缤纷的花瓣雨，就色彩明艳地照亮了无法考据的幽暗岁月，把一段虚幻的往事和那个似是而非的女子推到了我们眼前："湘云卧于山石僻处一个石凳子上，业已香梦沉酣，四面芍药花飞了一身，满头脸衣襟上皆是红香散乱，手中的扇子在地下，也半被落花埋了，一群蜂蝶闹嚷嚷的围着他，又用鲛帕包了一包芍药花瓣枕着……"

这是另一幅美艳的"海棠春睡"，但曹雪芹却不用海棠而用芍药，因为一提海棠就让人想起肉欲化身的杨玉环，一提海棠就让人想起李清照那句暧昧的"绿肥红瘦"，也许这正是作者最不愿意看到的事情。他可是真心地珍爱着他那些姐妹。真心爱一个人时，怎么舍得让其他人对这个人心生邪念或者意淫呢？由此看，史湘云虽身具诸多可爱与被爱因素，如性情豪爽、古道热肠、才华横溢、与人为善等等，却没有在小说里与别人染上私情，这很可能是作者的有意安排。别说是曹雪芹，换了我，也不敢贸然给那个简单真诚、胸无城府和毫不设防的女子眼中"点"上爱情的魔幻药水，怕只怕她在那个深浅难测的大染缸里认错了人，受到意外的沾污和伤害。

然而，芍药实非无情之物，宋代秦观《春日五首》里有这样的句子："有情芍药含春泪，无力蔷薇卧晓枝。"大约正是因为灼灼其华的芍药如人类的爱情一样，且美丽且芬芳，后来它才成了爱情的象征和"七夕节"标志性花卉。也因此，自很远的古代，男女交往，才常以芍药相赠，表达结情之约或惜别之情。"维士与女，伊其相谑，赠之以芍药"《诗经·郑风》。于是，想起芍药花，仍然不由自主地想起花一样的史湘云，想起史湘云一样温暖、仗义又暗藏着浪漫情怀的同类女子。

北方的六月，从骨子里仍浸透着农耕时代的浪漫。小满一过，候鸟们便纷纷离开北方向更远的北极迁徙，只留下这一望无尽、连天相思的碧草。这时节，芍药花便如季节的心事一样应时绽放了。折一枝在手，也不用说什么，南来北往的风，就会像从人心里生出的思念一样，把蕴含在花香里的一切捎向远方。

牵牛

秋夜里的蟋蟀，不知道是躲到了墙角，还躲到了床下，就那么一声接一声窸窸窣窣地叫，像一台神秘的机器，搅动冷冷的月光，不停地把夜空洗涤。银河里的星云如一片片闪着微光的泡沫，一直泛至天边。

清晨起来，果然四处都溅满了水珠，每一棵草、每一片树叶都被露水打湿。这季节，很多的花儿都耐不住清冷，隐匿起来，篱笆边，却有一藤牵牛兴致勃勃地在晨曦里打开它们姹紫嫣红的小喇叭。

乍看起来，这顶露早起一脸阳光的"牵牛子"，倒真像一介安守柴扉篱笆、憨无心计的农妇。然而，细考起来，牵牛花虽有"勤娘子"的俗名在外，却断不是村野等闲之物。有好几个版本的传说证明，它原本也是天上的神物，只因为另有一段复杂曲折的缘由才到得人间，为那些贫寒苦命的农人增添一点喜庆的气氛，冲减一点人生愁苦。

"一泓天水染朱衣，生怕红埃透日飞。急整离离苍玉佩，晓云光里渡河归。"在中国农民的心中，真正的神仙就是这个样子：虽然美若天仙，却从来不嫌也不弃那些烟熏火燎的"菜颜""墨面"，不清高、不威傲，舍得一身金玉质，把那些不得意不得志的苦娃娃揽入自己温暖的怀抱，像守护宝贝一样守护着。

为什么世界上最美最好的事情都让那些穷到了极致的穷小子摊上了呢？柳毅、董永、牛郎……想来想去，就是因为这些人太需要有点儿好事光照一下了。那个阶层的人，头顶的天空从来如铅块儿一样沉重、灰暗，一个美丽的传说或自己制出的"瞎话儿",对于他们来说,就是一道刺破浓云的电光,至少能让沉郁无望的心豁然亮那么一下。如此说《红楼梦》对巧姐的安排便成了最巧妙的一笔。民间有牛郎织女七夕相会之故事:"大河之东,有美女丽人,乃天帝之子,机杼女工,年年劳役,织成云雾绢缣之衣,辛苦殊无欢悦,容貌不暇整理,天帝怜其独处,嫁与河西牵牛为妻,自此即废织纴之功,贪欢不归。帝怒,责归河东,一年一度相会。"而巧姐正巧意味深长地生于七夕,织女配牛郎的那个日子;贾府衰败之后又意味深长地嫁与刘姥姥家的板儿,像牛郎织女那样过起了男耕女织的生活。

在这乾坤逆转、大捭大阖的变故之中,天上的变地下,地下的却也没到天上,巧姐和板儿,到底是谁俯就了谁?写到这里时,曹雪芹一定已泣不成声,说也说不清楚了,但我们应该知道他心中的悲悯。那么什么是悲悯呢?就是把某人或某些人不配得的给予他们吧。

迎春

汉语里的"迎"与"应"谐音，而"应"又是一个情态动词，可以是肯定的意思，比如应该怎样；也可以是不肯定的意思，比如应该不怎么样。这样一来，我们就很难确定那个谐音"迎"后面到底藏着怎样的意图。

金陵十二钗中靠前的四钗，元春、迎春、探春、惜春，看起来都与"春"有关，仿佛是与春结有深缘的四位天使，但凑在一起一看，泄漏了天机，原来是一句"原应叹息"的隐语，和春并无太大的关联。但"迎春"作为一种花，毕竟是开在了一年中最有盼头儿的季节，没办法，只好将几句赞美之词先放在它身上："金英翠萼带春寒，黄色花中有几般。凭君与向游人道，莫作蔓菁花眼看。"

然而，那些黄艳艳的小花儿，看起来和闻起来却实在与美丽、芬芳无缘，很难给人以心猿意马的联想或兴奋。它们只是晨鸡报晓一样，及时现身于北方的四月，来去无凭的暧昧春天，及时提醒人们春天真的来了但马上就要去了。如此看来，迎春花的出现倒很像季节的政治。它总是让人们在相信和不相信之间，认真和不认真之间，振奋和不振奋之间，举棋不定。

想当初，元春以贵妃的身份回家省亲，不就像一束黄艳艳的迎春花一样，把个大观园及贾府映衬得春色满园吗？然而，随着她模糊的倩影梦一样地来又梦一样地去，大观园便电光一闪由灿烂转入黯淡，一出戏演至高潮，紧接着便一步步走向衰微。于是，团聚过后的离别，繁华过后的凋零，喧嚣过后的凄凉，欢笑过后的悲泣，便纷纷有了依据和理由。当有一天园中的景物尽皆衰败，红红绿绿的门楣匾额褪去了颜色，园中的人一个个生离死别散尽，才有人恍然回首，见一切败落都源自那个繁花似锦的起点，就如最终的死亡正是源自新生。

曾有古人见邻家新生贵子，便大放悲声，问其故，他边哭边说，多好的孩子却要死去。于是，不仅邻居，全世界的人都怪怨他不会说话，不会做人。其实，在所有的人当中，只有那个人才是个真正懂爱惜的人。别人只知道为拥有美好的事物而欣喜，而他却因为害怕有一天要失去美好的事物而伤悲。怪只怪这个人稍欠了一点儿城府，把只应该放在自己心里的那些话，说给了一些不该听到的人。

花开花落，春至春归，本是件平常的事情，但古往今来的人们却从这平常里看到了岁月加于世间所有事物之上的铁律，所以伤春。人非草木，面对美好事物的擦肩而过或转眼消逝，谁能无动于衷呢！

迎春花一开，季节就把脚迈出了春的门槛。明知道此春一去，生命里的花儿也随之谢了一茬，但我们却不能像那个人一样大放悲声。之后，进一步变轻变薄的生命可就靠胸怀和境界支撑了，能不能让在所难免的感伤镀上一层优美的光泽，我们将拭目以待。

水仙

　　被人们在盆里、碗里、罐儿里或水塘里养了千年之后，水仙，早已经没有了那种自然之华的野气、媚气与妖娆，但人们还是不吝溢美之词，称其为"凌波仙子"。

　　怎么就成了仙子呢？大约是因其毅然把生命中全部美好都在人类最需要的时候和盘托出的缘故吧。人类向来有一种功利倾向，不管谁或什么，哪怕是俗人、俗物，只要能够舍身忘我，有求必应，都差不多奉为神明，因为人们心目中的神就是要有求必应，崇尚神明实质上也就是崇尚这个有求必应。

　　北方的二月，本无花可赏，水仙能如天差神遣一般及时赶到，并以花的身份向人类粲然一笑，这已是一庄奇迹。更何况它们一出现就显露出了至柔、至顺、至随缘的坤德，任由人们随意编排和搬弄，想让她守在窗口就守在窗口，想让它相伴床头就相伴床头，不论何时何地都保持着始终如一的嫣然神情，用一个"酸词"表述，就叫"可人"。

　　可人，也常用于评断人间女子。若把模样俊俏这一层意思放下，主要就是指不喜怒无常，不搅局、不扫兴。但小时候，不论如何也不能把模样俊俏这一层放下，所以在读《红楼梦》时就认定了长着一双"似喜非喜含情目"的黛玉是天下第一美女，即使哭着闹着作着，也令人疼惜。同时，暗暗地恨恶起宝钗，不为别的，只为她"可人"得令人怀疑，小小年纪怎能够那么理性地收束住自己的性子，不温不火，不枝不蔓，维持着人际生态的和谐？如此这般好人缘，难道就没有暗藏的心计或"杀机"？就没有老于世故的含糊与油滑？就没有对自身某一方面缺憾的遮掩与虚饰？

年少轻狂，多不知道好歹。那时，并不知道"可人"本是一种珍贵的品质，也不知道宝钗的那种"可人"背后实际上隐含着更加令人疼惜的自我压抑和自我牺牲，是境界更大的爱。爱，本质就是服从、驯服，就是让自我在爱、在爱的对象中消失。张爱玲说："见了他，她变得很低很低，低到尘埃里，但她的心里是欢喜的，从尘埃里开出花来。"《聊斋志异》里有一只中国狐狸说，"甘为奴婢以报"，《小王子》里有一只外国狐狸说："驯养我吧！"

于是，每年岁末人们剥开水仙的根，在干净细腻的鳞茎上下刀，剖开咒语一样的伤口，但水仙流出的并不是血，而是一种与期待、亢奋和快慰有关的生命体液。月许，一束芬芳馥郁的水仙便灿然而"凌波"绽放。

往往就在这时，传统的除夕夜悄然来临了。纷然炸裂的烟花爆竹，像一种旋开旋灭的花朵，不断地撕碎夜的沉寂；而夜火电光之中的水仙，正侧身于一个个窗口的后边，以淡雅无声的微笑做着有意无意的策应。我们意会，传说中的春天，可能真的离我们不太遥远了。

桃花

　　相理说，命带桃花的人，多姿容俊美，爱风流，有才艺。若为男，则慷慨好交游，喜美色；若为女，则风情万种，漂亮诱人，呈多情多欲之势。所以桃花这个词，总是让人们联想起那些艳丽之极的男女之情和男女之事，如此这般，就难免生出些让人既爱又怕的况味。

　　爱与怕本是贯穿人类内心的两股张力，一里一表，一抱一拒，亦正亦邪，不仅作用于人，更作用于事，拧着劲儿地往前搓，交错，如绳，就决定了人生或人事的复杂性。二力互较，众情交织，如果不能正确梳理或导引，势必造成混乱和矛盾，到一定程度便有了心结，成了某种难以摆脱的深辙，成了能够左右事物走向、人物命运的必然趋势。

　　桃花无罪，美丽与风流也无罪，但我们看到的事实却往往是"红颜薄命"。杜甫在《风雨看舟前落花，戏为新句》中咏叹："影遭碧水潜勾引，风妒红花却倒吹。"实际上，咏的是桃花，叹的却是那些如花的美人。桃花也好，美人也好，作为一种美好的事物，毕竟是脆弱与单薄的，于是，也就难以逃脱广泛的关注、品评和复杂、强大的外力作用。无数只无形而巨大的手拉来扯去或推来挡去的结果，要么玉碎，要么瓦全，要么零落成尘辗作泥，反正都是一个可悲的结局。

　　什么叫天意呢？那不过是一种简单的"意愿"力学，就是自我意愿与相关体系中他人意愿抗衡、周旋、抵消之后显现出来的那个"向量"，因为无法掌控和改变，就只能理解为上天的意愿了。

如果要在典籍中找一位与桃花相契合的人物，当首推《红楼梦》里的秦可卿。她不仅生如桃花般丰润艳丽而且性与情也如桃花一样恣肆芬芳，所以判词里说她"情天情海幻情深，情既相逢必主淫。"有红学家论证，她不仅与公公贾珍保持了男女私情，而且也曾勾引过宝玉，让他在梦里失去童贞。但到目前为止，却没有谁忍下心恶眉恶眼地谴责或诟病她一番，包括作者曹雪芹本人。也许，其中的原因之一真如人们所猜测的那样，她谜一样的出身、背景和经历让人们不敢轻易开口妄说，另外，这样一个艳若桃花的女子，除了让人"既悦其色，复恋其情"外，实在也没有什么更多的可恶之处。

　　难怪曹雪芹要给秦可卿安上一个"警幻仙子"之妹的头衔，原来世间的花、世间如花的女子都可理解为"警幻之妹"。她们的存在就是要让人类在运交"桃花"之中体会人生的种种快乐、种种苦，种种的虚妄、绚烂与丰富。看来，如期而至的人面与桃花，才是红尘里最让人心花怒放的天意。

　　转眼间，陌上的桃花真的就开了。

　　弥漫的花香里，总有带了几分醉意的春风，依次拂过三月的流水、笑语人声以及那些禁不住春天蛊惑而荡漾的心……

杏花

　　五月，北方的杏花很快就开了，随之，又很快地落了，就像来去匆匆的一场骤雨，纵然芬芳，纵然绚烂，纵然饱含了种种道之不尽的意味，最终还是如一场没有做透的美梦一样，悠然而逝。

　　雨过地湿，那是天空留给大地的记忆。春风来了又去，却无声亦无痕地卷走树的心愿，点燃了青春也掳走岁月。总是那同一只温柔的手，同一时间以同一动作实施着抚慰与摧残。从此，枝头上便落下一层米粒般大小的青杏，很像是什么浓重情绪的凝结，幽怨？哀愁？感念？尝起来又总是酸中有涩，涩中有苦，苦中有香。在叶的遮掩中，那些滋味十分复杂的小果儿在一天天长大，最后，将一直长到任叶子怎么努力也遮挡不住。

　　世间事皆有因果，杏的酸涩大约还是来自于其花的际遇。一句"红杏出墙"，看似轻描淡写，却让"杏"的生命之路变得意想不到地崎岖、沉重。如此短暂易逝的韶华，本应激起人们心中无限的感念与怜惜，却偏偏在其美丽的"轻舞飞扬"之中成为世情人欲的众矢之的（地）。

　　出墙，本不是红杏的过错。一种生命状态的自然呈现，是上天赋予的权利。红杏的高挑挺拔，本意并不是为了超越或羞辱那段粗陋矮小的泥墙；红杏的芬芳美艳，本意也并不是为了挑起"墙"外贪婪、淫邪的目光；但天生的丽质和无毒无刺却每每招来意外的劈斩、攀折之灾。事端起于人心，最终却把污水泼给杏花。这种事儿，说起来并不能叫遭人算计，实在是一种难以回避的必然结果，只因杏花美而无口，不拥有话语权。

关于苏轼那首《蝶恋花·花褪残红青杏小》，最让人置疑和费解的就是结尾那句"多情总被无情恼"。"墙里秋千""墙外道"，无心的杏花和有意的手，到底谁个多情谁个无情？谁个有义谁个无义？世事原是一本糊涂账，一向公说公有理，婆说婆有理，也许正是这个难以说清又心如明镜，才让人觉得有无限玄妙在其中吧！

"清明涕送江边望，千里东风一梦遥。"最"玄"的红杏出墙，当数《红楼梦》里的探春，待其远嫁天涯，"日边红杏倚云栽"时，似乎已经"玄"出了一点儿禅意。这个心比天高却时运多舛的人，到底进入了怎样的人生状态呢？是被迫逃遁还是主动追寻？是离散还是欢聚？是悲苦还是幸福？一切俱如一团云雾，终将慢慢地消隐于时空深处。知又如何，不知又如何？说起来，所有结局之后的结局，还不都是一个嘛！

妙曼或并不妙曼的五月，就是这样，总有人让一份美丽的心思开在灿烂的枝头，然后凋零于黑而潮湿的泥土；也总有人，在芳华委地之时，开始遥想、期盼下一季或下一轮的馥郁馨香。

莲花

传说释迦牟尼成佛后，起座向北，绕树而行，一步一莲花，共十八朵。后来佛在传教说法时，坐的是莲花，坐姿也是莲花坐姿：两腿交叠，足心向上。从此，莲花便与"神圣"和"圣洁"两个词结下了不解之缘，有时甚至可以互带，常常直接把某一颗纯净圣洁的心灵喻为"莲心"。

为什么是莲花？在千百种花卉之中，只有莲花才配给佛垫脚吗？对此，世俗自有世俗的解释或解读，宋代周敦颐曾在他的《爱莲说》里提出了一条理由："予独爱莲之出淤泥而不染，濯清涟而不妖。"看似挺充分，但那也只是人的想法，而不是佛的想法。佛心浑厚，慈悲广大，不会玩人类的小清高，也许佛看重的就是莲根的直触淤泥。这是一个象征，不扎根红尘又怎知红尘里的种种苦楚与无奈，不入苦海又怎能做可入世又可出世的楷模，现身说法普度众生呢？原来莲性就是佛性的基础。

然而，红尘里的人和事，终究还要重蹈红尘里的旧辙。在我们耳闻目睹的现世，那些圣洁事物的感召力和拯救力总是微弱的。一池浊水半塘淤泥，小小的莲，置身其间，已入险境，怎么看怎么楚楚可怜。命运无情，一向不顾及谁的品质与心性。忽一阵强风袭来，莲的腰不管折与不折，都免不了要垂头、委身，那么强大的外力本来就不应该由它抵抗；忽一时池水暴涨，泥浆与粪水一齐升腾，不容分说就降下了灭顶之灾。此时，不要说"出淤泥而不染"了，就是保全个败絮残柳身也不是件易事了。

皎皎者易污，纵然是洁如妙玉，"身世不凡，心性高深"又能如何？到头来还不是"欲洁何曾洁，云空未必空。可怜金玉质，终陷淖泥中"。悲剧的定义，通常就是"把美好的东西毁坏了给人看。"如此看，我们这凡尘俗世竟然是一个专门上演悲剧的场所，虽然我们是满心的不情愿，但一应美好的事物无不在我们眼前——破碎或败坏了。美好的春天、春天里的花朵、花朵一样的美人、与美人相关的种种爱情、繁花似锦的梦想、充满梦想的青春、那些美好的愿望、美妙的时光和心境，最后是我们自己的生命……

　　常常，我会一个人坐在一湾莲塘的边缘，看白的或红的莲瓣，泪滴一样从花萼上落入水中，遂陷入久久的沉思。想书里或人间那些妙曼的女子，想自己亲历的那些美好的事物，想它们的破败、结局及悲剧，想悲剧的真正意义。

　　或许，只有这一出出悲剧的发生才会如针刺一样，具有足够的尖锐和力量，让我们这些蒙尘的心感受到疼痛，让我们从某种麻木和混沌中醒来，顿悟，感受到诸般的"色"，尽然皆"空"。这便是了，这又回到了宗教的本意，莲，总能让我们看到莲花盛开。

鸿运当头

在北方，在冬季，若有隆重的会议，室内一般都要摆上成排的花草，外面冰天雪地，场内却绚然如春，那叫烘托气氛，也叫排场。其间总是有一种花儿唱着主角，特别抢眼。蓬乱的叶片之间突兀地抽出一条红艳艳的茎子，远远看去，宛如熊熊燃烧的火炬，其焰其势真有一种艳压群芳的味道，但近瞧，那花儿其实并没有多少花的质感，既没有柔软娇嫩的花瓣儿，也没有沁人肺腑的芳香，所谓的花蕙儿，不过是一些比叶片还要坚硬的另一种形式的叶片罢了。后来才知道，那花儿有一个比较"喜庆"也比较功利的名字：鸿运当头。

那日闲读"红楼"，突然发现风风火火，诈诈唬唬的王熙凤与这怪异的花儿在意象上极为相近。王熙凤在荣国府上上下下地奔忙，鸿运当头却在会场的主席台前静静地伫立，虽然姿态和方式各不相同，但两者的作用或功能，却是一样的。都是在为一个区域的繁荣或繁华增添亮色，都是在装点环境的同时炫显自身价值，但也都是在追求"夺目"的过程中忘记了为自己留一缕芳香。

平心而论，空有着一副花容月貌的王熙凤，虽然在金陵十二钗中占有一个显著席位，但实在是没什么女人的心性与风情。偏偏是个心花眼浊的贾瑞，竟愚蠢地把她当作偷香猎艳的对象，如一个"瞎"了鼻子的蜜蜂一样，死死盯住一株无花无蜜的"鸿运当头"。结果自然是无花可采、无蜜可亲，只被一个幻象和虚无的期待牵引着，一路走向命运的泥淖。

也因此，有人说王熙凤是一株有毒的罂粟，似乎是在说，贾瑞因为沾染上了她的汁液之后，便毒瘾入命，愈陷愈深，直至断送了性命。其实不然，这个本无馨香与汁液的女人，根本就没有让贾瑞染得一指。最后，断送了贾瑞性命的并不是王熙凤的肉体，而是贾瑞自己的灵魂。风月宝鉴握在他自己的手中，翻来或覆去，骷髅或美女，已经与王熙凤没有了任何关系，是藏在自己心里的"妖"被呼唤出来，从正面下手把命索去。

人们总是在事情过后才会变得聪明起来。结果出现之后，才能够确切地知道当初的应该或不应该。然而，如果没有亲自尝试或亲身经历，却谁都不会轻易相信别人对事物做出的判断或结论。换一种表述，就是只有死去的贾瑞再活回来，亲口告诉自己那风月宝鉴怎样使用才是正确的，贾瑞自己才会相信并恒久持守。

有时，跳出人群去看人群，才会看见，每一个人手里都握有一把风月宝鉴，并不停地依着自己的心性翻来覆去：男与女，爱与恨，生与死，色与空，梦与醒……蓦然回首，开在冬日里的"鸿运当头"，竟如一个幻象或一句谎言。

卷四

状物篇

老红梅

多年前的一个冬日夜晚，我一个人坐在灯火昏黄的宿舍里，心里空虚而孤独，一遍遍听一首当时正在流行的歌曲《红梅颂》——

"红梅花儿开，朵朵放光彩，昂首怒放花万朵，香飘云天外，唤醒百花齐开放，高歌欢庆新春来，新春来……"

歌词中性，不知所指，但曲调却委婉柔媚，洋溢着某种近于爱恋的柔情。听着听着，心里就起泛了一种莫名的思念。思念什么呢？家乡？亲人？一份朦胧、遥远的情感？还是已然逝去不再回头的往昔岁月？

临近年关，学校已经开始放寒假。同寝室的同学纷纷在晚饭前离去，只有我自己的火车要在第二天早晨出发。

那时年少，敏感，心智又不成熟。很容易从庸常的生活里咀嚼出忧伤和苦涩，也很容易一边捂住胸口的隐痛，一边不顾一切地向前奔跑。

第二天下午，火车到小站海坨子中转时，才想起还没给父母买过年的礼物。

那时家里贫穷，平时没有零用钱。为了不给家里增加额外的负担，零钱就得从每月十七块五角的助学金里往外挤，一元两元的饭票攒在一起，临回家时到伙食科兑换成现金，就有了"盘缠"。

到海坨子时，摸摸口袋，就剩下十元住店的钱，拿什么给父母买礼物呢？

反正，火车要等第二天早晨六点才来，有的是时间，先到站前的"供销点儿"去看看再说。结果，一看就看到了货架上摆放的红梅牌通化葡萄酒。那时我们都管葡萄酒叫"果酒"或"色（shǎi）酒"。因其酒标鲜艳，瓶子的样式洋气、大方，又有"红梅"这个让人产生浪漫想象的商标，自然就不想再去关注其他商品，一心只想要"红梅"。可是攥了攥手中的可怜的十元钱，还是忍住了冲动，垂着头走出供销点儿。

走着走着，心里又不是个滋味。父母含辛茹苦把自己养大，现在刚到了大城市读书，不正是应该好好表达一下自己的感恩之情嘛！怎么可以两手空空地面对他们？是的，他们并不会在意，但我会在意呀！

"大不了今晚就在车站的长椅上熬一夜，只要能换父母亲开心，也值！"

最后，还是狠狠心，咬咬牙买下了两瓶红梅牌红葡萄酒。有两瓶葡萄酒撑腰，心情和感觉自然就大好。

过去农村逢年过节以喝白酒为主，我家因为外边有个念书的人，所以就显得与众不同。那两瓶酒到底让父亲留到正月请客时才打开。在座的，每人分一小杯，尝个新鲜，听大家异口同声说好，父亲的脸上就露出了得意和自豪的神情。

想那时的情景，恍然如昨，但实际早已经物是人非。转眼，父亲都过世很多年啦！

那之后，每年过年，我都带那种葡萄酒回家，先前买不起，总是两瓶；后来参加工作，有钱了，买回家的"年酒"就以箱计。但说来奇怪，其他商品的价格都长了几十、几百倍了，通化红梅葡萄酒的价格并不长。酒还是老口味，价也还是老价格。但买着买着，也不知道从哪一年开始，就不再买"红梅"了。

不是不喜欢，只是不再买。其中的缘由也许很复杂，一时难以说清。比如，人有了点儿钱之后，就会变得虚荣和浮华起来，丢弃了原来的质朴和纯真，以价论质，以价量情，以价表情。我也可能在流俗之列，嫌弃那酒价格太低，"不值钱"，作为礼物拿不出手吧！

再后来，我似乎已经和那种酒彻底断了缘分，竟不知曾经的"老红梅"仍然存在，还是已经在"波澜壮阔"的商品大潮中折戟沉沙，销声匿迹了。

就这样，又过了许多年，当我有机会结识通化葡萄酒厂的高层决策人员，与他谈起"老红梅"时，才知道隐藏在这款酒背后那些曲折复杂的故事。

想当初，通化葡萄酒厂就是靠"老红梅"这根"台柱子"支撑起门面，世界各地有多少人因为"老红梅"而知道通化葡萄酒厂，又有多少人因为通化葡萄酒厂而认识地处边远的吉林省。自从上世纪五十年代以来，"红梅"已经以其独特的山野风味和优秀的品质蜚声中外，陆续销往苏联、德国、日本等五十多个国家和地区。一九五九年的国庆节，更把它的荣光推至登峰造极的地步。由当时的共和国总理周恩来钦点，将其作为当年的国庆宴会专用酒。之后，遂名声大噪，不但屡次作为招待外国元首的指定用酒，或作为国礼赠送给外国来宾；而且在国内各省的销售也是所向披靡，征服了差不多整个中国。

据说，当时全国凡是设县的地方，货架上都能看到通化红梅牌葡萄酒的身影，最盛时期，产销占全国葡萄酒总量的七分之一，每七瓶葡萄酒里就有通化葡萄酒厂的一瓶。也因为"老红梅"的缘故，很多重量级的人物，都会来通化看看。董必武来过，朱德来过，陈云来过，胡耀邦来过，彭真、杨尚昆、洪学智等都来过，金日成和金正日也来过。当一种商品经过岁月饱饱的浸泡之后，它已经不再是一种商品，而成为从具体的"物"中抽象出的精神。

然而，不管时代如何变迁，市场和人心如何改变，曾经辉煌，也曾经黯淡的红梅酒却像坚守着某种信念和情感一样，坚守了原有的一切。在原料上，始终采用本厂最优等的原料；在外观上，始终沿用老的商标和包装。其他产品，都因为原料、工艺的改变而"随行就市"，在售价上发生了"正向关联"；而红梅酒的价格却始终拒绝与市场关联，坚守着原有的本色和平民路线。

时下，民间和学术界在进行广泛比较论证之后得出了一致的结论：中国改革开放以来，总体物价变化得并不算惊人，但老百姓日用必需品，除了粮食之外均涨幅惊人，茅台酒的价格从原来的十几元涨至上千元或数千元；肉类也从原来的几角钱涨到几十元；很多低收入人群说自己已经吃不起了，但唯有"老红梅"的价格和中国的粮食价格保持了最大限度的"平稳"。如果说，中国的粮价是稳定民心的需要，受控于国家；那么，"老红梅"又受控于何人呢？既然并没有谁干预，为什么要将美玉卖个石头价？而且，更糟糕的是不辨真伪的消费者真就会把玉当石头。

不管怎么说，客观上它确实做到了让普通的老百姓也能喝得起高品质的葡萄酒。

　　在市场的形势和人们消费理念已经发生了如此巨变的今天，我倒是真有一些怀疑，"老红梅"的坚持该不该算作费力不讨好？或许这种坚持中确有某种微妙的情感和情怀，那么，在商言商，有谁会相信这个市场上还有不以牟利为目的的商品呢？是的，我会相信，但我却不知道他们此举是为了怀念或纪念昔日的辉煌，还是为了给那些怀旧的人们开一扇情感之门？

　　后来，"老红梅"到底还是走了一段波折的路。从二〇〇六年开始，由中粮集团授权使用的"红梅"商标，被其收回。中间十几年的时间，人们在市场上再也看不到曾经那么熟悉的"红梅"了。于是猜测纷纷，有人认为是由于价格太低不赚钱而停止了生产；有人认为是由于配方和款式太老旧没有市场被淘汰了……但更多的人，则表示了留恋和惋惜。

　　直到二〇一二年，通化葡萄酒公司第二十五任掌门人何为民上任。这是一个敏捷、沉稳又有远见和情怀的年轻人，一到任就发现了这个重大缺憾。他认为，虽然通化葡萄酒公司目前已拥有众多品牌，但"红梅"却是通化葡萄酒公司的灵魂品牌。失去了它，这个厂就失去了灵魂，也失去了人文精神和企业形象。于是，他下定决心，不论费多少周折，付出多大代价都要把它收回来。对别人来说，"红梅"可能仅仅是一个也许有用也许无用的商标，但对通化葡萄酒公司来说，却是半条命。基于这样的认识，他自然会不遗余力。通过他沟通、协调、谈判、"运作"、出资等一系列的艰苦努力，一年之后，红梅商标回归通化葡萄酒公司。

　　这下好了，那些熟悉和热爱"红梅"的人们，又可以在某些特殊的日子里，把一杯看似很老、很贴心的"红梅"，漫话沧桑了。

　　去年春节前，去超市给母亲办置过年的"年货"，突然又想起了多年以前的情景。自从父亲去世后，家里基本没人愿意喝酒。对酒，母亲更是一口不沾，所以每年的年货基本都不考虑酒这一项。今年，我突然很想去葡萄酒专区看看，找找柜上还有没有那款"老红梅"。

　　现在的商品太丰富，也太"洋气"了，架子上各种各样的酒琳琅满目，争奇斗艳。但占了绝大部分的，还是外国酒，很像"八国联军"，凭借着那些让人望洋兴叹的洋文大摇大摆地站在险要处，得意洋洋地炫耀着神秘和高深；被挤在边缘的中国酒虽然试图把自己打扮成"黑天鹅"的模样，但也还是像"丑小鸭"一样不敢大声大气。这里根本就没有"红梅"的位置。转过正面的货架，来到另一面的货柜时，终于在角落里，找到了久违的"老红梅"。她依然是三十年前的面貌和姿态，不事张扬，不声不响，但看起来却显得孤独、孤零如一典雅、端庄的弃妇。

我决定买两瓶回去。这一次是为了我自己，我要再尝一尝"老红梅"的味道。

吃年夜饭时，我早早就把那两瓶"红梅"摆在桌子上。

看来，它就是这个样子了。这么多年，它既没有追逐过时尚，但也没有破败、苍老，就像一个滞留于时间深处的前朝闺秀，还是穿着当初心上人中意的新衣，还是怀着当初海誓山盟时的那份情义，还是坐在初见时的窗前苦等；也还是不知道或不在意岁月的马车已经将一切载往远方。

酒开启后，散发出来的香气也仍然是多年前的那种感觉。

很久以前，全家人要等父亲最先端起杯喝完第一口酒，才可以动筷进餐。现在，我知道，弟弟妹妹们都在等我。

唉！我端起酒，一饮而尽。顿觉有一种似曾相识的味道洋溢于喉舌之间——那是记忆的味道，也是岁月的味道——就这样，仿佛昔日重来！

泪水，不知不觉盈满了我的双眼。

花栗鼠

　　长白山区有一种小鼠，名花栗鼠。身上白褐相间的条状花纹，看起来很漂亮，常常让人误以为是鸟儿。当它们小巧的身体在树上往返跳跃的时候，真的就如一只鸟儿，从这个枝头飞向另一个枝头，迅捷而从容。

　　北方的山上盛产红松，所以这种小鼠差不多只以红松籽为主食。

　　我没有研究过这种小鼠的有关资料，不知道它们确切的身世和底细。也不知道除了松籽它们还吃些其他别的什么，是不是和我们人类一样，有着很广的食谱。但不管怎么说，夏天和秋天都是仁厚的季节。因为满山绿色，可食之物很多，没有主食或主食不足的时候，花栗鼠以及其他的小动物很容易觅得野果和植物根叶等食物，这大约相当于人类的蔬菜和副食了吧。总之，它们不用为了饱腹而过于紧张。

　　这些时候，它们很活跃。山中游人，经常能够看到它们轻盈而又快活地在林间窜来窜去，好像它们本来就是为了淘气和玩耍而生，根本不用像我们人类一样衣食起居样样忧心，那自由的样子，往往让我们心生无比的羡慕。

　　但是冬天总是要来的。冬天到来的时候，漫山遍野都会铺满大雪。在长白山上，很多地方的积雪都能够达到一两米深。这样的环境对任何一种形式的生命都是一种考验，除了人类，只有那些有着天生蛮力的较大动物才能够勉强找到些食物，比如野猪、狍子等。但是花栗鼠却有着和人类一样的远见，早在入冬之前，它们就停止了无忧无虑的玩耍，每天忙来忙去地为过冬储存食物。

曾有人跟踪这种小鼠，看到过它们储藏食物的"仓库"。正如我们所知，它们是以红松籽为主食的。有红松籽的时候，它们只食用红松籽，那种又耐储又芳香的树种，人类也早已经将其列为健脑益智的食谱了。花栗鼠的洞穴里储藏的全是红松籽。它们把那些大小基本一样的松籽沿着树洞壁一个挨一个地码在一起，十分的规则整齐。看过的人无不由衷地赞叹：比人砌的墙还平滑、整齐。由此可以看出，花栗鼠，实在是一种既灵巧又会用心思的小动物。

漫长的冬天，它们就躲在洞穴里，有计划地、均匀地消耗着它们的储备，直到第二年春天来临。它们绝不会像有些人类一样，寅吃卯粮，吃没了再去向别人借或偷或抢。它们严格地遵守着自然和同类之间的那些规矩。

然而，这以巧取豪夺为能事的世界，并不会刻意顾念任何形式的仁和善。总会有人、有动物甚至植物想方设法对别人实行侵占或剥夺。有一些花栗鼠的洞穴，就在缺少食物的冬天里被其他寻找食物的动物洗劫了。因为它们一直以这样的方式生活，并没有在严酷的冬天里留有备用的生存方案，除了自己储存的食物再也不知道去哪里寻找吃的，更不会争抢别人的食物。

就这样，令人不忍目睹的悲剧发生了。失去了食物的花栗鼠，最后选择了自杀。它们自杀的方式很独特，在自己洞穴附近的树上，找一个向上翘起的细树杈，把自己的头放在中间，让身体悬下来，然后死去。这看起来，相当于人类的"上吊"。

冬天里在林中行走的猎人，有时一天里会看到好几起这样的事件。心软的猎人看不下去这惨烈的一幕便抬手一枪打断树枝，让那小小的尸体落入并掩埋到深深的雪中。但连最有经验的猎人也说不清楚，那些小生命采取那种方式自杀究竟是出于什么动机。

是因为绝望吗？这漫漫的没有尽头的雪原，这渺小而无助的生命，怎么活下去呀！

是因为愤怒吗？也许，弱小者的抗争和抗议，最激烈的方式也就是决然地离去。

是因为尊严吗？如果死亡已经在所难免，与其在无望的饥饿中没有尊严地挣扎，还不如从容地死去。

是因为悲悯吗？因为它们知道，在这个残酷的环境里，就算能够把别人的食物据为己有，让自己活下来，而另一个无辜的生命也会因找不到食物而面对同样的死亡，所以它们宁愿自己去死。

这小小的比麻雀大不了多少的鼠类，有时竟能够把我的心占满，让我不停地思量……

房顶的猫

　　在鲁院学习的时候，我住的二百一十六号房间窗口向北，窗外是一排三层楼高的树，树的外围是鲁院的围墙，围墙外是一家小型塑钢窗厂，也是独自的一个院落，院内堆放着很多杂物。一排低矮的红砖房上铺着灰色的石棉瓦，没什么坡度，几近于平顶，一般情况下只有不多的几个人时进时出。

　　散淡的阳光从侧面一幢大楼的空隙斜射过来，照得部分灰色的石棉瓦一片明亮。北京的三月仍然清冷，树们寂寞地站在灰色的天空之下，吐不出一片有音质的叶子。一些被风撕扯得如条如缕的塑料布，就乘机爬上枝头无聊地荡来荡去。

　　一大群麻雀，有如冬天里突如其来的灵感，迅疾地掠过红砖房的石棉瓦，散落于稀疏的树枝之间，一会儿跳上一会儿跳下，像一些笨拙的手指敲在琴键之上，发出单调、凌乱的音阶；一会儿又飘飘忽忽地落到地上或石棉瓦上，反复地模仿着叶子的绽放与飘零。在如剪影般细瘦枝条的后边，一群鸽子从侧面大楼的六楼阳台上起飞，如一群白亮的鱼迅速划过秋水似的天空……

　　这场景，几乎是我平静而散乱心绪的一种隐喻。每天，我都有很多的时间，坐或者站在窗前，把眼前的一切一再巡视，看久了，便不太能分得清，它们到底存在于眼中还是存在于头脑之中。

　　有一天，石棉瓦上多了一摊毛茸茸的东西，灰白间杂，很像一团杂乱

的毛线，但风过时，柔软的绒毛却如浪波动，泛起生命的质感。原来那是一只绻缩成一团的猫。它为什么要到这上边来呢？这里大概是因为离阳光更近一点，离天空更近一点吧！在这个清冷的冬天，它尽自己最大所能，接近着自己的天堂。那只在梦里的猫一定看得到春天的草，草地上的花以及花朵上飞舞的蝴蝶。

突然，那只猫以迅雷不及掩耳之势一下从石棉瓦上跃起，两道黄宝石一样锐利的光芒从空中迅即扫过，划出无痛的伤。于是半空飘起了纷乱的羽毛，一只鸟随即进入了它的口中。这优美的猎杀，突然得近于悲剧，完美得近于艺术。在高潮渐渐平抑的过程之中，我再一次看见鲜艳而温暖的血，慢慢从某处洇开，凝住阳光前行的足，将快意引向罪恶与血腥的宿命，引向香而甜蜜的黑暗。

思想在瞬间凝固，成为一盘期待着厮杀的棋局。我静静地坐在宿舍里聆听，期待着时光突然返身，叩响我的门。

石头的心

石头，向以冷硬著称。

石头的硬自不必细说，石桌石凳石头墙的坚固大家是有目共睹的，石头做的碾磨更是威名远播。小时候总是会傻傻地想，大概不仅仅是粮食，就算我们过的那些难以消化的日子放在石头中间辗压，可能都会很快被辗得粉碎吧。

石头的冷，则常常以直接或隐喻的方式，挂在人们的嘴上。说谁长着一副冷脸，就说那人长着一张石头脸；说谁的心肠冷酷，便说那个人是一块捂不热的石头。一提起石头，那些怕冷的人便会不由自主地在心里暗暗地打一个冷战。在北方的冬天，一个筋疲力尽的赶路人宁可坐到雪堆上休息一会儿，也不肯坐在一块石头上，因为很多人心里惧怕的并不是实际的冷，而是来自于石头的那种冷的威慑。

其实，石头并不都是冷的，或者说，开始的时候石头也并不是冷的。当石头生活在地球深处的时候，它们是赤热而激荡的，只有被排出地表时才变硬变冷。就算是到了地表，如果它们遇到高等级的碰撞，比如铁锤的敲击，也会闪射出耀眼的火花。它不是没有热度，而是把热度深藏在常人无法理解、无法触及的内部。

在长白山，我曾经见识过石头的热度。

冬季的长白山，常常是风雪肆虐，人行走在那样的环境里，会被无止无休的寒冷逼迫得无处躲藏，以至近于绝望。但行至瀑布口时，就会遇到那些冒着热气的温泉，以及温泉边做卖蛋生意的小商贩。卖蛋人会主动把你叫住，用比较诗性的语言告诉你，这些蛋是用温泉水煮熟的，而温泉水是地下的石头烧热的。

顺手拿起一只滚热的鸡蛋放在手心里，立即有一股惬意的暖流涌遍快要冻僵了的身体，仿佛一下子就和大地温暖的血脉接通了。这小小的鸡蛋就是来自大地来自石头的一片心意吧！在这寒冷的深山、寒冷的冬天，如果没有这寒冷中的一脉温热，我们的情形又会是什么样子呢？谁说石头无情？也许宇宙间一切事物的存在自有深意，每一种存在并非无情也并非无心，只是我们无法看到，无法体会罢了。

抬头时，眼前立即横出一座云雾弥漫的大山，但再怎么努力目光也无法穿越那片浓重的雪雾与烟岚，更看不透雪山背后隐藏着的深远。这就是我的局限——人类的局限。

如果我们的目光能够延伸到亿万光年的宇宙深处和时光深处，我们能够看到的事物也许就是另一番景象。如果那样的话，也许，我们对石头所拥有的永恒性就不会仅仅局限于它们物质性的、表面的硬度，也就是说，不仅仅限于石碑、石柱、石头牌坊了。

突然想起了那些藏在石头里面的化石。那些大限不过百年的生命，之所以历经十万、百万年时光的洗礼仍然能够将其生命的形态呈现给后世，大概就是因为它们虽然早已经停止了生命的历程，却幸运地被石头装在了心中，最终才成为一份不可磨灭的记忆。

这时，我想起手心里那只质地松软的鸡蛋，如果，一不小心被某只魔幻之手夺走，信手藏在石头中间，或许亿万年之后，它也会在石头近于永恒的怀抱里发生质的变化。在亿万年的镶嵌与浸淫中，石头将通过一分一秒地持续渗透，将自己的血气和心思一点一滴甚至是一个颗粒一个分子地注入那只鸡蛋，最后，一定会使它拥有某种永恒的品质。

也许，一切都是亿万年之后的事情，但我坚信石头的耐力、智慧和能量。那只小小的鸡蛋，将不再是鸡蛋，而是变成一颗圆圆的石头，一颗石头的心。

螽斯

"螽斯羽，薨薨兮，宜尔子孙，绳绳兮……"

这是《诗经·周南·螽斯》所透露出的古代生态信息。那时的草地上，一定到处是螽斯，捉也捉不净，驱也驱不散，"螽斯羽"齐震时，声势浩大，一片轰鸣。否则古人怎么会拿螽斯来类比并喻示人类的子孙旺盛、繁多呢！

螽斯就是蝈蝈。很久以前，包括我们小时候，田头、林间、草地上到处都能看到它们的身影。但现在，因为祖国大地上到处都是农药和化学污染，除了部分农药施洒不到的零星地域，还有一些自然繁殖的蝈蝈苟延残喘着，那些小虫大多已主动或被动服毒而死，其势渐微，再也无人敢形容为"绳绳兮"了。

然而，我们小的时候，却不能上网，不打游戏，不玩微信，不去儿童乐园去坐摩天轮和过山车，专爱与那种小小的昆虫——螽斯玩耍。我们的乐园是一望无际的大草原和生机无限的田间和林间草地。

北方的七月，草已没膝，各色野花在原野上竞相开放，如闪烁的星星在暗蓝色的夜幕下疏散自如地漫漫布展。野花野草虽然美丽，但对于从小生长于草原的男孩子来说仍然没有足够的吸引力，因为不论哪个季节，草地上总是有让他们更加着迷的事物。刚刚，他们还在意犹未尽地谈论着在草丛做窝、产卵的草原鹨和那种飞行时能够发出神秘沙沙声的蚂蚱，突然间就有耳"尖"的孩子听到校园外树丛间有蝈蝈鸣叫。数日之内，一些反应稍迟一点的孩子还没有确认那到底是不是蝈蝈的叫声，各种蝈蝈的叫声就已如雨后的蘑菇一样，响成了一片，并逐日汹涌澎湃起来。

有一种蝈蝈长着长长的翅膀，叫起来频率极高，像一只音色好听的电铃安放在了草丛，哇哇哇哇地，从早到晚叫个不停，特别是正午时分，更是叫得拼命，我总是担心它们叫完这一刻，下一刻会突然背过气去。因为它们只流动在草丛之中，所以我们给其起了个土名叫草蝈蝈；另有一种蝈蝈长着一副不及身长的短翅，叫起来有板有眼，不慌不忙，聒聒聒地，音色优美富有弹性和金属质感，常常是白天沉默，夜间来到农户的园子里弹琴，传说这种蝈蝈喜欢以豆叶为食，所以我们称其为豆蝈蝈。

后来，又念了很多年的书才知道，这些蝈蝈原来都有一个统一的学名叫作螽斯，据说这个大家族共有五百多个品种，我们所熟知的不过数种，虽然在我们眼里已显得目不暇接，实际上仍不过凤毛麟角而已。整整一个夏天，孩子们被这些体形各异的小鸣虫折磨得心神不宁、寝食不安，日夜在草丛、农田间奔忙。在那些云稀日朗的白昼或月色皎洁的夜晚，不管学习用功和不用功的孩子，都会被蝈蝈的叫声诱惑得心猿意马，随时准备着放下手中的课本，奔向草地，把那小东西捉回，放到自己的蝈蝈笼里，以便随时近距离听它们那令人着迷的弹奏。

在这一场盛夏的大合唱里，时不时就会有几声大提琴般低沉而粗重的声音间杂其间。这让我们想到草丛中一定有一个体貌雄伟的大佬，独霸一方。于是很好奇地循声而去，几乎翻遍脚下的每一寸青草，也没什么大物显现。末了，却有一只体形极其"迷你"的螽斯从草缝里钻出，就是它了。当它被我们捉到手上时，已经惊恐得忘记了什么是鸣叫，只一个劲儿地拼命挣扎。看着它那狼狈的样子，我心里隐隐地感觉有一些惋惜，想它的内心当时一定会很绝望吧？可是，这么一个小东西，为什么会有那么粗重的声音呢？

小时候，我一直对这种身体和声音上的反差很不解，也很好奇。

夏日林间，也经常有一种体形不大的小鸟儿，躲在叶子的后边，像牛一样"哞哞"地叫，所以小伙伴们都叫它"老牛哞儿"。那小鸟儿被惊起之后，总是很慌乱地拍打着一双翅，仓皇远逃，样子很不从容、优雅，看起来既不灵巧也不沉着。每一次与那小鸟儿的相遇，都会让我半天回不过神来，不知道那令人惊异的倒错是上帝的安排还是它自己刻意而为，感觉很是奇怪。

同样的现象，人类中也时常得见。"矬老婆高声"，就是说那些个子矮小的女人经常会发出分贝很高的叫喊。同伴中有个叫石头的孩子，不是"老婆"是个男孩儿，却也有着一副很特别的嗓子。虽然他人长得十分瘦小，发出的声间却有一点儿粗声大气的效果，说起话来，总显得缓慢而凝重。仅凭这一点，就足以让同伴们感到他的特别。石头不仅声音老练令人敬畏，而且还天天坚持练拳，他练拳并没什么套路，属于硬功，不管见到什么抬手就是一拳，像是和那东西宿有仇恨，久而久之，手上的关节便长了厚厚一层老茧，据说，他的拳在石头上用力打十下皮肤也不会有一点点破损。有时，哪一位伙伴触犯了他，他只要缓缓地回过身来，盯那人一眼，那人就会感到惶恐不安。

然而，石头却是轻易不会出手打仗的。有一次，邻班的孩子因故到我们班寻衅殴斗，带头的林四手执一根桌子腿儿，气势汹汹闯来，我们都指望着身怀绝技的石头能够撑起我方的阵脚。可是，还没等对方靠近，石头便撒腿跑开，边跑边发出惊恐、尖细的叫喊："快跑呵！"结果，自然可知我们每一个没有跑或跑得慢的人都被对方打得鼻青脸肿。自此，石头在我们心中的形象一落千丈，都把他当作吹牛大王，目光里流露出不尽的鄙夷。因为知道他原来胆子极小，再遇事，只要一摆出要动手的架势，石头便不再言语，迅速回过身，走开。

想必，那小小的螽斯也如石头一样，因为胆子极小或极自卑，才刻意把自己伪装成强者吧？在这个弱肉强食的世界里，偶尔吹吹牛或虚张声势一把，为自己壮胆或迷惑一下敌手，或许，也不失为一种有效的生存策略呢。

今夏雨水过旺，郊区的农田部分已没入水中，小区的树荫下却一改往常的颓势，生出了各色繁茂的野草，那葳蕤蓬勃的样子常常让人心动，不由得想起儿时故乡的田野。这样好的草，本来是应该有螽斯在其间鸣叫或有若虫在其间弹来跳去的，但用脚去趟时，草间却一片寂静荒凉，全没有一丝一毫的活气。只有身后的大街上，不断传来各种各样车辆和各种各样人的声音，大卡车、公交车、农用车、小轿车以及大人、小孩儿，男人、女人的声音——"蝱蝱兮。"

叫驴

驴子开始在当街或槽头啊啊大叫。

那叫声如悲如泣，如怒如诉，一阵接着一阵，连绵起伏，兴味盎然，立即把静得如一盆稳水似的村庄吵得飞沫四溅、动荡不安，像是发生了什么惊天动地的大事儿。

"蠢驴！"于是，便从不同窗子里不约而同地传出高低大小粗细老嫩各种不同的骂声。

驴敢于大叫或能够大叫的时候，一般不是夜晚就是正午，因为其他的时间，它们并不归自己使用。

乡村的正午叫晌午，如果在燠热的盛夏，这正是一天中令人魂魄欲断的光景。此时，大清早就爬起来，已经在田里劳作了七八个小时的农人，一个个拖着疲惫的身子回到家中，草草吃过午饭之后，便倒头睡去。

驴偏偏选择这个时候大叫，确实是有些不是时机或不识时务。但如果不是从人的角度，而是从驴的角度看，它们的选择就不一定如人们所说的那么愚蠢。驴与人类之间的关系、驴在人们心中的成见，彼此之间难以改变的定位，也许驴早已经心知肚明，所以驴才毫无顾忌，也无须顾忌。反正横竖是一个不招人待见，索性就由着驴性大声抗议或尽情抒发吧。

作家刘亮程曾很细致地描写过驴叫，妙则妙，但很可能把驴的主体地位夸张过大了。新疆的情况我说不太清楚，就东北的任何一个村庄而言，驴叫的声音都不能成为一村声音的主宰。从音量上，驴子鸣叫的分贝数及恢宏度自不必说，但从其内含、质地和自主性上说，却难呈雄壮。

驴本是家畜里的弱势群体，他们从人类的管控中能够得到的“自由”极其有限。如果不是在人杳街空的正午，先别说驴子们能不能抽出空闲来大叫不止，就算是给它们一些歇脚、喘息的时间，它们也没什么机会一展郁闷的歌喉。也许刚刚张嘴，还不等一个完整的音节吐净，一鞭子照着耳根抽下去，它们立时就得闭口、收声，怕连个不识时务的“蠢”都不得尽情表现和施展。

因此，与马儿欢畅的嘶鸣、牛儿闲适的长哞以及羊们有事无事的发嗲相比，驴的叫声里总是要多出几分愤懑和悲凄。言由心生，言为命相，众畜之中，多有命运不济者，可再不济还有谁的命如驴子一样不好呢？

马是天生一副好骨架，生得高大英俊，古代的马，有耐力长久日骋千里的，有发力超强脚快如飞的，也有体力超群可负重车的，都如战场上的英雄一样，随着它们的主人而名垂青史，那个冷兵器时代一过，马基本就不再发挥什么大的作用了。然而，人们却仍然念念不忘地称其为骏马，最差也是个不褒不贬，直称其马；而牛，除了拉拉车、犁犁田，一年中大部分时间还是可得轻闲的。人类对牛的态度也是感激、赞赏有加，多情地认为牛是人类最可靠的朋友，什么“老黄牛”“孺子牛”从人类的口里说出来都带有尊重甚至崇敬的色彩。至于五畜中的其他畜类，或是劳作，或是被杀了吃肉，两头至少可着得一头儿。

唯有驴，个头儿很小、吃得很少，却总要干一些极粗重的活儿，蒙眼儿一蒙，磨道一上，一干就是几个、十几小时，有时竟然通宵达旦，不得歇息和解脱，也没有人舍得给一句半句的赞美和认可。有的只是看轻或看贱：“噘嘴骡子不值个驴钱”，仿佛驴是天下最不值钱的贱物；“好心当作驴肝肺”，驴不偷不抢，不阴损暗算，不坑蒙拐骗，直来直去，有意见就提，不说是光明磊落，也堪称情性直爽呵，怎么就惹得人类把它暗喻为物类里第一坏心肠？当有一天驴子们“廉颇老矣”“壮士暮年”，人们必定又会“卸磨杀驴”，那些可怜又可叹的驴们既已舍了一生的力，还要舍出一身的肉，事分两头儿，一头也不着。

于是，驴大叫如嚎，为世道的不公、虚伪暗昧和自身命运的不济。但驴们不懂人性，不知道人类最不喜欢的就是那些粗声大气的逆耳之声，人们喜欢并迷恋那些快乐、温柔和甜蜜的声音，偏好一切和顺的事物。人类在进化过程中已经退掉了那些带有方向性的毛，并不在意物质或实体上的顺和逆，只在精神方面异常敏感，因为人们一贯的随波逐流，养成了一种喜顺不喜逆的痼疾，只要不是顺的就会坚决抵制和反击。驴们不分场合的大吵大嚷，让人们十分恼火。所以人们不得不对驴加以严格限制，给驴派更多更累的活儿，让它没有发牢骚的时间；给驴带上"蒙眼"让它看不到外边的情况；给它带上笼头让它有意见也张不开嘴提；另外，对它们严加监管，随时握住手中的鞭子，一旦在采取了一系列措施之后仍有意外，就一鞭子把它们的叫声封锁于喉咙之内。于是，村庄里到处都是一些好听的声音，母鸡下了一只蛋之后，由两只公鸡陪着一连叫了三遍，夸张地炫耀着幸福；猪们一边吃着食一边不住地哼叽，似乎是在埋怨主人给准备的午餐不够香甜，又像是在抱怨食物的营养太高不利于减肥；猫们睡足了午觉之后，三三两两地躲入月光下的树丛，很放肆地叫春……在各种声音之上，是人们自鸣得意的哈哈大笑，但唯独没有驴的叫声。

如今的驴，心中最大的愿望不再是改变自己的命运，因为那已经是太过遥远的事情了，它们只盼着能有那么一个时刻，张口大叫，对着无人的天空和大地，把久久郁结于心的冤屈与愤懑倾腔吐出。

终于到了那个万籁俱寂的深夜，村庄里的驴用自己有限的智慧判断出人类的疏忽和慵懒，便开始了他们孤注一掷的大声鸣叫。起先是一头驴试探着叫了几声，然后是其他的驴随即跟进，最后成为一场声音的狂飙，此起彼伏，你唱我和，撼天动地的悲鸣整整持续了一刻钟，把村庄摇撼得如惊涛中的一只小船，无主地晃动不已。"反了"，有人从梦中惊醒，对身边的人说："去看看出了什么事儿。"

"我不去，我爷说，半夜见驴就是见鬼。"

……

那一次午夜驴叫，现在一定不会再有人记得和提起了，但那一定是我们村历史上一个很轰动的事件，因为那一阵驴叫确实是空前绝后，史无前例。至于原因和铺垫，倒是我个人的猜测与演绎，但在没有更加权威的解释之前，还是以我说的为准吧。

　　我之所以对那件事如此关心，是因为我受到那个事件的刺激以后，好一阵子都会在夜里产生群驴大叫的幻听，"啊啊啊"地大放悲鸣。后来，幻听倒是没有了，可又产生了幻视，觉得遍地都晃动着驴的身影。

孤独的蜘蛛

这几天清晨，在我睡房的天棚上，总有一只小蜘蛛，从一个角落出发，慢慢地爬向另一端。对于一个身量那么微小的蜘蛛来说，跨越一片直线距离足有几米长的天棚，应该算是一次远行吧？那么干净的一片天棚，白茫茫的像沙漠一样空空荡荡，它天天要横跨过去干什么呢？

几乎在我发现它的同时，妻子也发现了。这一次她并没有像以往一样大呼小叫，见我平静地看着那只蜘蛛，她也貌似平静地问我："你在看它？"我说"是。"于是她向我提出建议："把它打死吧。"我没有动，内心里却突然生出一丝近于怜悯的恻隐之情。

本来，我也是很害怕很讨厌这种动物的。

小时候住在乡下，整天和各种各样的昆虫及小动物打交道，其中有毒的无毒的、丑陋的漂亮的、有趣的无聊的、祥和的以及怪异、凶险的，各从其类，不计其数。很多品类似乎都有可能激发起我的兴致，让我久久驻足或耽于玩耍，但只是蜘蛛，每次见到，我必远远绕开，避犹不及。虽然也隐约知道当地有很多种长相和习性迥异的蜘蛛，由于无意关注，最后只是对两种最常见的蜘蛛还有着比较深刻的印象。

其中一种，常居室内，灰白色的一个小东西，身体不大却长着一丛细细长长的腿，那些腿比起它自己吐出的丝并不粗壮多少。说到它们的细丝，确实可以用"极其"来形容，甚至纤细得难以察觉。如果不是特殊留意，根本就发现不了它到底在哪里布下了迷阵。只有日深月久，房角和檩木间渐渐结出了一串串"塔灰"，人们才知道原来它已经在那个角落里活动许久。或许是因为它们过长的"手脚"不够协调吧，它们织出的网并不像其他蛛网那样规则而漂亮。它们的网，看起来不过像透明的棉花糖一样乱糟糟一团。一般地，每逢年关或假期，人们腾出时间来一次大扫除，一把扫帚在棚顶一"划拉"，所有的新丝、旧迹并那些细小的动物，便一同化作一团灰泥被丢弃到垃圾堆里了。

另一种蜘蛛，则主要活动在人类的居室之外，或林中或檐下，总之是离人不太远的地方，每天布起强劲的大网，等待着那些由人体吸引来的小昆虫们兴冲冲而来或洋洋得意而去时，落入它事先设好的机关。因为这种蜘蛛往往体形巨大，如一粒肥硕的"巨丰"葡萄似的悬在空中，所以常常引发人们有关危险和恐惧的想象。尽管它常常在房前屋后将刚刚叮咬过人类的昆虫逮住，客观上正是替人类报了一叮之仇，但人们仍然对它毫无好感。有时，匆忙行走的人们因为不留意，一头撞到它的网上，弄一脸黏糊糊的蛛丝，这时谁会有心情念及它结网的辛苦呢？沮丧之中，一定是一边用手在脸上一阵狂乱地拂弄，一边在心里恨恨地骂："这该死的东西。"

对于蜘蛛的态度，差不多已形成"人际"共识，凡属人类，基本都对其怀有厌恶之心。蒲松龄老先生那么热爱动物，修养那么深厚的一个人，在《聊斋》里也还是忍不住说了蜘蛛的坏话。《绿衣女》中，那只体大如"弹"躲在檐下伺机行凶的蜘蛛，大约就是我刚刚说过的那种蜘蛛成了精。对绿衣娘子那等温柔美好的事物都忍心痛下杀手，足可见那物儿是多么的"恶"，又是多么的如巫如魔般阴森。那时，我还没听说过有一种叫"黑寡妇"的蜘蛛，如果知道的话，恐怕对蜘蛛的憎恶之情就会更加强烈了。想象一个人正在若无其事地行走，突然就被一个莫名其妙的小生物咬上一口，只是有一点微微的痛和微微的痒，一时还搞不清到底发生了什么，数分钟之后，就已经轰然倒地，痛苦万状地死去。试想，谁能不对此心生恐惧、毛骨悚然呢？堂堂一灵长类高级动物，至少七八十个春秋的大好年华，竟然悄无声息地断送于一只看上去猥琐得不能再猥琐的小毛贼之口，就是死，怕也难以瞑目呵。

然而，世界上的事情没有一件是绝对的。如果换一个角度看，很多事情便发生了奇妙的变化，看山不是山，看水不是水。当然，再看蜘蛛也不再是原来的蜘蛛。有一则流传很广的故事《佛祖与蜘蛛》，说有一只蜘蛛因为在圆音寺的梁上结网，积年累月就有了佛性。有了佛性之后，它就不再关注物质而是关注起爱情，并用了三千零一十六载的时间参悟了一则爱的谜题。故事演绎和推论出的哲理自不必细说，无非是告诉人们要把握和珍惜目前能够拥有的快乐与幸福，但通过这个故事，却让我想到了某种爱的实质。

蜘蛛这种古老的生物之所以能够历久不绝，并在时间的流程里维持住了自己的生存空间，最起码得依赖于它们与众不同的生存哲学。总之，它们是成功的，这一点已经由物竞天择的生存实践证明。同理可推，如果爱，以蜘蛛的方式，其结果肯定也会是成功的。这是一种横向类比的行为智慧——用自己生命里抽出的丝去结一张网，让所有挨上这张网的"猎物"都不能自拔，这应该叫作苦心经营吧。然后，不管风吹雨打，不管白昼夜晚，时刻保持网的完整，千方百计，永不懈怠，随时修补其任何破损和漏洞，哪怕一旦被彻底摧毁，也要有千百次摧毁再千百次重建的决心和信念。一旦"猎物"入网，必须及时、坚决地抓住对方，并倾尽生命里所有的"毒"，将"猎物"麻醉，让其完全失去抵御和逃脱的能力。然后，以感恩、赞美的心情和方式将"猎物"完全彻底地享用和消化⋯⋯

妻子再一次催促："快把那蜘蛛打死吧，我害怕。"

我没再说什么，也没动。其实，那不过是一只小小的蜘蛛嘛，到底有什么可怕的呢？

想一想那些被残害至死的人类，有多少伤害来自同类之外呢？包括传说中的妖魔鬼怪、魑魅魍魉、洪水猛兽以及虫蛇之毒等，这些想象之中以及实际存在的"杀手"所害死的人加在一起，恐怕也不及同类相残至死数量的十分之一。一场接一场所谓正义或非正义的战争已尽人皆知，有多少尸横遍野，又有多少血流成河当无须赘述。只说同国、同族、同城、同乡、同志之间的残害杀戮，又怎可悉数统计呢？本来都是父母所生、与人共处的血肉之躯，因何要对自己的同类使出比之恶魔、兽类更加凶残的手段？看来人类内心那点脆弱的温情与善良，终究是敌不住某种社会意识的唆使和操纵的。这奇怪的飘摇不定的人类，难以预知、难以控制的异化和集体无意识，怎能不让人常陷于莫名的忧虑和恐惧之中？

有人类的种种恶行在前，再看动物，不管是凶恶的温顺的有毒的无毒的，特别是那些小动物，都显得那样的和善、温柔。

能够在人群里生活而不知恐惧，更不知戒备和防范的人，如果不是愚钝的就是勇敢的。我决定把自己的定位调高一些，因为我一直乐观地认为人类大面积堕入丧心病狂的时代或时期离自己还很遥远，所以就经常不知道害怕。你想，连人都不怕，还有必要怕一只弱小的蜘蛛吗？

当那只蜘蛛独自在空无一物的天棚上踟躇前行时，我甚至能够感觉到它内心的绝望和忧伤，或许，它远行的目的并不是为了食物，而是为了爱情。为了在这个清冷的冬天里找到一个真正的同类，执子之手，相携同游，让一颗心温暖另一颗心，让两份孤独融合为一份快乐，然后，按照蜘蛛的法则，在激情里把自己的身体或对方的身体，化为爱的养料，化作生命和爱的能量，传承给即将降临的新生命和未来无限的时空。尽管动物界的事情有时有违人类的常情常理，但经过认真思考，还是可以理解的，因为我最终还能够在它们的行为中看到某种壮烈的凄美和神圣的使命，但对于人类一些男女间的行为，我却无论如何也寻索不到一丝美好的感觉和积极的意义。

其实，人类一直在像蜘蛛一样，每天忙着结网。有人结网是为了获得利益；有人结网是为了获得安全；有人结网是为了获得信息；有人结网却是为了"捕杀"同类。在看得见和看不见的网上，人们无时无刻不在忙碌。最近网上，显然，这个网是尽人皆知的，风行暴料各种各样的"性丑闻"。一企业职员与情人相恋相爱，如胶似漆，每天通过短信和微信发送大量"污秽的"和甜蜜的情话。后来，那女人将手一挥把那些文字发到网上，那些原本流淌于二人私密空间中金黄如蜜的物质，最后都变成了又黑又粘无法清洗的油污，把那个男人"糊"得奄奄一息，无法透气。那情景让我想起石油管道爆炸后，自投油海的鸟儿，不管原来它们是什么颜色，最后都只是一种颜色：黑色；不管原来它们有多大的飞行能力，最后都只是一种状态：像一团黏糊糊的垃圾，半倒在地，辨不出是否有翅膀生在其上，只有两只绝望的眼睛在暗淡地转动。

上天将"性"赋予动物，第一要义就是为了让其接续种命；其次大约是顺便慰藉一下注定要历经凄苦艰辛的生命本身。在诸多物种中，没有哪一种胆敢违背上天的原旨，擅自改变了身体的用途。唯有人类，自作聪明，"利用"上帝的礼物做起了可耻的交易。阳光、空气、性，这些人类无权定价的事物，怎么可以交易呢？一交易就会进入秩序的紊乱和不可避免的纷争，要么最终倾向于主动一方的胁迫，要么最终倾向于被动一方的讹诈，闹来闹去，便把一件美好的事物变成了罪恶的根源。我想，棚顶上那只蜘蛛一定不知道人类社会的事情，如果知道的话，那个早晨它就不会那么毫无自信地四处乱爬，很可能居高临下，以一种轻蔑、高傲的目光俯视起我和我的同类。

在《夏洛的网》里，那只叫作夏洛的蜘蛛曾说过这样的话："生命到底是什么啊？我们出生，我们活上一阵子，我们死去。一只蜘蛛，一生只忙着捕捉和吃苍蝇是毫无意义的，通过帮助你，也许可以提升一点我生命的价值。谁都知道人活着该做一点有意义的事。"当然，世界上不可能存在着一只会说人话，并且能够把话说得这么好的蜘蛛，但这些话如果真的加给我家棚顶的那只蜘蛛，似乎也并无不可。也许每一只蜘蛛都是吃苍蝇的，但每一只蜘蛛又都是不吃苍蝇的。那些美好的愿望和善良的想法，并非荣耀，任何事物都配领受，都可以领受；而领受之后的践行，却又会神奇地使其成为一种真正的荣耀。虽然蜘蛛外表很丑，它仍是造物主的"杰作"，它的身上定然带着某种启示，它夜以继日的纺织、悄然无声的等待或寻索，定然也蕴含着我们无法解读的深意。

我无法确定我注视着天棚上那只蜘蛛的情形是不是与上帝注视着我们的情形一样。并不完美的我们，在上帝眼中是不是也如同一只蜘蛛在我们眼中一样？丑陋、笨拙、毫无生气，偶尔看上去还有一点儿邪恶。但是上帝并没有因为我们的不完美就将我们消灭在一段赶往某地的路途之上，因为他知道，我们此去正是按照他的心意去完成一件令人称赞的任务或使命，我们正走在通往完美的路上。是的，对于一只蜘蛛，我们无法像上帝了解我们一样，知晓它们要去做什么，但是它们却和我们一样行在路上。难道说，它们的路和我们的路，不同样是上天所预备的吗？路的另一端所连接的那个难下定论的结果，难道不是同样也寄予了天上人间的某种期盼吗？但此时，它们的路并没有结束。

我决定不伤害那只蜘蛛。

就让它按着命定的轨迹自来自往吧。我不知道它从何而来，也不问它将去哪里，但我相信，它既然有必须的来处，就一定有必然的去处，我并没有权利决定它的去留和生死。

数日后，那只蜘蛛突然从天棚上消隐了，我特意在房间里四处搜索，却没有发现它的踪影，不知道它去了哪里。但清晨的微光里它那徐徐爬行的样子仍历历在目。如今，它就像一个柔软的善念，只在我的意识里轻轻移动。

病毒

春天的风，总是行色匆匆，郑重其事地从远方跑来，带着一些看似重要的信息，而我们却总是很懵懂，连一丝一缕都听不明白。

"啊，春天来了！"我们自以为是地打着哑谜，并不知春风是一道最难破解的谜题。至于在我们行走和呼吸的广大空间里究竟充斥着什么，总是没有人能说得清楚。一场接一场规模浩大的飞翔，就那么无知无觉地与我们擦肩而过。很多可见的翅膀，往往在我们专注于地上的事务时，从天空里悄然而逝；而那些不可见的翅膀，就算是在眼前飞过，我们也只能视而不见。

当然，有关鸡的一些事情，我们同样搞不明白。一群鸡，平日里总是一刻不停地东刨西啄，为一粒食物而忙碌，这一刻，却有两只放着现成的玉米不吃，若有所思地呆立在那里，一动不动。难道它们也会和人类一样，在最美好的季节里想起一些忧伤的事情？也会在拥有青春和爱情的时候感伤流逝或在向往和追逐的过程中喟叹生命的可怜与艰辛吗？

突然，有一只鸡将脖子直直地歪向一侧，像被一只看不见的手拎着，在原地打转儿，转了数圈后颓然倒在地上，两只翅膀"下意识"的抽搐和无力的抖动，似乎在描述着一段难言的痛楚。

在北方农村，当禽流感发生时，几乎每个人都知道那是一种什么事情，但却很少有人知道在鸡的身体或生命里到底发生了什么。到底是什么，以怎样的方式把一个本来鲜活的生命瞬间击倒？

原来，在鸡的体内，有一场激烈而残酷的战争刚刚结束。有不可计数的细胞组织被无数神秘的入侵者逐一攻克，最后成为一个功能尽失的残壳。一只倒下的鸡，不过是一个废弃的战场，一座陷落的城池。而所谓的疾病以及与疾病有关的定义，"禽流感"或"鸡瘟"，都不过是一个含糊其辞的命名，一个与真相相去甚远的借口。

一架高倍率电子显微镜告诉人们，在这个世界上，除了我们所认知的生命之外，还有一个更加庞大的精灵群体，它们在我们视、听、嗅、触等所有感觉之外，像传说一样，控制并决定着各种生物的诸多事情。生、杀、予、夺或繁衍生息，没有一样不在它们的干预之中，但我们只知其然，而不知其所以然。

关于这个群体，人们想了很多办法，用了很多手段，也不过了解其品类中的有限几个品种，而对于某一个品种，也只能了解其有限的生存奥秘和行为规律。至于对它们的描述就更加显得简单、局限。核酸分子加蛋白质、DNA片段或病毒，几种生硬粗略的定义常常让人们对这些貌似简单却变化无常的事物产生更深的误解和认识偏差。通常，这些体量以纳米计算的微小生物，如同想法、念头等"非物质"一样，隐藏或飘浮于物质和生命体之间。从千米地下，到万米高空；从绿色的平原，到蓝色的海洋；从无生命的土壤、岩石，到有生命的各种客体，都可以供这些微小的生物安身立命、蛰伏隐藏、无翅而翔或无足而奔。它们无处不在，却又从不显现，让我们无处捕捉，就像空气中的分子和土壤中的水分一样。你认为它们在，它们就在，你认为它们不在，它们就不在。作为一种特殊的生命体，只要它们不采取任何行动，就如同不在世界的"现场"，有时它们只是一些无以名命的物质"碎屑"，甚至连完整的物质都谈不上。

幽灵一样的事物——亡者口边漏掉的半句遗言，两个表情之间的另一种表情，意念与意念交错瞬间那一小片叠影，一道不知是出自上帝还是出自魔鬼的指令。

那到底是谁的主意呢？让一个兴奋不已，四处奔波的人突然停下手中的事情，萎靡不振，慵懒无力，鼻塞泪流；让一个充满力量的人突然失去力量；让一个善于操控的人连自己的行动和思维也难以控制；让一个习惯于轻松惬意的人陷入难以解脱的疼痛……这是一种警示？是的，一切都不是一成不变的，一切事物都会有出乎意料，都有走向另外一种状态的一天，所以我们要警惕，要随时做好应变的准备。这是一种反证？那一定是要让我们内心明了，要让我们感知到，我们所拥有的一切都并非天经地义，健康、幸福、快乐、愉悦等等，包括生命，全都是来自于我们自身之外的恩赐。我们可以拥有，也可以失去，而曾经的拥有又是多么值得庆幸，所以，我们要懂得感戴和珍惜。

就在我们思绪如潮、感慨万千之际，就有被称作医生的一类人，心事重重、表情凝重地在自己的处方纸上用力写下了一行词意清晰的断语："病毒性流感……"

有一种被称作病毒的无细胞结构生物，经过长期蛰伏，已经醒来，开始了它们大规模的"行动"。通过吸附进入、基因表达、转录、翻译、核酸复制、装配、释放等一系列抽象的动作及流程，完成了对宿主细胞的占领与控制，同时也完成了自我裂变与"海量"复制，就像一种思想找到了语言，最终以词语、句子、段落或篇章的形式实现了自我表达、放大与传播。

朋友中有一个叫孙四的人，疑似具有非凡"智慧"，对流感病毒在自己身体中的种种行径或作为，有百般的不解与不服："一个人，这么大的东西，怎么就干不过小小的病毒？我半斤酒下肚，就已经醉得不省人事，难道那些小小的病毒就不会先我一步纷纷醉死？"于是，他就真的把自己灌醉，沉沉睡去，暂时忘却了流感病毒所带来的一切不适。但一觉醒来，更加猛烈的疼痛和高烧却告诉他，他的策略是完全错误的。那些病毒并没有和他一样，因为乙醇的麻醉作用而停止工作，而是趁他没有意识的时候，在他失去抵抗的身体里把"战线"推进得更深更远。想象孙四身体中那些徒劳的乙醇分子，无疑如房屋之外狂啸的子弹，而那些病毒则是躲在房子里行窃的老鼠，就算那座房屋被最后摧毁，老鼠们仍然有可能毛发无损。这正是病毒们令人称奇的本事，它们总是能够很狡猾地把自己伪装成良性细胞和组织，或隐秘地藏于其后，进而一次次成功躲过药物以及其他外物的辨识与灭杀。

直到今天，有关病毒的起缘仍然没有一个权威的结论。最初，它们也许就是某种基因上的某一片段，只为受到外力干预、破坏等偶然因素，便从基因链上断裂、分离出来，成为一个无可依附的"游魂"。国破碎之后的难民、家破碎后的遗孤、队伍被打散后的散兵游勇，所以它们"命"里就注定有太多的凄惶、冤屈和不甘。最后，它们到底冒顶了别人的旧皮囊，与一个蛋白质简单搭配后，形成一个古怪的生命体。虽然它们的核心组织都是一个脱氧核酸分子，但它们的身世，决定了它们不可能是普通意义上的基因，就像某些人类奇特的身世将决定其一生奇特一样，只是它们的生命特征总是显得有一些不可思议的邪恶。

这些造物主创造生命时遗落或放弃的边角余料，它们之所以最终成为病毒，并不是因为它们对宿主的占领、利用和控制，最关键的问题在于它们的发展速度和节奏。如果它们能够遵守上帝的游戏规则，循序渐进，与宿主保持同步的生命节奏，它们或许可以演变、晋升为一种正常的生命基因，并将长期稳定地与宿主共生共荣。但它们中的大部分，却如人类中的盗匪一样不顾及那个公允的规则，悍然把一个漫长的过程极力压缩，通过疯狂裂变，严重地干扰和破坏了宿主细胞的存活与生长。最后，以宿主细胞及宿主的快速衰竭、死亡为代价，实现了自身的"暴力"式发展，其结果当然是在实现了快速膨胀之后又与宿主一同快速灭亡。

病毒们这种主观上急切、无辜的愿望及其所引发的客观上不可置疑的"暴行"，不能不让我深深反思人类自身的某些行为。就某些品行而言，到底是人类感染了病毒，还从病毒感染了人类？总是隐约感觉，二者有着不割裂的关联。本来，我们也可以做得更好，可以不像病毒对待宿主一样对待地球，但我们确实那样做了。只是人类永远不会把自己和自己的同类叫作病毒，除非上帝能够站在高处发出公义的声音。

当一度远去的太阳，从赤道归来，一天天向北回归线上靠近，那些还没有找到宿主的病毒便如看不见的海潮一样，浸漫了北半球大面积区域。空中及各种物质表面，到处吸浮或悬浮着诸如 SV40、H1N1（属亚黏液病毒）、H7N9、H5N1、SARS、烟草花叶病毒、艾滋病毒、Qβ 噬菌病毒、口炎病毒、亚型疱疹病毒、流感病毒、鸡肉瘤病毒和白血病病毒、呼肠孤病毒等等各类各种病毒。它们就像传说中的魔鬼，躲在某一只落满灰尘的瓶子里假寐，等待一个偶然的机会有人来打开或碰掉瓶盖，然后以轻烟入户的方式进入宿主内部。随着时日的推进，早已经有一些病毒实现了凤愿，在某些脆弱的肌体中开始有序或疯狂的基因复制——于是我们这个本来就不平静的球体上，更陷入一种因应对意外病、死而造成的混乱之中。

就在很多感染了病毒的人们挤进大、小医院排队输液，很多城市的郊区纷纷燃起焚毁染病动物尸体的烈火时，在遥远的欧洲荷兰，四万四千余英亩缤纷的花朵正在明媚的阳光下灿然怒放。然而，在大片大片的郁金香花田里，却时常出现一些让人始料不及的意外。在那些纯色花朵中，偶尔就会跳出一株异常妖艳的碎色花朵——纯蓝的花朵，镶上了白色花边儿；纯红色的花朵上生出了黄色的条纹；本来应该是纯白的花瓣，筋脉的另一侧却染成了血色的鲜红……种种缤纷杂乱的花纹，如同有人刻意地将其涂画或拼接到了一起。

起初，面对着郁金香花色这种奇特的变异，人们一边心存疑虑一边赞叹造物主的匠心独运。自然，在商业流通环节里，人们对这种奇异、稀少的碎色花趋之若鹜，追捧之下，它们的价格便要比一般的纯色花昂贵很多。后来，随着科技水平的提高，人们发现郁金香这种花色及形状的改变并不是缘自真正的基因变异，而是因为那些植株染上了"郁金香碎色花病毒"，致使原来的基因被病毒篡改。不管怎样的原因，那些郁金香花确实是比一般的郁金香漂亮很多，并且最重要的是价格不菲，这就让人们在之后的很多年里一直有意识地培养和利用起这种病毒，想方设法扩大这种病毒对郁金香的感染。尽管染上了病毒的郁金香产量大减，但利润却呈激增之势。

这就是人类的智慧，这就是科学。科学，向来抛开善恶的概念，把注意力集中于事物的规律、细节和局部的解决方案。科学只是没有是非指向的发现。

自从走到科学这条路上，人类已经取得过两次发现上的重大突破。一次是分子裂变秘密的发现，原子弹诞生，使人类拥有了上帝般的毁灭能力；第二次是基因裂变秘密的发现，遗传工程及病毒学的诞生，使人类拥有了上帝般干预生命的能力。当人类第一幅基因组草图破译完成时，美国第42任总统克林顿就说过，那是"上帝用以创造生命的语言"，是的，那就是上帝的语言，是一种可以降灾也可以免祸的咒语。而病毒，则应该是上帝在描述美好的生命蓝图时从语句中剪除或删节的那个部分，现在我们重新把它们拾回，按照人类的思维和意愿将其穿插到原有的语句之中，其结果是将使上帝的语意变得比原来更加丰富美好了还是变得语义不清逻辑混乱了呢？在最后的结局没有出现之前，正确的答案应该是无法确定的，因为我们不是上帝，我们并不了解这一切事物发生和发展的真意。

我曾在私下里深深地担忧，并不具有上帝的远见、智慧和悲悯情怀的人类，一旦掌握和运用了上帝的语言，会不会给自身造成新的更大的麻烦，甚至会造成系统性的失衡和不可收拾的混乱？但科学的发展却不断地怂恿着人类向更高更远的天空逼近，科学的"巴别塔"已经高高地耸立云端了。现在看，利用病毒增加郁金香的花色早已是科学领域里的小儿科。有断续传来的信息告诉我们，人类在研究、利用病毒方面已取得了重大进展，不仅能够利用病毒基因"吃掉"对人体有害的病菌；利用病毒去杀死一些不利于庄稼生长的昆虫；利用某些特定的病毒摧毁癌细胞……

假如有一天，传说中的某种"僵尸病毒"真的在人群中出现，很多人按着另外一些人的想法和意志，疯狂地杀人并自杀。那时，我们便不得不承认，人类并不是纯然的人类，病毒也不是纯然的病毒。

神说："你们不可以恶制恶。"而人类中的强势者却一直引领着人们一意孤行地呼啸前行，如失控的冈底斯牦牛群一样，直奔悬崖而去。人类遵循着自己的心意进行着好坏善恶的判断，并遵循着自己的逻辑对世界进行着杀、罚、整、治——杂草不好，就施以农药；昆虫不好，就以杀虫剂根除；苹果的酸味不好，就摘除它的酸涩基因；泄露机密不好，就追杀击毙；细菌不好，就引入病毒治之；病毒不好，就引入更加恶毒的病毒治之；腐败不好，就启用告密者告发他，或借用非法组织的不雅视频"暴"了他；某国家领导人太专制了不好，就发动一场战争消灭它的国家……

在一场地震之中，有一个年轻的母亲和自己的婴儿被埋在废墟之中，为了让孩子继续活下去，母亲毅然咬破手指，让婴儿日日吮吸自己残存的生命里残存的血……当母爱的光芒随时光远去之后，我惊怵地从其中看到了生命之初的某种真相。

我们之所以无法理解病毒，也无法理解那些被病毒"吃死"的鸡，只因为我们到后来有了情感，有了善，有了反思和理性。如果世界上真有一种病毒能把人类这部分基因一并吞噬，那么人类无疑将成为体积更加巨大的病毒。那时，我们不但能够与病毒心意相通，而且同病毒等所有没完全或真正"醒来"的生命一样，在上帝话语体系里，成为语义相近的并列句。

土豆

当我叫了一声土豆，又叫了一声的时候，好像那些圆头圆脑的小家伙就从老家黝黑的泥土中纷纷现出了身形。

这时，四季轮转的时间背景正好定格在北方的九月。天高云淡，暑气渐消，四处游荡的风为大地带来了初秋的信息。一趟犁刚刚过去，厚实的田垄从中间开裂，土豆们便从那湿润而芬芳的泥土里蹦了出来，白白亮亮地在阳光下滚动，如玉，如珠……如果时光能够像重放的磁盘一样回转到从前，我一伸手准能捉到它们其中的一个。我要把它放在手里，细细打量，我要好好看一看这一张张与我失散多年的亲切"脸庞"。

本来，土豆有自己的学名，叫马铃薯，但我从来都不愿意那么叫，因为那么叫起来心里多年沉积的情分一下子就被冲淡了，不贴心。就像对那些与自己要好的小伙伴一样，我从来不叫他们的大名，而叫他们"狗儿""柱子"什么的，那是一个道理。

小时候，我和那些土豆差不多形影不离。任何时候，我心里都会非常清楚属于我家的那些土豆所处的状态，长在地里、储藏在窖里、煮在锅里或煨在火里。之所以能够这样，就是因为那些土豆和我们的胃口、心情每一天都发生着不可开脱的关联，在那些缺粮少米的年月里，全仗着那些既是"副食"又是"主食"的土豆，每天从饥饿的苦海里把我们一次次打捞出来。记忆中的土豆，永远是那副鬼头鬼脑的玩皮相，既滑稽又可爱，既忠实又体贴，不管什么时候需要，它们总会以一种无怨无悔的殉道者的姿态出现在我们面前，有效地解除我们的身心苦楚。因此，我一直对土豆怀着深厚的情谊和无限的感激，并在心里暗暗称它们为好兄弟。

我之所以与它们以兄弟相称，除了情感上的原因外，我一直认为，也有血缘上的因素。我这一生因为酷爱，吃了太多的土豆，以至于血肉和灵魂里都不可避免地与土豆们含有共同的成分。但我确实已经有太多年没有看到土豆长在土里或躺在土里的样子了。而土豆只有在泥土之中或还没有离开土地的时候，才如精灵一般，是活的、有生命的，看起来也才像家乡的父老兄弟般拙朴无华，可亲可近。当它们一旦断掉与母体间的脐带，被装进麻袋，码在车上，进而又被运到城里，变成了失去原形的丝啊、块啊、片啊、什么的弄到餐桌上，那就只是地地道道的一盘儿菜，不再是我要说的土豆了。

我要说的土豆是那些从小和我一起生在故乡长在故乡的土豆。那些土豆，我曾经亲自把它们种入泥土，亲自给它们浇水施肥、铲草、松土，耐心等待着它们在土地里悄悄长大，并亲自把它们从土地里收回来，甚至是找回来。

每年四月，当北方大地刚刚解冻，原野上的青草还没来得及放出叶片，深藏于地窖里的土豆们便悄然地打开自己的生命密码，每一个芽坑里的嫩芽都呈现出些许萌动，芽尖上那一点隐约的红，便开始变得饱满、鲜艳起来。这来自安第斯山的精灵，不忘本、懂怀旧的物种，便集体害起了思乡病。隐在时光深处的记忆，故乡的风、故乡的阳光、故乡那湿润的泥土和沁凉的地温无不构成它们的思念与哀愁。人们知道，这个时候，它们的时刻已经来临，它们必须从黑暗的地窖里回到与生命起点相同的泥土之中，完成它们对土地的亲近，也完成自身能量的释放和生命的又一轮传承。

人们把那些被选做种的土豆从地窖里捡选出来，然后按照种芽的分布进行分割，使它们实现生命流程里的最初裂变，一分为四甚至一分为八，而这每一小块块茎将来都要在土地里扎根繁衍，派生出一个昌盛的家族，硕果累累，子孙满堂，如它们的种植者一样，共同承接着大地的恩惠，共同成就着大地的美意。世间没有什么比土豆与土组合到一处时更让人感觉到和谐。当我们把那些块茎按照一定的距离摆进又湿又冷的田垄里时，我看到它们异乎寻常的平静和安详，好像它们从来就应该躺在那里。我甚至能够看到它们隐秘的笑意，一个土豆，也许只有进入泥土，才算真正获得了新生和自由。

把土豆种埋进泥土里的好长一段时间，我们并不知道田垄之下一直在发生着什么事情，但是有一天，垄上突然就拱起了等距离的小土包，从南到北，从东到西，像是有一个统一的口令在我们听不到的暗处指挥、操纵着一切，这有一点儿像一场齐举右拳的集体宣誓。再有一天，田垄上便齐刷刷地伸出了长有两三个犄角的墨绿色枝叶，紧接着，每一个叶片便如小旗子一样，一面面展开。

北方的季节，也就这么一天天地热烈起来。

当粉白色或蓝紫色的土豆花开时，北方的夏天已经进行到如火如荼的境地，但我从来没听说谁赞美过那些挤在一处开得密密麻麻的小花儿。它们那平实而又祥和的笑容里面，没有一丁点儿的妖艳与妖媚，如世间一切母亲的笑容，毫无引诱的成分和媚惑的力量，这样的笑也许只有自己的孩子能够看懂，能够发自内心地赞美。不知道生在地里的小土豆们那时能不能够懂得这些。

其实，土豆最初被人类关注和移植并不是因为它们可供食用，而是因为它们那美丽的花儿。很早以前的欧洲人，一直把土豆花种在花圃里或花盆里娇生惯养，如公主一样，后来因为发现土豆的根块可以做食物，便把它们移出后花园进行大面积种植。而一旦人们太过关注它们的实用价值时，自然就不再去关注、欣赏它们的另一面，不再有兴致去发现、挖掘、培育它们的美。另外，从人类最普遍的审美心理缺陷看，就是容易"花眼"，就算是土豆花真的好看，许许多多的花挤在一处时也没有谁还能看得出其中某一朵花的美丽。

在那些土豆丰收的年份里，土豆秧下面结出的土豆会多得挤破地垄。还没有到收获期，地垄上就已经出现了大大小小的裂缝，有一些土豆因为缺少生存空间，就险些从地下拱出来。这时，每个家庭里的妇女、儿童们便挎着筐，断断续续地到地里去摸土豆，把那些浮在地表的土豆从土中挖出，充当应季的时蔬。农村的六七月份，正是青黄不接的时候，在大部分年景里，这部分先被挖出土地的土豆往往要作为主打品种去解决村民的吃饭问题。

如果恰好哪一年遇上了早霜或冰雹，土豆便会从第四大作物一跃而成为第一大作物，也就是说那一年农民的食谱里就会有很大比例的土豆出现。每日三餐里绝大部分断不了土豆汤、土豆丝、土豆酱、土豆块，如果哪家孩子能够在饥肠咕咕时得到一只灶坑火烧出来的土豆，简直就可以视为人间第一美味，那又沙又面又烫的土豆从口腔快速向胃里滑动的一瞬，准会有同样滚烫的泪水从心口刷地升至眼角。

那丑丑的土豆啊，原来竟也是一份厚重的情义，一份来自天空的眷顾、一份揣在大地怀里的秘密糖果。当我们手中的粮食用尽或不足时，上苍还在胸怀里为我们预备了一份。因为它们，世世代代的人类免去了不知多少无着的泪水。

家乡大面积种植土豆是在人民公社时期，因为其他作物不容易获得好收成，所以具有每亩一千几百公斤产量的土豆便成为人们的首选，尽管大量食用土豆让人们的胃很不舒服，但这种"饱"着的不舒服却不知道要比"空"着的不舒服强过多少倍。也有村民因为胃口长期被土豆占领和摧毁，便本能地对土豆产生厌恶情绪，连奚落谁都用土豆做比，比如说谁长得又小又丑就说谁长得像个小土豆似的。但到底，却没有一家敢在种植的选择上放弃土豆。每年到收土豆的季节，家家户户都要准备好麻袋和足够的力气，按人口分，每人一麻袋的话，对于人口多的家庭来说就是一件麻烦事。那时大姑家人口多，老少共十多口人，再加上自己家自留地里收回的土豆，一共就得二十多麻袋，光往窖里下土豆就得用去大半天的时间。

那些年，每到生产队收完土豆时，爷爷便扛一个四齿的耙子，带上我去收获过的土地里翻土豆。在土豆的生长过程中，总有一些淘气的家伙跑得更远，扎入远离母本的深处，也总有一些被浮土掩住没被人发现的，这就给那些不拥有土地的人们以通过另外渠道得到土豆的机会。曾有人总结过多年的农家经验，不管人们在收割时多么用心和仔细，却总是不能够做到"颗粒归仓"。颗粒归仓是人的意愿，但天意并非如此，天意是让这地上的一切生命都要生存。《圣经》很早就告诉我们，天上的飞鸟不耕也不种，但它们必得食物，上天自有预备。这总也收不净的那个部分就是上苍为弱者预备的。自然所确定的取食顺序应该是先人类，后鸟兽，先强者，后弱者。就这样，每一年爷爷和我都按照上天的意愿，一起盘桓在看似空空如也的田地里，久久不去，不懈地搜索着那些被人民公社社员落在地里的土豆，并且每一年都有很大收获。收获最多的一年，我们一共翻回五麻袋残损程度不同但还可以食用的土豆。尽管如此，到了冬天的夜晚，仍会有很多饥饿的野鼠野兔来这些土豆地里觅食，每一个冬夜，那些小兽们仍然有不错的收获。

后来，因为耕种技术的先进和生产制度的科学，各种农作物的产量一年年攀升，老家那些吃够了土豆的人就不再种土豆了，因为那些年天天吃土豆都吃伤了，现在好歹可以不再吃土豆了谁还再去种它呢？据亲戚们讲，老家人基本不再大面积种土豆了，就算种也数量不多，象征性的那么一点点，留着自家偶尔一食。甚至有人干脆就一颗不种，既然种粮能赚钱，那就只种粮，什么时候想吃土豆，可以到别人家或城里去买。而我，这些年反而越来越想念那东西，也越来越喜欢吃那东西，有一点吃土豆吃出了瘾，每到饭店必点一道土豆。按理说，土豆曾是我困苦时的"恩人"，我现在可以怀念但也不应该再吃它了，毕竟，吃，在人类的理念里是一种伤害。

突然就想起了大悲尊者太子以身饲虎的故事，如果大悲尊者太子不入虎口，怎么能够立地成佛！如果土豆不入我等凡夫俗子之口，又怎么普度众生！或许，人类与土豆之间从来就应该是一个互动的整体，有人越爱越吃，有人越吃越爱，如果天意果然如此，那么我仍将满怀哀怨与欣慰，继续吃着我命定的土豆。

布谷

北方的平原，常以五月为春。沉寂了一冬的田野，那时已炙手可热，如一位闺中待嫁的新娘，突然变得好看和令人期待起来。无数双手，又是梳理，又是打扮，开始为她上下不停地忙碌。这边早播的小麦苗儿青青，那边的田垄，已经犁过或耙平，被收拾得齐齐整整，有小路从田垄间弯弯曲曲穿过，仿佛一幅画儿，兀然被人在两个对角间勾出一条斜线。本来这是两个村子间的农民为了相互走动而留的一条捷径，如今却有一群背着花花绿绿书包的学童们排队走过。

难得的无风天气，早有几片白云挂在了天边。白云下有一条横贯南北的树带，树是清一色高高大大的白杨，叶片丰厚繁茂，暗绿鹅黄地渲染出浪涛翻滚的姿态，远远望去，俨然一条汹涌澎湃的绿色河流，从头顶奔腾而过。实际上，除了农人赶牛的吆喝声和耕牛们偶尔发出的愉悦或郁闷的叫声，田野一片宁静。

一只很大的花鸟，张开它印满花纹的翅膀，沿着树带的走向飞去，边飞边发出"咕咕、咕咕"的鸣叫。叫声空旷、悠远，似乎自带着回声，一下子就拓宽了春天的疆界和含义。早听说有一种能够为人类促播的鸟儿叫布谷鸟，看它的样子，还真像那么回事儿，不但用声音提醒人们去播谷，还会以它飞翔的姿态去示意。那鸟儿，飞翔的样子很有意思，看起来总像是在急流里游泳一样，一起一伏地奋力向前，它每一次身体的下沉都让人联想到一个农民的一次弯腰，并向地里丢下一粒种子。

村中有辈分大又见多识广的人，管那鸟儿叫"臭咕咕"。据说，每年春播时节随百鸟来到平原，并在一些废弃的烟囱或坟窖里做窝繁殖。如果有人对它实施抓捕，它就发出一股恶臭的浊气把敌手"熏"退，所以才有"臭咕咕"的俗称。尽管如此，它还是会时不时地落入那些天不怕地不怕的顽童之手。因为它们不断被俘，所以有一条基本事实便被反复验证，那就是它确实能发出难闻的臭味儿。

对于这些说法儿，我一向持保留态度。我是念过书的，我曾经在课本上看过关于布谷鸟儿的文章，虽然没有亲眼看过"布谷"的长相，但凭书中的描写，也基本可以判断这鸟儿就是"布谷"，而村中长者说的那个名字应该是它的俗名儿。这么美丽的鸟儿，怎么忍心把个臭字和它联系在一起！所以在我的记忆里，那鸟儿一直是与芬芳的泥土和春天紧紧连在一起的。

那一年春天到得迟，我们就在料峭的春光里边上课边用眼睛斜睨着窗外，盼望着春天的脚步随着那由远及近的风，在路上趟起灰尘。正上课，突然窗外就地传来了清清亮亮"布谷、布谷"的叫声。少顷，便有一只漂亮的鸟儿落在了教室前的泥墙上。它披一身精美的羽毛，瞪一双明亮的圆眼睛，就像一个久别重逢的老朋友，不惊不慌地侧过头，与我们对望。语文老师望着孩子们齐刷刷转向窗外的头，无奈地干咳了两声，放大了他暗哑的嗓门儿，他说："布谷是灵鸟，它知道催促农民及时播谷，今天的到来怕是在提醒我们别辜负了大好时光，好好读书吧！"我们知道他是在借题发挥，用以敲打我们，但从此，那鸟儿在我的心里却更是神奇得如精灵一般，或许它就是鸟类中的巫女或智者吧，要不怎么会比人类更准确地窥知天机和握有天机呢？

谁想到，这一切竟然是一个误会。多年之后才发现，童年里的"臭咕咕"根本就不是布谷鸟，它的学名叫戴胜鸟。虽然它的出现也在春天，叫声也近于布谷，但却完全是两回事儿。

真正的布谷鸟儿，长得远没有戴胜鸟儿美丽，但有关布谷鸟的传说却比戴胜鸟丰富、漂亮得多。只听有传说戴胜鸟原是西王母在人间的化身，但它来人间的使命是什么却没有下文。人们经常会把布谷鸟、大杜鹃、四声杜鹃混为一谈，反正它们的叫声都差不多，于是啼血、唤春、促耕、哀伤等意象都加给了它。

　　每年的芒种前后，山上的杜鹃花便开了，而这时的杜鹃鸟果真就开始鸣叫，并且一旦叫起来就不舍昼夜，那声音洪亮而又凄凉："布谷布谷，布谷布谷"，直叫得花儿从南向北递次绽放，直叫得农人纷纷操起农具奔向田间；直叫得多情多思又脆弱的人们心神不宁，悲凄满怀。那么，那鸟儿哭着喊着的一路向北，连窝都顾不上做，卵都顾不上孵，幼仔都顾不上养，疯了一样一路叫着，一路向北，到底是为了什么呢？对此，历代文人墨客多是根据自己的心绪和际遇拿杜鹃说事儿，借物咏怀，就连秋瑾女士也有几句吟咏杜鹃鸟的诗"应是留春留不住，夜深风露也寒凄"。美则美矣，却终究不一定是杜鹃的本意。人与鸟儿毕竟心意相隔，彼此难以揣度出对方的行为及生命动力到底是什么。

　　然而，有一点一定是彼此相通的，那就是对生命的珍惜。或许，那鸟儿就是在追逐正在随时光中逝去或已经逝去的一切吧？时光里的春天，春天里的花朵，花朵一样的青春和爱情……果如此，就更该可怜那鸟儿的一片执着与痴迷！对于这一切，我和我的同类，又哪一天停止过挽留或追寻的努力呢？我已经追了半个世纪了，到头来还不是一个结果："无可奈何花落去"嘛，很多的事情原来是越追越远的。

　　一晃，已经有很多年听不到童年时来自戴胜鸟的那声声"布谷"了，真正的布谷鸟儿，在城里更是无处寻觅。那天去市郊春游，突然听林中传来了一个久违的声音，但细听也已经不同于从前。

　　"布谷，沙沙沙"，这叫声陌生而奇怪，听起来很像"布谷，哈哈哈。"凭空就多出了三个莫明其妙的音节，大有一点不屑的意味在其中。看季节早已过了芒种，确实已经不是播种的季节了。但"布谷"，到底有什么可笑的呢？是暗示这个时候再"布谷"已经不合时宜，还是暗示着"布谷"或"唤春"这件事儿本身也虚妄无益呢？

　　唉，这真是个颠覆的时代，连鸟儿们也莫明其妙地改变了以往的行径和口径。

土盐

　　那时，旧家仓房的角落里常常很随意地放着两只白布口袋。由于年深月久，白布的缝隙里积满了灰尘，看起来差不多已经完全变成了黑灰色。用手摸下去，一个里面是硬硬实实的一团，如结了块儿的水泥，完全搞不清到底是何物品；另一个则有一些尖利的硬角从布面里向外顶着，仿佛随时都可以把那脆弱的布袋刺破，从里面探出头来。

　　不用说，那一定是一个布袋里装着土盐，一个布袋里装着海盐。土盐的质地如土，细沙一样，绵绵的、黏黏的，放在地上时间久了，经过孩子们的踩踏就实了下来。把手探入布袋抓一把，已然结了不硬不软的块儿，一捏，喀吃一声碎裂，便有一部分从指缝漏了下去。而海盐，却向我们呈现出另一番景象，任何时候抓在手里都是那么爽爽利利的，结实的四面体，常常闪着隐隐的光泽，如水晶，是可以吃到嘴里的玉。乡里多形象地称海盐为大粒海盐。

　　大粒海盐的味道好，除了咸，还有鲜。海盐是一车车从外地运来的，一毛四分钱一斤，这在当时的农民眼中，还算是很金贵的东西，正好值两只鸡蛋。海盐运回来后就堆放在供销社货柜前边的地上，用草席随意围上，免得四处流溢。那时，全国实行的还是供应制，但供应的范围是有限的，除了粮食和蔬菜，很多商品都需要到供销社花人民币购买。一些"社员"家里缺盐时就拎一条布带子到供销社称回二三十斤，放在仓房里，反正也不会腐败变质。需要时，抓一把丢在碗中倒上水，一会儿工夫，那些块状物便神秘地消失了，如果炒菜，随手把碗中的水倒一些进锅，如果炖菜的话，直接把那么大的颗粒丢在锅里，一切就成了。之后，盐就会随那些青菜叶子或汤水进入人的胃肠和血液。

起初人民公社的社员们多有抱怨，普遍认为相对于那么贫困的日子，海盐实在是太贵了。后来，公社的放映队下来放电影，大家全挤到场院里去看，那电影的名字叫作《红星闪闪》讲的就是老百姓冒着生命危险给解放军运盐的故事。原来，有那么一些时候，人们绞尽脑汁，历尽艰险地折腾竟然是为了那看上去毫不起眼的盐，因为人体中如果失去了盐分，就会失去力量，走不动路，扛不动枪。那之后，大家充分认识到了盐的珍贵，于是便很少对盐的价格问题没休止地抱怨了。而海盐的好就好在，人吃了之后，不但可以增长力气，还能够感到心情愉悦。很小的时候搞不懂那是为什么，稍大一点后，似乎有一些明白了，大概来自于遥远大海中的海盐，不但具有盐所应该具有的优秀品质，刚健中透出了某种温润美好，而且也像某种陌生的情感一样，更容易让舍近求远的人们所钟爱吧。

土盐，顾名思义，是来自于土的，不仅来自于土，而且是来自于我们家乡盐碱滩上那些卑贱的土，所以土盐很贱，才三分钱每斤。只有亲自把家用的土盐熬出来的爷爷才不把土盐看贱，爷爷说，如果没有土盐的话，我们就必须花一毛四分钱去买海盐，用一斤买一斤，哪一斤也省不下来。爷爷的言外之意，我能够听得出来，就是说，土盐的存在是很有必要的。

看样子，真得说一说爷爷的打盐队了。

最初的打盐队，由爷爷和另外五个基本再无力耕田的老者组成，据说工作量定得并不算高，每天扫十推车盐土，运回并进行初步熬制，每个人就可以拿到大半个劳力的"工分儿"（这是当时农村计算农民劳动报酬的基本单位。)如果整劳力能够拿到十二分儿的话，他们每一个人可拿到八分儿。实际上，熬土盐是一种工艺简单而作业条件十分艰苦的活计，如果不是家境窘迫，是没有人甘愿为了那一点点"工分儿"去受那份罪的。

爷爷在打盐队里熬盐的时候，我去过东甸子看热闹。"盐锅"是盐场的别称，一般盐锅都要选在远离村舍的盐滩深处，举目尽是泛着白色盐花，一眼望不到头的荒滩，地表干热，寸草不生。远远望去，地并不像地，倒像是一汪泛动着波纹的水，在视觉里晃晃荡荡的，直晃得人强忍住从眼里往外涌动的泪水，走近才发觉，视觉上的水并不是水，而是从地表升腾起来的阵阵热浪。

我是搭着生产队的运柴车去的，车还没有行到盐场，老远就看到那几个老者，基本上是赤身裸体在盐场里穿梭劳作。一个个像蒸熟的螃蟹一样，红赤赤的，由于距离尚远，便无法看清他们的表情与真实状态。当然，心里也很奇怪他们为什么要穿得这样少，平时在家，他们虽然也是干了大半辈子的粗活儿，吃没好吃，穿没好穿，但像这样的打扮却是少有的，就算再艰苦，也要保持在装扮上的"体面"。我在那些人里仔细辨认，想找出哪一个是爷爷，但却是徒劳的。

车到盐场时，我第一眼就看到了爷爷，他正蹲在一口升腾着热气的大锅前往灶里边添柴。胸前，是烈烈燃烧的灶火，背后是一轮当空照耀的骄阳，爷爷穿着一条旧碎花布的内裤，手里拿着一条已经破成条缕的毛巾不停地在脸上、身上挥舞着。就算那样，仍然会有晶莹的水光迅速从他的皮肤里闪出来。而那只惯于握枪的右手上，却紧握着一根烧火棍，棍子的形状呈丫形，前端突出来的两个枝杈上，正冒着浅蓝色的烟缕。爷爷那样子，看上去又滑稽又让人笑不出来。虽然他用很明快的方式与我们打了招呼，我却不能以往日的方式，回以轻松的亲昵。那一日，总像有什么东西压在我的心头。

我赤着脚随爷爷走在滚烫而松软的盐土上，对那个简陋的土盐场进行了全面巡视。只是一刻钟的时间，就把土盐的生产工艺看个清楚。

广阔的盐碱滩上有碱也有盐，制土盐要专门找那些开着盐花的盐土，前边的人用竹扫帚把盐土扫到一处，后边的人用铁锨把盐土攒成大堆，一堆堆地放在野地上，远远看去像一个个巨大的鼹鼠包或崭新的坟茔；接下来的人则根据实际用量，用手推车把盐土一车车地运到盐锅附近。用多少，取多少，大盐滩就如一个没有围墙的仓库。运回来的盐土，先要倒入化盐的水池里，充分搅拌后，大部分盐便溶解到了水中。盐池里的盐水澄清后，取出倒入一口大锅，日夜不停地熬炼。当水分全部蒸发后，锅里面便出现了那些细碎如尘沙的小晶体，那就是我前面所说的土盐。

虽然味道都是个咸，但我却一直认为，土盐与海盐有本质的不同。海盐是从海里，从大地的泪水里提纯出来的，所以海盐里边有情绪又有情感。

而土盐则纯粹从土地而生，是从大地的肌肤上刮剥下来的物质，大地的汗水再加上农民的汗水，把咸与苦搅拌到一起熬制而成，这是一种只有形态而没有情绪的物质。

即便在那个十分困难的年代，土盐因其质地的粗劣，味道的苦涩，也很少被农民们接受。但当人们知道土盐里面含有很多对人体有害的成分时，那已经是后来的事情了。实际上，就算在那种困难的情况下，土盐也只作为一种代用品，在人们实在买不起海盐的时候，用它来腌制咸菜或给牲畜食用。所以土盐的用量也并不很大，虽然那几个老人从春到秋地忙碌，一年下来总产量也不过千斤，基本上还可供本队社员自用。

转完盐场就到午饭时间了，本以为会有好一点的食物摆到餐桌上来，怎么说几位老人的工作也算是野外作业呀。那时，生产队里有一个不成文的规矩，凡去野外作业的人，队里都要或多或少地给加一点伙食，比如加一点细粮，运一点蔬菜或肉，要么就来一点大动静，杀一只羊。但开饭时，我们却没有得到什么意外的惊喜，端上来的东西仍旧是那么司空见惯的老三样，玉米面饼、土豆汤、大葱蘸酱。餐桌上，老人们对几个后生说话时，似乎有那么一点不好意思的样子，他们说，将就着吃一口吧，这里天天、顿顿都是这些东西。这时，不知道是谁突然长长地叹了一口气，我的目光在追问气息出处时，迅速地扫视了一下老人们，我发觉，他们比来之前都消瘦了很多。

记忆里，那条去"盐锅"的路很远很远。当我终于走完那段路，回到家里时，心情已经变得十分疲惫和沉重。几个老人消瘦而赤红的身体，以及由那几个身体组合而成的一个个场面，就像一部关也关不掉的电影一样，在我的眼前闪来闪去，让我没有心思再去做什么或想什么。

过了些天，突然有一辆独马拉的车停在我家院子里，几个人七手八脚地把爷爷抬进屋。起初，我的大脑一片空白，以为爷爷已经不行了，稍后才清楚，爷爷只是在盐场干活时突然昏了过去，现在还活着，可能没什么大事。据人们后来分析，爷爷那次只是中暑。由于天气炎热、营养不良、活计太累，就算是一个精壮汉子也未必就能吃得消，更何况一个年事已高的老人。后来，又有村东的老张头儿，突然在盐场暴毙，生产队才决定把老人们全部撤回，用几个青年人取而代之；再后来，那盐场就悄无声息地黄了。说悄无声息，是因为自从爷爷离开打盐队，我就没再关注过有关盐场的消息，自然如不存在一样。

直到有一年冬天。一个从外乡来我家走亲戚的人，正好路过废弃的盐场，从旧烧锅的灶台里逮到了一只野兔拿到家里来，我才知道那盐场已经荒成兔子窝了。这时也才如梦方醒，竟然连土盐这种东西似乎也已经很久不见了。不但不见，就连回忆一下土盐的样子，似乎也成了一件不太容易的事情，它给人的手感、它的颜色以及它们那微小晶体的模样，都变得很不直接，只有通过很强的理性和理念才能把它们重新聚集到眼前。

然而，它们的味道，那种又咸又苦的味道却始终在内心里清晰着，清晰如昨，直到今天。